学霸的爱情习题

公子凉夜 著

Gongziliangye

美 黑龙江美术出版社
Heilongjiang Fine Arts Publishing House
http://www.hljmscbs.com

图书在版编目（CIP）数据

学霸的爱情习题 / 公子凉夜著 . -- 哈尔滨 : 黑龙
江美术出版社 , 2019.6

ISBN 978-7-5593-4582-0

Ⅰ . ①学… Ⅱ . ①公… Ⅲ . ①长篇小说－中国－当代
Ⅳ . ① I247.5

中国版本图书馆CIP数据核字(2019)第063448号

学霸的爱情习题

xueba de aiqing xiti

出 品 人 / 周　巍
著　　　 / 公子凉夜
特约策划 / 周丽萍
责任编辑 / 李　旭　张泽群
封面设计 / 颜小曼
内页设计 / 西　楼
封面绘制 / 高梦雪
出版发行 / 黑龙江美术出版社
地　　址 / 哈尔滨市道里区安定街 225 号
邮政编码 / 150016
发行电话 / （0451）84270524
网　　址 / www.hljmscbs.com
经　　销 / 全国新华书店
印　　刷 / 长沙鸿发印务实业有限公司 (长沙黄花工业园三号 邮编 410137)
开　　本 / 880mm×1230mm　1/32
印　　张 / 9
版　　次 / 2019 年 6 月第 1 版
印　　次 / 2019 年 6 月第 1 次印刷
书　　号 / ISBN 978-7-5593-4582-0
定　　价 / 36.80 元

目 录

C O N T E N T S

目 录

CONTENTS

Chapter 01

相遇在天台

　　周四的晚上，安静的教学楼天台上，竺林森席地而坐，背靠着角落的墙面，埋头认真地看着手里的书。突然，天台的大门被"砰"地撞开，有人近乎粗暴地闯了进来。

　　竺林森吓了一跳，她悄悄探出头去，只见一个身材看起来很是健壮的男生被粗鲁地推倒在地。竺林森并不认识那个男生，但她认识另一个人，那人穿着白衬衫，身材挺拔，侧脸完美得像是上帝的艺术品，他安静地站在那摔倒在地的男生面前，脸上分明带着怒气："是你拿了少春的钱？"

　　那人便是纪非言，高一新生中最受欢迎的男生，也是她老爸竺浩然最新的得意门生。

　　竺林森把自己藏得严严实实的，大气也不敢出。这还是她第一次那么近距离地目睹冲突事件，难免有些紧张。

　　"你是谁啊？我拿谁的钱关你什么事？"摔倒在地的男生爬起来，

骂骂咧咧地开口，"小胖子竟然敢告状？看我下回不揍扁他！"

男生的话音刚落，纪非言已经握了拳。眼看就要打起来了，天台的门又被人撞开，只见一个小胖子气喘吁吁地冲了进来，一把抱住纪非言，道："非言，算了，不要为了我打架，要不然你会被记过的。"

"阮少春，你好样的，还敢找帮手！"对面的男生瞪了瞪眼。

被称作阮少春的小胖子缩了缩脖子，似是有些害怕。

纪非言忍了又忍："你知不知道你拿的钱是少春这一个月的生活费？"

"那又怎么样？"那男生丝毫不觉得自己做错了，竟然嚣张地反问。

纪非言被气笑了："听说你前前后后敲诈了不少学生，数额加起来超两千块了吧？"

"那又怎么样？"

"你满十八周岁了吧？只要我现在报案，你会被以敲诈勒索罪处以三年以下有期徒刑，连带着你敲诈的那些钱，都要全部还回来。我相信被你敲诈过的人，都很乐意出来做证。"纪非言拿出手机，目光盯着面前显然已经开始心虚的人，按下三个数字，"怎么样，要把少春的钱还回来吗？"

纪非言的几句话轻轻松松就把那男生给威慑到了，只是男生面上却还是不肯示弱，他从兜里掏出一个信封，扔到纪非言面前，一脸不乐意地道："还给你就还给你！"

说完，那男生就飞快地跑了，还顺便撞了下纪非言的肩膀。

纪非言被他撞得一个趔趄。

"非言，你没事吧？"阮少春一脸紧张。

纪非言揉了揉肩膀，摇了摇头。他俯身将信封捡起，递给阮少春："你看看有没有少。"

阮少春接过来数了数，开心地道："没少。非言，还是你厉害。"

要知道那个人可是高三有名的问题学生，连教务处主任都管不住他，没想到纪非言不费吹灰之力就让他把钱吐出来了。

"以后遇到这种事不要藏着不说，总能搞定他们的。"纪非言笑了笑。

阮少春感动地点了点头，他的家庭条件并不好，一个月的生活费其实也就几百块而已，这些钱是他的全部。

本来这事他不打算告诉别人，大不了就吃一个月的馒头，总能撑过去的，没想到却被纪非言发现了，当下就冲到高三的教学楼把那人拽到了天台。

"非言，我们回去吧。"阮少春开口道。

"嗯，你先走，我马上就来。"

天台上一下就安静下来。竺林森缩回头，等着两人离开，可她等了半天，也只听见一个人离开的脚步声。

竺林森咬了咬唇，又偷偷探出头看了一眼，只见纪非言压根没走，还席地坐下了，正拿着手机淡定地打起了游戏。

竺林森一愣，她还以为像纪非言这种品学兼优的学生，不会打游戏呢，没想到也不例外啊！

竺林森不由得叹了口气，真是人不可貌相啊！

就在这时，纪非言蓦地抬头，目光如炬地朝她的方向看了过来。

竺林森倏地缩回头，心跳在这一刻突然加速，在心底连连祈祷他没发现她。

可祈祷显然无效，随着脚步声越来越近，竺林森的心几乎要跳出胸腔。

"师姐？"竺林森正想拿书遮住自己的脸，纪非言已经站在了她面前，声音里带着一丝微微的讶异。

竺林森真想挖个地洞把自己埋进去。她有些尴尬地站了起来，也不敢直视纪非言的眼睛，第一句话就是："那个，我什么也没看到……"

话音刚落，竺林森就恨不能拍自己一巴掌，这不是不打自招吗？

纪非言却压根没注意竺林森在说什么，心思都放在游戏上，似乎是觉得她待的位置不错，他一屁股在她旁边坐下："师姐，不介意去门口给我放个风吧？"

竺林森："……"有你这么理直气壮"鸠占鹊巢"还指挥人的人吗？

她介意！

竺林森忍不住抬眼看他，他脸上已不复刚刚的严肃，反而很认真，嗯，认真地打游戏。

竺林森突然想起第一次见到他的时候。

那是刚刚过去的国庆节，她从外婆家回来，一进门，就看到客厅里坐着一个唇红齿白的干净少年。少年穿着白衬衫，皮肤很白，笑起来的时候颊边有两个浅浅的酒窝，五官精致得像是漫画里的美少年。

那一刻，她的心跳破天荒地漏了一拍，不过这心跳在他含笑朝她说"师姐好"的时候，就无比迅速地恢复了正常。

纪非言是竺浩然高一班里的学生，入学仅一周就成了竺浩然最喜欢的得意门生，竺浩然每每讲起纪非言便眉飞色舞，纪非言在他眼里就是优秀乖巧懂事品学兼优以及尖子生的代名词。

竺浩然是江市第一高级中学的数学老师，执教二十几年，桃李满天下。竺浩然的得意门生是谁，竺林森一向是不太关心的，尽管因为竺浩然的关系，她从小到大的师哥师姐师弟师妹数不胜数，但凭良心说，纪非言这个师弟，绝对是竺浩然的得意门生里颜值最高的一个。

上一次见到他，是在初见他的一周后，好友陆璐过生日。陆璐自己指定了礼物——作家莫小小的全套小说。

莫小小写的都是玛丽苏言情小说，她的书有一个很特别的点，内容很"清水"，但是书名和封面看起来都特别香艳，简直让人不敢拿出来。

竺家家教很严，父母只希望她好好学习，言情小说那绝对是毒瘤，碰都是不能碰的。若是被竺浩然看到莫小小的书，那她绝对是要被家法伺候的。

所以，一直到了陆璐生日那天，竺林森才鬼鬼祟祟地骑车去了城北的一家书店，一口气拿下了莫小小的七本书。

结账的时候，竺林森连头都抬不起来。

出了书店，她才总算松了口气，把书扔到车篮里，就飞快地骑车奔向了陆璐家。

经过一条小巷的时候，她听到前方围着一群人，吵吵闹闹的，好像是在打架。她最怕这种场面，本想快速地骑过，哪知人算不如天算，那条路正在翻修，路面坑坑洼洼，她骑得太快，反而一不小心连人带车栽倒在地，直接就摔在了那群人面前。

她摔得有点蒙，一抬头，就看到一群蹲在地上拿着卡牌的男生正错愕地看着她，一道手电筒的光打在她的脸上，刺得她睁不开眼睛。

"谁说这里没人来的？天上摔下个小仙女是怎么回事？"其中一个男生跳起来道。

"就是，黑灯瞎火的，还要我举着手电筒，我的手都快废了。"举着手电筒的男生把手电筒放下，抱怨道。

竺林森："……"

这群人大晚上的竟然在大街上玩卡牌游戏？

脑子进水了吗？

"非言，就不能去你家玩吗？"有人突然问道。

"不能，我外婆睡得早，你们会吵到她。"

一道略带含糊的声音响了起来，竺林森却意外地觉得有些熟悉。她错愕地睁大了眼，那嘴里叼着一根棒棒糖、半蹲在地上、一只手拿着卡牌、一只手去捡她散落在地上的书的男生，不是纪非言是谁？

等等，捡书？

竺林森似是意识到了什么，连忙从地上手忙脚乱地爬了起来，扑到纪非言面前把书抢了过来，红着脸连声道："我自己来，我自己来……"

纪非言的目光落到她手中的书上，又落到她泛红的脸上，似是明白了什么。他似笑非笑地看着竺林森，道："师姐，你的爱好挺特别啊！"

好听的声音里似藏着戏谑。

竺林森窘得不敢抬头，只手忙脚乱地将那几本书装回了袋子里。

纪非言笑了笑，伸手将竺林森的自行车扶了起来。

"这条路这一两年都修不好，师姐以后还是别走这条路了，要不然摔伤了，竺老师可是要心疼了。"

闷热的夏日，纪非言的声音轻轻柔柔的，像微凉的晚风，似能撩拨人的心弦。

都已经丢脸丢到这份上了，竺林森反倒冷静下来了，她拍了拍身上的灰尘，跨上车座，低低说了一声："谢谢。"

"放心，我不会告诉竺老师。"纪非言的身子突然朝她倾了倾，在她耳边低声说道。淡淡的气息，带着棒棒糖的甜味，滑过她的鼻腔。

他的声音里带着若有似无的笑意，似是一眼就看穿了她的顾虑。

竺林森的脸色微红，她假装没有听到，踏上脚踏板，恨不得马上离开这里。可她才没骑两步，又遇到一个坑，车身晃悠了下，她吓得连忙从车上跳了下来，再不敢骑上去了。

身后的纪非言闷笑出声。

"我以为高三学业繁忙，没想到师姐还有时间看课外书。"纪非言的声音冷不丁地响了起来，带着些许调侃。

竺林森蓦地回神，这才发现他已经打完游戏，正偏头盯着她。

她有些心虚地将书藏到了身后，不过"编程"俩字还是被纪非言看到了。他挑了挑唇，笑道："师姐怎么看起编程了，我以为师姐喜欢的是言情小说。"

果然，他还记得那件事！

"就随便看看。"竺林森的脸倏地泛了红，她想了想，还是小声解释道，"上次那些书是送人的。"

顿了顿，她继续道："我先回去了……"

说完，也不等纪非言答复，她逃也似的离开了天台。

纪非言坐在原地，看着她略带仓皇的背影，又低头看了眼地上的发夹。那是一个很可爱的发夹，坠着两颗红彤彤的樱桃，跟竺林森的个性不是很搭，但无疑跟她清纯甜美的外表很配。

他伸手捡起，玩味地笑了笑。

Chapter 02

不 要 动

　　"竺林森，有人找！"

　　第二天中午，竺林森正在埋头做作业，窗边的同学突然叫了她一下。

　　她抬头一看，心跳差点漏了一拍，纪非言来找她做什么？

　　只见他穿着一件灰色的卫衣，双手插兜，嘴里咬着一根棒棒糖，懒懒地站在窗外的走廊上。见她看过去，他弯眼一笑，伸手朝她挥了挥。

　　真是个好看的小男生……竺林森的脑子里不由自主地闪过这句话。

　　"森森，那不是高一的校草纪非言吗？你还认识他呀？"同桌好奇地问道。

　　竺林森佯装淡定："哦，他是我爸的学生。"

　　说完，她就快步走出教室。

　　她走到纪非言面前，有些不确定地问道："你找我？"

　　"昨天师姐掉了一个东西。"纪非言一只手拿下嘴巴里的棒棒糖，另一只手从兜里掏出一个发夹。

甜美的发夹躺在他的掌心，让竺林森的脸蓦地一热。

"谢谢。"竺林森正要伸手去拿，纪非言却收回了手，下一刻，他再次将棒棒糖含进嘴里，然后伸手将那发夹夹到了竺林森的头发上。

他的动作很温柔，但显然又有些生涩。

竺林森石化，下意识想要抬头，就听他略带含糊的嗓音传了过来："不要动。"

"……"竺林森觉得整个人都不好了，时间在这一刻变得无比缓慢。

"好了。"似乎只是一瞬，又似乎过了很久，他松开手，退后一步，认真地打量了一眼，"很好看。"

竺林森觉得自己要窒息而亡了，连说话也结巴了："谢……谢谢，那什么，我先回去了……"

岂料她一转身，就看到窗前和门口挤着一堆眼里闪着炯炯八卦之光的同学，看她转身，连忙作鸟兽散。

竺林森的背脊越发挺直了，近乎僵硬地回到了座位上，可即便她假装低头看书，仍能感受到一道道打量的八卦目光。

若不是她是竺林森，看到这一幕的人都会以为她在谈恋爱，可她是竺林森，所以这个可能性便至少降了百分之九十九。

因为，这个学霸实在是太乖了！

是的，没错，竺林森是个学霸。从高一开始，她的每一场考试都以第一名的成绩收尾。她就像是一个传奇，永远稳坐年级第一名的宝座，她是江市一中最令人心服口服的模范生。

就算全班都谈恋爱了，那也不会是竺林森。

窗外的纪非言看着竺林森恨不能找个地洞钻进去的鸵鸟模样，差点笑出声，这个师姐真的很有趣啊……总是忍不住想逗她怎么办？

"来来来，森森，祝你下次考试还拿第一名！"高三的新一轮模拟考成绩出来后，竺林森又是第一名。学校的食堂里，陆璐端起食堂提供的紫菜汤，和竺林森的碗碰了碰，一副豪气的模样，仿佛碗里的是白酒。

碰完之后，她看向坐在一旁的男生，道："肖遇，你这回又没打败森森，你好意思吗？"

肖遇是和竺林森、陆璐一起长大的，三个人是铁三角，感情很好。肖遇和竺林森是同班同学，而陆璐是美术生，和他们不同班，所以三人也只有在吃饭的时候才能聚在一起。

"我对森森是甘拜下风，倒是你，好意思问这话吗？你这次考试成绩非但没升，还降了几分吧？"肖遇扯了扯嘴角。

"璐璐，从这周末开始，我和肖遇轮流给你补习吧。"竺林森想了想，开口道，"不许拒绝。"

"啊……又要补习啊……"陆璐痛苦地抱住了头，不过谁让她是成绩最差的，要是以后还想跟他们上同一所大学，也就只有补习这条路了。

"这次补习到高考前。"肖遇插了一句。

陆璐顿时连喝紫菜汤的心情都没了，恹恹地说了声："好吧……"

过了会儿，陆璐又振作了，笑眯眯地开口道："对了，你们听过纪非言吗？听说是新一届的校草哦！森森，什么时候我们去认识认识吧，没准还能激发我的灵感呢！"

竺林森假装没听到这句话，心虚地低头喝了口紫菜汤。

肖遇一掌拍到陆璐脑袋上，恨铁不成钢道："你长点心吧，都要高考了，还天天想着看帅哥！"

陆璐吃痛地叫了一声，怒道："我就要看，你管得着吗？"

"你……"

两人又开始吵闹，竺林森已经习惯了，丝毫不受影响，该吃饭吃饭，该喝汤喝汤。

她吃完后，两人还在唇枪舌剑。

竺林森站起来，道："你们慢慢吵，我先回教室了。"

说是回教室，其实只是回去拿书而已，拿了书，她就上了天台。天台是个人烟罕至的好地方，很适合她看些自己感兴趣的书。

不过，竺林森很快就发现，天台已不再是她一个人的秘密基地，因为她刚走上天台，就看到一个熟悉的身影正坐在地上看视频。

坐的还是她一直以来的"专座"。

因是周一，学校规定要穿校服，所以他外面套着一件蓝白相间的校服，不过里面仍是一件白衬衫，看起来清爽又干净。

竺林森的脚步顿了顿，目光瞥了眼他的手机界面。那是股神巴菲特的一个演讲视频，竺林森在内心挣扎了片刻，正准备转身离开，纪非言的声音就蓦地传了过来："师姐，这才刚来，怎么就要走了？"

竺林森的身子一僵，正在纠结要不要回答，纪非言已经往边上挪了挪，道："师姐坐这儿吧。"

竺林森绷着脸佯装镇定："我突然想起来我忘记拿笔了，我先回教室了。"

"我有笔。"纪非言一只手拿着手机，一只手从兜里掏出一支笔递给竺林森。

竺林森闭了闭眼，简直要唾弃自己，就不能换个毫无漏洞的理由吗？

可事已至此，竺林森也不好意思再找借口，接过纪非言的笔，道了声谢，就靠墙席地而坐，不过，却悄悄地和他保持了点距离。

见竺林森坐下，纪非言似乎想到什么，突然道："等一下。"

她有些茫然地看向纪非言，就看他站起身脱下校服，将校服铺在了水泥地上，然后对她说道："你坐这儿。"

"不用不用。"竺林森简直要颤抖了，他……他竟然让她坐在他的校服上？光是想想就觉得浑身不自在。

"坐。"纪非言看了她一眼，言简意赅地说了一声。

竺林森默默地坐了过去。

水泥地的冷硬和粗糙感得到缓解，可竺林森的臀部感受着那层柔软的布料，不知为何，如坐针毡，连脸上也微微发烫。

她强迫自己集中注意力，眼睛死死瞪着书页，但一想到身下坐的是纪非言的衣服，而他又近在咫尺，她就觉得连呼吸都有些困难。

纪非言似乎察觉到了她的窘迫，轻笑了一声，关掉视频界面，道："师姐慢慢看，我不打扰了。"

待纪非言的脚步声彻底在天台消失，竺林森才算松了口气，注意力也终于能够转移到书上。

过了一会儿，竺林森突然跳了起来，盯着地上的校服，崩溃地想：纪非言走了，他的校服怎么办？

她怎么还给他？

Chapter 03

还他校服

　　晚自习结束的铃声一响，竺林森就第一个站了起来，背着书包往外冲了出去。

　　"森森，等我一起。"肖遇连忙叫了一声。

　　"我还有事，你们先回去。"竺林森摆了摆手，就消失在了门口。

　　高一和高三分属两栋教学楼，相隔有一百米，高三教学楼离校门口更近，自行车棚也在这边，所以此刻，已经有不少学生陆陆续续地往高三教学楼的方向走。

　　竺林森逆着人流，气喘吁吁地跑在路上，生怕纪非言已经下课回去了。

　　也不知纪非言这小浑蛋搞什么鬼，明明他们那栋楼也有天台，偏偏要跑到高三这栋楼的天台上凑热闹，害得她还要千里迢迢来给他送还校服。

　　好在她机智，戴了个口罩，要不然简直要尴尬死，谁会在放学的这个时间点往教学楼里冲?

眼看就要跑到了,一只手突然拽住了她的胳膊,将她往旁边一带。

竺林森猛地停了下来,一抬头,就看到了纪非言含笑的眼睛。

"非言?"走在前面的阮少春突然回头,纳闷地问了一声。

"你先走,我有点事。"纪非言应了一声,放开竺林森,目光却仍看着她。

她跑得急,额头上渗出了细细密密的汗,一双眼睛湿漉漉的。

阮少春好奇地看了竺林森一眼,发现自己认不出来,便老老实实地去自行车棚取车了。

"师姐,跑这么急做什么?"纪非言看着竺林森,笑问。

竺林森喘了口气,有些力竭地开口:"你……你的校服还在我这儿。"

说着,她取下书包,打开拉链就要把校服拿出来。

纪非言按住她的手,眸光里掠过一抹笑意:"师姐确定要在这里把校服给我?"

竺林森一愣,转头一看,才发现有不少人一边走,一边偷偷往她这边瞄。

也是,虽然自己现在戴了口罩,但纪非言是高一的风云人物,认识他的人本来就多,估计暗恋他的女生也一大堆,她就这样在路上把校服还给他,也太招摇了。

于是,她问:"那你说去哪里?"

纪非言转身,带着竺林森进了高一的教学楼。

此刻的教学楼已经没什么人,两人站在一楼的石柱旁,竺林森终于放心大胆地从书包里拿出校服,递给纪非言。

"不好意思,我没洗,不过上面的灰尘都拍干净了。"竺林森开口道。

"没关系。"纪非言接过校服,"其实师姐不必急着还给我,后面几天不用穿校服。"

竺林森没吭声,心想:不还给你我藏哪儿去?

万一被人发现,她的一世英名还要不要了?要知道今天一整个下午加晚上,她都觉得书包里藏了一颗炸弹。

竺林森抹了把汗,拉好书包的拉链,觉得心情都轻松了很多:"我先走了……"

就在这时,一道熟悉的声音突然从背后响起:"非言,你怎么还没走?"

竺林森的身子顿时僵住了,这不是她老爸竺浩然的声音吗?

她要怎么解释她出现在这里,还跟纪非言在一起的情况?

竺林森摸了摸自己的口罩,心里稍微定了定,果然戴口罩是明智的,竺浩然应该认不出她。

可她的这个想法刚掠过脑海,就听竺浩然疑惑地问道:"森森,你在这儿做什么?"

"……"光靠一个背影就判断出了自己的身份,竺浩然的眼睛也太毒了吧!

竺林森几乎是僵着脸转了过去,一开口就是:"爸,我是来找你一起回家的,我的车胎被扎破了。"

"竺老师,师姐刚还问我你在哪儿呢。"纪非言忍住眼中的笑意,帮竺林森圆了谎。

"那怎么没让肖遇载你回去?"竺浩然四十出头,但看上去比较显年轻,可以说是学校数一数二的帅大叔。不过他的表情总是很严肃,而且戴着一副黑框眼镜,一看就很学术很正派的模样,竺林森从小就怕他。

"肖遇今天有事,先走了……"竺林森镇定地道。

竺浩然听了，微微蹙了蹙眉，他低头看了眼手表，道："我试卷还没批完，一时还回不去。"

顿了顿，他看向纪非言，道："非言，你帮老师一个忙，送你师姐回家。"

"老师放心，我一定把师姐安全送回家。"纪非言立刻道，语气非常诚恳。

"……"

从学校到竺林森的家，骑车将近二十分钟。此时此刻，夜色微凉，竺林森绷着身子坐在纪非言的后座上，觉得自己像是被放在铁板上煎的鱼，简直度秒如年。

"非言！"路过一个台球室的时候，里面突然蹿出几个人，把他们拦了下来。

竺林森下意识地看了一眼，有五六个人的样子，除了一个女生外，其他人都穿着五中的校服。

五中的教学水平在江市的中学中相对偏下，师资力量比较薄弱，管理上也没有一中严格，甚至早早地取消了晚自习，所以晚上总是能看到五中的学生在外面晃悠。

"我还以为杜锋看错了，没想到真是你啊，非言。"女生率先开口，她的声音很好听，只见她的眼睛往竺林森身上瞄了一眼，"我记得你家不是这个方向，怎么，送女同学回家？"

那女生问话很直接，竺林森忍不住看了她一眼。只见她烫着一头微卷的长发，穿着一件刺绣的棒球服，妆容精致，很是好看，连声音也很好听。

竺林森莫名地觉得有些眼熟，但一时又有些想不起来。

"你们怎么在这儿？"纪非言没有回答女生的话，问道。

"月彤姐说想打台球，所以就叫上我们一起来玩了。"被称作杜锋的男生抢答道，"我们还以为你在一中好好学习呢，早知道就把你也叫出来了！"

听到"月彤姐"三个字，竺林森的心微微一动，她想起来了，眼前的女生是季月彤。

季月彤与竺林森同一届，当时她们在不同的两个初中，竺林森在实验中学，季月彤在育仁中学。有人无聊，发了个帖子，名为"实验中学PK育仁中学，俩校花谁更胜一筹"，俩校花说的就是竺林森和季月彤。

那个帖子把两个初中的人都炸了出来，挺竺林森的和挺季月彤的人在那帖子下面吵得不可开交。

不过，身为当事人的竺林森却一点也没去关心，要不是陆璐特意把帖子给她看，她甚至都不知道季月彤长什么模样。

想起育仁中学，竺林森又想起竺浩然曾说过纪非言也是育仁中学的，而且是育仁中学百年难遇的好苗子，毕竟育仁中学能考上一中的人一般都是个位数，而且还是勉强够上一中最低分数线的那种，但纪非言刷新了这个纪录，他是以全市第一名的成绩进入一中的。

所以，他会认识季月彤，其实也不奇怪。而且，看他们的样子应该是熟识的。不知为何，这个认知，让竺林森的心里生出了一点小小的别扭。

"不愧是非言，这才刚去一中，就有女朋友了。"另一个男生瞅了眼竺林森，冲纪非言挤眉弄眼。

竺林森忍不住蹙了蹙眉。

纪非言已经一掌拍向他的脑袋，冷哼一声："一边去。"

"非言，不让我们认识一下吗？"季月彤再次看了眼竺林森，嘴角仍挂着笑容，目光却有些复杂。

"很晚了，我先送她回家了。"纪非言没有直接回答季月彤的话，他看向杜锋，"等会儿送月彤姐回家。"

"'首长'请放心，我一定做好护花使者！"杜锋做了个敬礼的姿势,笑嘻嘻道。

纪非言笑了一声,也不多说,踩下自行车踏板,载着竺林森往前骑。

竺林森一直垂着眸目不斜视,只用余光瞄了眼留在原地的那几个人,隐约听到有人纳闷地道:"这才九点半,非言竟然说很晚了⋯⋯"

"你懂什么。你看非言载的那女生,一直一声不吭的,一看就是乖乖女,非言总要贴心一把的。"

"⋯⋯"

竺林森听得满头黑线。

竟然以为她和纪非言是一对,他们疯了吗?

终于到家楼下了,竺林森如释重负,飞快地从自行车后座上跳了下来。

"谢谢,你早点回去吧。"

说完,她就转身往楼上跑。

"师姐。"纪非言突然叫住她。

竺林森脚步一顿,转身看他。他的嘴角含着一抹笑,在这安静的夜里似月光明亮,只听他道:"晚安。"

温柔又带有磁性的声音,听得竺林森心里一颤。

她愣了片刻,有些僵硬地回了一句:"晚安。"

纪非言翘了翘唇,看着她的背影消失在楼梯口,这才骑车原路返回。

路过台球室的时候,他停顿了片刻,目光投向里面。

果然,那几人还没有走,两个人在打台球,另外两个在打游戏,而季月彤则坐在旁边玩手机。

纪非言收回目光,无声地骑了过去。

Chapter 04

爱撒谎的姑娘

高三的上学期很快就结束了，竺林森一如既往地留在年级第一名的宝座上。遗憾的是，即便是寒假已经到来，高三的学生仍要继续留在学校补习。

离过年仅剩一周的时候，最后一堂课终于上完了。

竺林森和陆璐、肖遇一下课就奔去了市中心新开的一个特色餐馆，陆璐早就垂涎已久，所以三人约定一放假就去光顾。

"最近学校食堂的饭菜口味明显下降了，现在只剩高三的学生了，不是更应该好好呵护吗？"陆璐一边吃一边道，"连饭菜都吃不爽，还怎么考好大学？"

"就算给你吃帝王蟹，考不上的照样考不上。"肖遇在一旁毫不留情地拆穿她。

"你说谁考不上？"陆璐瞪眼。

"都快高考了，你们俩就别斗嘴了，"眼看两人又要吵起来，竺林森连忙阻止,她拿起两个鸡腿,往两人的嘴里各塞了一个,"我看璐璐这次期末考的成绩还不错,下学期再加把劲,考韩大还是有希望的。"

"只是有希望而已,百分之一的希望和百分之九十九的希望还是有本质区别的。"肖遇含混不清地咕哝了一声。

"你给我等着!我不考上韩大,誓不为人!"陆璐一把拿下鸡腿,恶狠狠地指着肖遇,"但我要是考上韩大,你要答应当我的漫画主角!"

"……"

陆璐平时爱画些小漫画,画的都是些花美男。

她曾经偷偷以肖遇为原型画了一张图,结果不小心被肖遇看到,肖遇跟她冷战了一周,后来她也没敢再画。

显然,她还是贼心不死。

竺林森忍不住笑出声,饶有兴致地看着肖遇的反应。

只见肖遇挣扎了又挣扎,最终咬咬牙道:"你要是没考上,你就不许再画你那些小动漫!"

陆璐:"一言为定!"

肖遇:"一言为定!"

两人说完,齐刷刷地看向竺林森,异口同声道:"森森,你来做证!"

竺林森自然点头答应,三个人如果能一起考上韩大,那当然是好事。

三人吃完后,时间尚早,便一起去了附近的书店。

"师姐好像很喜欢编程。"

竺林森挑了几本辅导书后,来到计算机书籍的区域,正挑得认真,一道熟悉的嗓音突然在旁边响了起来。

竺林森吓了一跳,猛地抬头,就看到纪非言站在她旁边,手里拿了一本数学书，正饶有兴致地看着她。

自从竺林森放弃天台之后，几乎没有再遇见过他，偶尔在食堂碰见，她也假装自己没看到。

没想到今天竟然在书店偶遇了。

"没有，随便看看。"竺林森淡定地否认，指了指手里的辅导书，"我买的是这些。"

有一种此地无银三百两的味道。

纪非言挑了挑眉："听竺老师说，师姐的理想是成为一名数学家？"

"……"那是她老爸竺浩然和她老妈陈小雅的理想！

竺家二老都是数学老师，对数学的感情比对她还深，希望她一心扑在数学上，最好以后还能当个数学家，为数学这门学科添砖加瓦。

竺林森从小就胆小，不太敢违抗父母。她记得小学时有一次学校组织亲子活动，其中一项环节是让小朋友说出自己的理想。她那时已经知道爸妈对她的希望，所以本着不让爸妈失望的想法，撒了人生中的第一个谎，她在所有家长、老师和同学的面前撒谎说："我的理想是成为一名数学家。"

果然，她那句话一说出，竺浩然和陈小雅都露出很欣慰满意的表情。

但是，也就是因为她那句话，她的理想算是被打上了标签，除了数学，似乎没有了别的选择。

简直是自作孽不可活！

竺林森的内心在咆哮，面上却不动声色，含糊地应了一声："嗯……"

"撒谎。"纪非言突然朝她凑近，在她耳边轻声道。

竺林森的脸倏地一热，往后退了一步，正欲说些什么，突然看到一个小胖子朝这边走来："非言，我买好书了，我们走吧。"

竺林森趁机转身，飞快地走到了旁边的书籍区。

四月的时候，学校的保送名额出来，竺林森是全校唯一一个保送到韩大的。

消息一出，学校论坛就炸了。

要知道，韩大是国内最顶尖的大学，可以说是所有高中生的梦想，对大部分人来说，都是可望而不可即的存在。

保送结果出来的那天，正好是高三放月假的日子。陆璐和肖遇死活要为她庆祝，三人找了家离家比较远的 KTV 唱歌。

休息的间隙，竺林森准备出门上厕所，刚一开门，就看到对面的门也正好打开，两人四目相对的时候，竺林森呆住了，为什么纪非言也在这儿？

要不要这么巧？

竺林森陷入了挣扎，看样子他也是要上厕所的，这种时候应该打个招呼然后结伴一起上厕所？还是假装没看到，关门回房？

竺林森很屃地选择了后者。

对面的纪非言："……"

"你不是要去上厕所吗？怎么回来了？"正坐在沙发上嗑瓜子的陆璐纳闷地问道。

"等会儿再去。"竺林森淡定地坐回了座位。

过了十分钟，竺林森推断纪非言应该已经回去了，透过门口的玻璃观望了下，见外面没人后，迅速地开门，跑向了厕所。

哪知刚跑到，就看到厕所外面倚着一个熟悉的人影，正低头看着手腕上的手表。

竺林森的脚步一顿，还未动作，就见他抬头看她，似笑非笑："十一分钟二十秒，比我预想的要快一些。"

"……"所以他看着手表是在计算她出现的时间？

竺林森硬着头皮上前，很是尴尬地朝纪非言打了声招呼。

"师姐。"在竺林森走到纪非言面前的时候，纪非言突然开口。

竺林森脚步一停，呼吸有些紊乱。

"恭喜。"他收起了刚刚的笑，带着一抹真诚。

竺林森不由得一愣，她没想到纪非言会对她说这个，心里有些微微动容。

其实，他对她还好，她却总是莫名地想躲着他。

这么一对比，反倒显得自己太过小心眼了。

竺林森连忙诚恳地回了一句："谢谢。"

"你很怕见到我？"纪非言微微俯身，眸光落在她微红的脸上，唇边勾起一抹笑。

"……没有"竺林森的心思被他戳中，但她佯装镇定地摇了摇头。

纪非言听了，笑了一声："又撒谎。"

"……"

竺林森默默地去了厕所。

出来的时候，纪非言已经离开了。竺林森暗暗松了口气，她回到包厢，继续唱了一会儿，三人就出去结账了。

结账的时候又遇到了纪非言，他身边站着季月彤，还有上次见到过的几个男生。竺林森只看了一眼，便没再看了。

那几人正在聊天，所以没注意到他们。纪非言也只在付完钱的时候看了她一眼，然后就跟其他人一起离开了，丝毫不像认识她的样子。

"非言，难得今天你也在，护花使者这个角色就还给你了。"杜锋的声音大大咧咧的，远远都能听到，"月彤姐，那我们几个就先开溜了？"

季月彤笑了一声："去吧。"

"非言，我们走吧。"季月彤看着那几个男生勾肩搭背地离开了，上前一步，伸手自然地挽上了纪非言的胳膊。

竺林森见了，心头忽地掠过一抹异样。

"看见没？那个好像就是我们学校的纪非言，他旁边那个就是以前育仁中学的季月彤。"陆璐也瞧见了这一幕，八卦地凑了上来，"你说他们俩会不会是一对啊？"

"你可真够八卦的。"肖遇伸手踩蹦了下陆璐的头发，嫌弃道。

"我又不是跟你说。"陆璐白了肖遇一眼，挽住竺林森的胳膊继续八卦，"森森你说呢？"

竺林森怔了片刻，压住心底微微的异样，一板一眼地道："应该不是，学校不允许早恋。"

而且据她上次的观察，纪非言对季月彤的态度，怎么看都不像是情侣啊。

陆璐："……"学霸的世界她不懂。

走到门口，纪非言拦了一辆出租车，不动声色地将胳膊从季月彤手里抽了出来，让她坐进了后座，自己则转身坐到了副驾驶座。

"非言，你不是骑了自行车吗？"

"今天有点累，懒得骑了。"纪非言淡淡道，转头看向窗外，脑海里突然浮现出竺林森的身影。她在他面前的样子，真的好像一只胆小的土拨鼠啊。

纪非言从兜里掏出一根棒棒糖，含进嘴里，压住自己想要笑出声的念头，却仍是忍不住弯了嘴角。

Chapter 05

她是高考状元

高三的日子过得特别快，高考像是一场战斗，所有人都严阵以待，可等它真的到来的时候，却发现这场战斗很快就结束了，让人忍不住怀疑自己是不是做了一场梦。

高考成绩出来的当天，不只是一中，整个江市都沸腾了，因为江市出了个高考女状元，不仅理综拿满分，颜值还高过高考总分！

"竺林森"这个名字在一夜之间成了江市的传奇，家喻户晓，无人不知。

彼时的纪非言正在和杜锋他们打台球，台球室的电视屏幕上正播放着竺林森的新闻，报道的记者表情激动，相当兴奋，几乎把竺林森的成长史都给扒了出来。

学霸的成长史自然也是不一般的，从小到大的考试几乎都拿第一名，碾压了一众学生。不过，台球室里的人都是对学霸不感冒的一群人，很是不屑一顾，一直到竺林森的照片被放出来，所有人的注意力才被吸引了。

"真的假的,高考状元长这样?"一群人围到电视机屏幕前,有人惊愕地嚷嚷着。

"应该说,长这样的会成为高考状元?"有人插嘴道。

杜锋也注意到了电视屏幕,忍不住感慨:"这个竺林森是不是开了外挂啊,简直牛到家了!"

纪非言抬眸,看向电视机上的竺林森。那是一张证件照,她穿着校服,长发披肩,肤白胜雪,对着镜头的模样甜美可人,一看就是江南水乡滋养出来的娇柔少女,更难得的是,她那扑面而来的清纯感,也不知是多少人心中的梦中情人。

"都说校服是检验美丑的标准,这个高考状元看来是真美人哪!"一旁的男生说道。

"非言,你们俩不是一个学校吗?你见过她真人吗?真人好看还是照片好看?"杜锋突然想到什么,兴致勃勃地问,丝毫不知道自己曾与真人擦肩而过了不止一次。

纪非言突然想起那晚她逆着人流奔跑的模样,明明戴着口罩,那一双眼却像是天上最闪亮的星星,轻而易举就出卖了她。

一想到那一刻,她是为他而来,他的心情就奇异地扬了扬。他看向杜锋,淡淡地吐出两个字:"三八。"

杜锋:"……"

打完一局台球后,纪非言突然有些意兴阑珊。他扔了球杆,道:"你们玩吧,我先走了。"

盛夏的夜晚,他漫无目的地骑着自行车,不知不觉,竟骑到了竺家楼下。

巧的是,某个一夜成名的人此刻正拎着垃圾蹦蹦跳跳地下楼,和她平时高冷沉静的模样截然不同,活泼多了。

纪非言的眼中浮现一抹笑意,喊了一声:"师姐。"

竺林森吓了一跳,抬头看到纪非言,问道:"纪……纪非言,你怎么在这儿?"

纪非言看着她,忍不住想笑。这个师姐每次见到他都是一副如临大敌的模样,想要装镇定,又装不像,实在可爱。

"听竺老师说,师姐报了数学系?"纪非言跨在自行车上,两只脚撑在地上,笑着问道。

"我爸还真是什么都跟你说啊!"竺浩然是个很严厉的老爸,也是个很严厉的老师,他的学生对他总是又敬又怕,看来纪非言是个例外。

也是,她倒也真想不出,纪非言会怕什么人。

纪非言笑了笑,深邃的目光落到她身上,似月光绵长:"也好。"

竺林森有些蒙,不懂纪非言这一声"也好"是什么意思,却见他又笑了笑,有些意味深长道:"以后我们会有很多共同话题。"

"……"

这一天的深夜,阮少春接了个电话,电话那头的人正仰头看着群星璀璨的夜空,缓声问道:"少春,想提前参加高考吗?"

阮少春心头一震,直接从床上坐了起来。他看着外面的星空,四肢百骸仿佛涌入了一种莫名的兴奋和动力,而他清楚地知道,那种感觉来自于一种希望——提早掌控自己命运的希望。

九月,竺林森和从小一起长大的两个朋友一起奔赴韩市,开始他们的大学生涯。肖遇进了韩大的计算机学院,而陆璐则进了韩大的艺术学院。

当初查到分数的时候,陆璐差点高兴疯了,她刚好达到韩大艺术学院的文化课最低录取分数线,要不是她绘画水平不错,再给她十次机会，她也考不上韩大。

大学生活一如竺林森预料，开放又自由，除了有一点她没预料到——这一届的数学系竟然只有她一个女生！

果然还是不应该报数学系的……

第一个学期过得特别快，竺林森还没觉得过瘾，寒假就来了。

出发的这天早上，竺林森看着桌上的小机器人，陷入了挣扎。

小机器人还是个雏形，身高不到四十厘米，整个身子是蛋壳形状的，圆滚滚的很是可爱，有点像《精灵宝可梦》中的波克比。

机器人的脚下装了两个可以 360 度旋转的小轮子，机器人的胳膊还没有组装好，光秃秃的。

这是竺林森这个学期的新成就——机器人蛋宝。

"我说森森，你都盯着蛋宝看十分钟了，怎样，到底带不带回去？"已经打包好行李坐在一旁等她的陆璐忍不住问道。

"带！"竺林森咬了咬牙，宝贝似的将蛋宝装进行李箱。

嗯，只要她好好藏着，应该不至于被竺浩然发现。

到家的时候已经是下午一点，竺林森一开门，就发现家里空荡荡的，一个人都没有。她看了眼日历，心中大喜，今天是周五，竺浩然和陈小雅看来都在学校上课。

竺林森把书包往沙发上一扔，就迫不及待地把蛋宝拿了出来。

"蛋宝，起床啦！"竺林森将蛋宝放在地上，笑眯眯地道。

只听一声细微的震动声，蛋宝果然启动起来，在原地摇晃了两下。

"蛋宝，转一圈。"竺林森很是满意，下达指令。

蛋宝得令，在原地转了三大圈。

竺林森的脸垮了垮："不是叫你转一圈吗？"

话音刚落，蛋宝又转了三圈。

竺林森僵硬了片刻，认命道："好吧，不强求你了，那就说说我们的口号吧。"

蛋宝在原地"沉默"了好一会儿，带着机械感的声音在客厅里中气十足地响了起来："竺林森，你别尿！"

这声音有些像小孩子，萌得让人恨不得亲上一口。

竺林森却一脸生无可恋状，指着蛋宝气道："这这……这哪里是我们的口号？"

顿了顿，竺林森叉腰道："再说一次口号！"

蛋宝得了指令，又中气十足地说了一句："雄起吧，竺林森！"

竺林森扶额，郁闷地一屁股坐到地上。蛋宝果然还不够完善，竟然一点都接收不到正确的指令。

竺林森深吸了口气，伸手抱起蛋宝，使劲摇了摇，恨铁不成钢地道："是滚蛋吧，数学啦！"

"滚蛋吧，数学！"蛋宝这回总算争气了一回，大声喊出了正确的口号。

可是竺林森还来不及惊喜，就听到身后传来一道轻笑声。竺林森的身子瞬间僵硬了，她猛地回头，就见书房的门口，倚着一个熟悉的身影，那人嘴里含着一根棒棒糖，正饶有兴致地看着她，像是看这场好戏已经看了很久。

竺林森的脸蛋瞬间涨得通红，腾地从地上跳了起来，结结巴巴道："纪……纪非言，你怎么会在这里？"

纪非言笑了笑："竺老师让我在这里做题，一早就让我过来了。"

"今天不是周五吗？"

"师姐才刚上大学，就忘了一中的寒假时间吗？"纪非言似笑非笑。

"你们放假了？"竺林森目瞪口呆，后知后觉，"那我爸妈呢？"

纪非言抬起左腕，看了看时间，道："如果竺老师没骗我，他应该会在一分钟后回来。"

"什么？"竺林森一听，顿时急了，连忙抱起蛋宝就往卧室跑去。

"滚蛋吧，数学！滚蛋吧，数学……"蛋宝像是被触发了复读功能，突然开始不停地念口号。

竺林森吓得脚下一个趔趄，差点摔了个狗吃屎，好在一只手及时地拉住她，她才免去摔跤的噩运。

竺林森抬头，看到纪非言笑吟吟地看着她。

"师姐别紧张，我刚刚是逗你玩的，竺老师没那么快回来。"

"你……"竺林森的心一松，生气地看着纪非言。

"至少还要两分钟吧。"纪非言勾了勾唇，笑道。

竺林森顿时把生气这事抛到了九霄云外，猛地冲进了房，然后迅速地关闭了蛋宝的系统，彻底终止了它的口号声。

事实证明，纪非言这小浑蛋逗她玩的行为虽然很恶劣，但确实是救了她一命，因为两分钟后，竺浩然真的回来了。

那天下午，竺林森在竺浩然的要求下，把纪非言送到楼下。竺林森和蛋宝玩的时候被纪非言撞了个现行，深觉颜面尽失，于是一路保持沉默。

"师姐，我走了。"倒是纪非言先开了口。

竺林森点了点头，转身就要上楼。

纪非言却突然唤住她："师姐。"

竺林森回头，看到少年的嘴角挑着笑，道："我有没有告诉过你，你越来越可爱了。"

竺林森微微一愣，纪非言却只是挑唇笑，模样已不再如在她家一般乖巧礼貌，反而有些吊儿郎当的痞气，他的目光意味深长，直看得竺林森心跳如雷。

竺林森突然想起一些传闻。传闻，纪非言初中时曾是个让老师头痛万分的问题学生，时常带着一群和他一样调皮捣蛋的同学惹是生非，脸上挂彩是常有的事，但是这个问题学生却在一夜之间洗心革面，成了乖巧懂事的模范生。

而这一刻，她终于从他的身上窥到了他曾经的影子，哦，不，应该说是他真正的性格。

这是个天不怕地不怕的男生，他可以仗义正直，也可以无法无天，他有纯良无害的外表，但只要他愿意，他随时可以化身成狼。

竺林森的心突然有些慌乱，却强作镇定，也不跟纪非言多说，径直上了楼，只是略显急促的步伐还是泄露了她的慌乱。

身后，少年的轻笑声肆无忌惮地响起，让女生的脸一阵阵地燥热。

第二天，竺林森难得睡了个懒觉，迷迷糊糊地从房间里走出来，就看到竺浩然准备出门。

竺林森还未开口，竺浩然就率先道："我有事出去一趟，非言在书房做题，你过去指导指导他。"

竺林森猛地清醒了，结结巴巴地问："他……他每天都在这里补习吗？"

"嗯。"竺浩然点了点头。

陈小雅在外面教补习班，每天早出晚归，竺浩然若是也不在，那这家里真只剩她和纪非言了……

竺林森昨晚还盼着竺浩然出门，这样她就可以光明正大地把蛋宝拿出来了，可现在，她看了眼书房，竟不希望竺浩然走了。

竺林森回房换了套衣服，出来的时候书房的门已经打开，纪非言拿着一张卷子，倚在门口，咬着棒棒糖冲着她笑："师姐，这道题我不会做。"

"……"

　　为什么突然走起了呆萌路线？竺林森的内心在咆哮，她对这样的纪非言简直毫无抵抗力啊！

　　她努力平复了下心跳，才硬着头皮走上去，拿过来看了一眼，发现竟是高考的模拟考试卷。

　　竺林森呆了一呆："你是不是拿错试卷了？"

　　她仔细地翻看了一遍，发现他做完的题都答对了。

　　"早点开始准备总没错。"

　　才上高二就已经能做高考的模拟试卷了，而且分数一看就不会低，到底还要她指导什么啊！

　　可他既然说了不会，也不能不信，于是竺林森跟纪非言进了书房，在他旁边坐下，看了会儿题目，道："这道题有两种解法，我两种都跟你说一下……"

　　竺林森说了半天，发现没有任何回应，一抬头，就见他手肘撑在桌上，正歪着头，认真地看着她。

　　棒棒糖还在他嘴里含着。

　　这家伙还真是可萌可御啊！

　　她以前怎么没发现？

　　竺林森咳了两声，问道："你有在听吗？"

　　"师姐有男朋友了吗？"纪非言答非所问，一只手拿出棒棒糖，嘴角微挑，目光似能穿透她。

　　万万没想到纪非言不开口则以，一开口就问了个出人意料的问题。

　　竺林森绷着脸做严肃状："教学时间，只回答学习问题。"

　　纪非言笑了笑，目光更深邃了："这样啊……我懂了。"

　　"……"你到底懂什么了？别瞎意会啊，非教学时间，她也是不回答私人问题的！

　　见纪非言还在看着她，她的心不受控制地加速跳了起来。她深吸了口气，把笔一放，站起身道："你要是不听我就出去了。"

纪非言看着她一副如临大敌的模样，很不给面子地笑出声。

竺林森转头就往外走，可才刚踏出去，手腕就被他抓住，只见他敛了笑，一本正经道："竺老师说了，让你指导我，师姐怎么可以半途而废？"

"那你好好听讲。"竺林森深吸了口气，斜眼看他。

"一定。"纪非言保证。

竺林森这才坐了回去，重新把卷子拿起来，给纪非言讲题。

纪非言的目光落到她认真的脸上，只见她白皙娇嫩的脸颊微微泛着粉色，长长的睫毛微微颤动。

唔，如果不要那么严肃就好了。

Chapter 06

师姐有男朋友吗?

"纪非言。"竺林森说到一半,发现纪非言又盯着她走神了,忍不住轻斥。

纪非言咳了一声,舔了口棒棒糖,道:"师姐,继续。"

竺林森深吸了口气,耐着性子继续给纪非言讲解。

纪非言的眼中溢出一抹笑意,定了定心神,目光终于落到了她正在写的草稿纸上。

她的字迹不同于一般女生的娟秀,带着点草书的感觉,遒劲有力,自带风骨,一看就是练过的。

见纪非言已经知道怎么解题了,竺林森离开书房,回房间捣腾她自己的小机器人去了。

下午,竺浩然便回来了,竺林森松了口气,一个下午都把自己关在房间里没再出来过。

一直到晚上，纪非言做完题，准备回家，竺林森才被竺浩然叫出来送人。

照例是送到楼下，竺林森完成任务，转身就要走，却被一股力道拽住。

她低头一看，蓦地发现一只骨节分明的手正拉着她衣服口袋外悬在拉链上的一个白色的装饰小毛球，似是在不经意地把玩。

他看着她，笑问："现在是非教学时间，师姐可以回答我的问题了吗？"

昏黄的楼道灯照到纪非言的脸上，他的眼睛亮如星光，嘴角的笑容无辜中带着丝痞气。

竺林森窒了一瞬，几乎立刻就明白他想要的是什么答案，她有些别扭地转过了头，硬邦邦道："不可以，我要上楼了。"

竺林森说着，又想转身走人，可衣服上的那点力道却执拗地不肯消失。

竺林森有些无语，又有点着急，正要说些什么，突然看到不远处似是有人走过来了，她顿时像只受了惊的兔子，连忙道："没有没有没有！"

然后，她一把扯过纪非言指尖的小毛球，头也不回地冲上了楼。

纪非言得到自己想要的答案，眼中漾过一丝笑。

竺林森却在心里把纪非言狠狠地骂了一遍，打定主意接下来都不要再见到他，第二天一早，她就在竺浩然诧异的目光下淡定地收拾东西跑去了乡下的外婆家。

这一待，就待到了过年。过完年后，她就借口学校有事，带着蛋宝奔回了学校。

数学系的课程很满，竺林森又报了一个第二专业，辅修计算机课，晚上还报了机械工程的选修课，整个人忙得团团转。

忙起来的好处就是——时间过得特别快，一眨眼，大一就过去了。

不过，这也意味着，可怕的军训要开始了。

韩大的军训是在大一结束后的暑假进行的，在最晒的时节，为期一个月的户外训练，光是想想都让人绝望。

才训练了一周，竺林森就黑了一圈，陆璐比她还黑，两人每晚回寝室的第一件事就是洗脸敷面膜。

竺林森接到自家老爸竺浩然的"报喜"电话时，她已经黑了三圈，正敷着面膜聚精会神地凑在桌子前，给蛋宝安装胳膊。

只听"啪嗒"一声，蛋宝的胳膊掉到了地上，竺林森却没有像往常一样宝贝似的立刻去捡，而是撕掉面膜，有些不敢相信地问："你说谁考上了韩大？"

"纪非言呀。"竺浩然喜不自胜的声音透过电话传了过来，"不仅考上了韩大，他还是全省的高考状元，比你去年的分数还要高几分！"

"他不是下学期才上高三吗？"竺林森以为自己产生了幻听。

"他说要提前参加高考，所以我让他试了下，没想到啊！"竺浩然的声音有些激动，兴奋之情难以抑制。

搁在一年前，竺浩然这辈子最自豪的事是教出了一个高考状元，而且这状元还是自己的女儿。

而现在，他最自豪的事是教出了第二个高考状元，而这状元还不是高三应届生，才刚上完高二！

竺浩然是高兴了，竺林森却有些笑不出来。她犹豫了片刻，抱着侥幸心理问道："他报的应该不是数学专业吧？"

"还真给你猜对了！非言这孩子比你还要喜欢数学，他只填了这一个志愿。"

"……"

九月的天，空气仍然闷热，韩大校园的主干道上人来人往，好不热闹。

只见主干道的两侧，各搭了一排简易的遮阳棚，每一个遮阳棚下都坐着一群朝气蓬勃的学生，棚顶贴着各个学院和专业的名称，不时有提着行李的学生走到各个遮阳棚下，登记报名，然后被人领着前往寝室楼。

今天是韩大一年一度的新生入学日，竺林森作为数学系仅有的几个女生之一，被辅导员强行叫到了数学系的遮阳棚下，负责接待新生。

竺林森有些心不在焉，毕竟昨晚竺浩然又给她打了一次电话，要她好好招待纪非言，可她的内心其实是拒绝的，这个师弟总是给她一种即将惹火上身的危机感……

"班长，你是不是不舒服？"一道有些熟悉的男声响起。

竺林森抬头看去，那是他们班的团支书李之辰，五官端正、浓眉大眼，在竺林森的印象里，一直都是个乐于助人的阳光大男孩。

竺林森连忙摇头，他们班虽然只有她一个女生，而且她还是全票通过的"班长"，但其实她很少跟班里的男生交流，所以也没有多说话。

李之辰似是了解竺林森的性格，也不知从哪里拿出一把扇子，递给她，道："今天是有些热，小心别中暑了。"

竺林森面色微赧，接过扇子，说了声："谢谢。"

"到目前为止接待了十八个新生了，一个女生都没有！难道今年数学系又要'阳盛阴衰'了？"就在这时，有男生碎碎念的嗓音响起。

"数学系哪一年不是阴盛阳衰了？"另一个闲闲的声音插了进来，颇有些认命的样子，"我们这一届算好的，有三个女生，我们后面那届才惨，三个班加起来只有一个女生，两个和尚班！"

那男生说着，看向竺林森，笑道："竺学妹，你挽救了数学系！对不对啊，李学弟？"

李之辰笑道:"嗯,多亏了我们班长,我们才没变成和尚系!"

竺林森扯了扯嘴角,笑得有些勉强。没错,她就是那"最惨的后面那届",入学第一天,她发现自己是全班,不,是全系唯一一个女生,别说是女同学了,她连室友都没有,因为她被安排进了一个二人间,嗯,只有她一个人住。

虽说一个人住一间房相当自由,可也着实寂寞,好在陆璐不忍心看她一个人自生自灭,申请换了寝室,与她住到了一起。

竺林森作为高考状元,一进学校就出了名,因为她是历届高考状元中颜值最高的一个。

学霸加美女的组合,简直就是"女神"的代名词。

作为一个声名远播的"女神",又是数学系唯一一个女生,竺林森的受关注度简直冲破天际。

于是每逢老师提问,总是会有那么一句:竺林森,你来回答一下……

每逢班级活动,班主任总是会说:竺林森,你来组织一下……

每逢各种文艺晚会,辅导员总是会找到她,语重心长地劝道:竺林森,你也知道我们这届只有你一个女生……

如果要用一个词来总结她的感受,那就是——惨绝人寰。

竺林森正沉浸在过去一年的惨痛经历中,突然听到一阵喧闹声。

她蓦地回神,就听到隔壁遮阳棚的女生兴奋地说道:"哇,这届的学弟颜值太高了吧!"

"这么帅的小男生,我猜一定是我们中文系的……"有人笑嘻嘻道。

"什么中文系?我敢打赌是我们计算机系的!"有人不甘示弱。

"欸,那不是这届的理科高考状元吗?报了数学系的那个谁来着?"一道男声突兀地插入众女生的热烈讨论中,顿了一会儿后,恍然大悟道,"纪非言!对,就是他!"

竺林森正在仰头喝水，一听这话，差点把水喷出来。好在她强行控制住了自己，硬是把水咽了下去，却还是被猛呛了两口。就在她被呛得泪花四溅的时候，两张纸巾不约而同地递到了她面前，两道声音同时响起。

一道是李之辰的声音，带着丝紧张："班长，你没事吧？"

另一道是纪非言的声音，带着些幸灾乐祸："师姐，小心点啊。"

竺林森抖着手接过了李之辰的纸巾，余光瞥到纪非言慢条斯理地将纸巾放在她的桌前，咳得更厉害了。

好不容易平复下来，竺林森抬起头，艰难地绷住咳得通红的脸，泪眼婆娑地看着站在她面前的男生。

应该有半年没见了，似乎长高了些，还是一副人畜无害的模样，嘴里一如既往地咬了根棒棒糖，笑起来的样子像是一只小忠犬，可她知道，那是一只大狼狗。

小浑蛋！

竺林森在心里暗暗地道。

Chapter 07

一 起 回 校

"你是纪非言同学吧。这是你的入学资料,里面有入学指南、班级通讯录,还有你的校园卡……"开口的是坐在竺林森边上的女生,比她大一届,也是数学系仅存的几个女生之一,此刻,她正笑容满面地看着纪非言。

要知道数学系虽说阳盛阴衰,可颜值能有纪非言这般高的着实少得可怜,更何况,人人都爱小鲜肉……所以,不能怪她控制不住自己啊!

纪非言接过入学资料,含笑道了声"谢谢",颊边梨窝浅浅,击倒了一片少女心。

女生再接再厉:"纪同学,你的寝室楼是 12 幢,我带你去吧。"

与此同时,一直提着心的竺林森看到有人背着书上前,连忙问道:"同学,你是数学系的吗? 哪个班级? "

纪非言懒懒地瞥了眼竺林森,看她目不斜视、佯装忙碌的模样,挑了挑唇，应道："好啊。"

直到纪非言跟着那女生走远，竺林森紧绷的精神才放松下来。她远远地看了眼纪非言的背影，轻轻地吁了口气。

天知道她为什么那么怕和纪非言接触！

很久以后，竺林森才知道，那是一种动物趋避危险的本能，因为一旦停止抗拒，便会迅速沦陷。

天色渐暗，辅导员过来清点了下名册，确认了数学系的新生都已入学后，宣布迎接新生的任务告一段落。

竺林森正要走，李之辰的声音从身后响起："班长，大家今天忙了一天，一起聚个餐吧。"

竺林森略一犹豫，就看到陆璐骑着粉色小电驴朝她欢快地驶了过来："森森，走走走，我们吃饭去。"

竺林森的眉眼顿时溢出笑意，她转头朝李之辰道："我就不去了，我跟朋友一起吃。"

正说着，粉色小电驴已经停在了竺林森面前。竺林森跨上车，自然地搂住陆璐的腰，挑唇道："陆司机，走吧。"

李之辰站在原地，脑海里还回放着竺林森刚刚眉眼含笑的模样。她一向是比较冷淡的，与同学相处很有礼貌，却也让人觉得不好亲近。可李之辰知道，那只是还没有人能走进她的心。

如果有人能走进，她便也会在你面前这般笑靥如花。

李之辰默默地看着竺林森的背影远去，有女生在旁边笑道："还好竺学妹的朋友是个女生，要不然得有多少男生的心要碎成渣渣啊！"

"李学弟，你要加油啊！咱们数学系的女神可不能落在别人手里！"有男生凑到李之辰身边，笑嘻嘻地道。

李之辰笑了笑，道："我尽量。"

这边的竺林森丝毫不知道自己成了话题的讨论者,她只是闭着眼睛享受着吹拂过来的暖风,顺滑如缎的长发迎风飞舞。

过了会儿,她睁开眼睛,发现小电驴驶在校外的街道上,她纳闷地问:"晚上不去食堂吗?"

"去什么食堂呀。肖遇那家伙参加了个计算机比赛,拿了一笔不少的奖金,所以当然是要让他请我们吃大餐喽!"陆璐甩了甩额前细碎的短发。

"都怪你把我的'小粉红'改装了,害我连40迈都上不去了。"陆璐骑了好一会儿,几次试图加速都加不上去,有些无力地抱怨道。

"还不是因为你骑车总是横冲直撞,你要是载着我撞了人,我可是要负连带责任的!"竺林森挑眉道。

陆璐理亏,过了好一会儿,咬牙吐出两个字:"冤孽。"

竺林森大笑。

转眼间,陆璐的小电驴停到了一个看起来高端洋气上档次的餐厅前。两人刚在门口停好小电驴,就有保安过来道:"小姑娘,这门口可不能停电动车。"

正在这时,一辆比粉红色小电驴拉风了不止一百倍的红色跑车急遽地停在了门口,里面走出一个穿着黑色长裙的身材火辣的年轻女孩。那女孩妆容精致,明明与竺林森差不多的年纪,却因这妆容显得成熟许多。

是季月彤。

竺林森有些怔忡,没想到一年过去,她的变化那么大,以前虽然也化妆,但仍能看出学生的模样,但现在,任谁都会觉得这是个漂亮又妖媚的女人。

听说她高考失利,没再上学,却没想到会出现在这里。

季月彤将车钥匙扔到保安手里，道："帮我停车。"说完，就踩着高跟鞋进了餐厅。

陆璐和竺林森对视一眼，将手中的电动车钥匙塞给了保安，道："那什么，我们也在里面吃饭，所以也帮我们停下车哈！"

两人也不管保安是什么反应，迅速地溜进了餐厅。

走了几步后，陆璐有些不放心地说了句："我的'小粉红'等会儿该不会找不到了吧，要不我还是自己去停好了。"

竺林森拉住陆璐，安慰道："放心！跑车都在人家手里，他还能看上你的小电驴不成？"

"这要搁在蛋宝身上，你还会这么说吗？"陆璐不服气。

"蛋宝可是我儿子，全世界独一无二。"竺林森说这话的时候，语气里不无骄傲。

她没注意到，不远处背对着她的男生听到这话后，手中的杯子微微一顿。他转头，看向竺林森的背影，嘴角挑起一丝笑意。

"怎么，认识？"坐在他对面的年轻女孩，顺着纪非言的目光瞧了眼那两个女生的背影，抿了口红酒，问道。

纪非言不置可否，问道："月彤姐找我出来，是有什么事吗？"

"当然是庆祝你考上韩大了。"季月彤举起手中的酒杯，精致的脸蛋微红，"不过我们之间的差距似乎也越来越大了……"

纪非言没有喝酒，而是倒了杯水，沉默片刻，问道："月彤姐现在在做什么？"

"如果我说我还是跟以前一样，整日游手好闲，不思进取，你会看轻我吗？"季月彤的嘴角勾起一抹漫不经心的笑。

纪非言的表情没什么变化，直视着季月彤的眼睛，道："月彤姐，不管你在做什么，我都不会看轻你，前提是你真的开心。"

季月彤嘴角的笑渐渐淡了,可笑的是,希望她开心的人,却是她不开心的罪魁祸首。

她不由得想起高考成绩出来的那天晚上,她没有考上大学,这在她的意料之中,她本来便不是爱学习的人,也没有聪明到不学习便可以拿高分,可当她真的得到结果的时候,却还是有些许失落。

那天晚上,她坐在家门口一直到深夜,看到纪非言骑着车回来。干净的少年像是一阵暖风拂过,她突然不知哪里来的勇气,将他拦了下来,问他:"非言,你说实话,你真的不喜欢我吗?"

其实,这个问题她已经问过一次。他们是邻居,他却不像是邻家弟弟,反倒有点像邻家小哥哥,总是给人一种安全感,让她不由自主地喜欢上了他。

上一回,他说:"月彤姐,我只把你当姐姐。"

后来,他便疏远了她,连带着都很少再出来和杜锋他们玩。

而那天,他的回答变了。他说:"月彤姐,我有喜欢的人了。"

她一下就想到那一晚,他载着回家的女生,那一刻,高考失利的些许失落突然被放大了千万倍。

肖遇早已等在位置上,餐桌上放了一台笔记本电脑,正沉浸在代码的世界里。

看到竺林森和陆璐的时候,肖遇合上电脑,抬手看了下手表,拧着眉道:"你们迟到了半小时。"

"这可不能怪我,森森限制了'小粉红'的速度,要不然我早就到了。"陆璐立马把责任推得一干二净。

竺林森瞅她一眼,道:"你出发的时候就已经迟到了1分钟,'小粉红'就算没限制速度,最快也是55迈。也就是说,就算你用55迈的速度赶过来,也需要21.8分钟,换种说法就是,假设我没有给'小粉红'

限速，我们也迟到了 22.8 分钟。所以，迟到这事跟我给'小粉红'限速无关。"

陆璐听得一脸蒙，倒是肖遇发出了笑声，认可地点了点头。

"要我给你再算一遍吗？"竺林森挑唇问。

"别别别，千万别！我怕了你了！你们数学系的人都这么恐怖吗？"陆璐连忙举手做投降状，"我饿了，我要吃饭！吃饭时间我不要听到数学题！"

竺林森拿起菜单，看了眼价格不菲的菜单，嘴角勾起一抹揶揄的笑意："看来这次奖金不少。"

"不然我能让他请我们来这儿吃吗？在这吃一顿，我半个月生活费就没了。"陆璐插嘴道。

"再多也经不起你胡吃海喝。"肖遇瞥了眼陆璐，毫不客气地道。

陆璐吐了吐舌，丝毫不觉得不好意思。

三人谈笑，时间过得飞快。

竺林森起身去洗手间，回来的时候，看到季月彤走在她前面。季月彤背影纤瘦，走路婷婷袅袅、婀娜多姿。

竺林森不由得多看了她两眼，看着她走到座位，又看她款款落座，满脸笑容地看着对面的人。

竺林森的心里突然涌起一种异样的感觉，不自觉地朝那人瞥了一眼，这一瞥，她的脚步不由得一滞，那穿着白 T 恤的人，怎么那么像纪非言呢？

虽然只是背影外加小半边侧脸，可竺林森几乎能确定，那是纪非言无疑。

对面的季月彤正在喝红酒，所以纪非言也喝了吗？

竺林森在心中默默腹诽了片刻，最后决定假装没看到。

过了会儿，三人酒足饭饱准备离开。竺林森朝纪非言的位置上看了一眼，见人已经不在了，心里莫名地吁了口气。

陆璐从保安手里拿回小电驴，招呼竺林森上去，肖遇微微蹙眉，道："太晚了，你们两个女生骑电动车不安全。这样吧，你们打车回去，我骑电动车回去。"

"那怎么行。你骑电动车的次数还没我多呢，交给你我不放心！"陆璐立马拒绝。

"你别闹。"肖遇将陆璐从电动车上拽了下来，"我保证把你的宝贝电动车完好无损地送还给你。"

"可我晚上吃多了，坐车会想吐。"陆璐有些为难。她本来就是晕车体质，饭后坐车肠胃更加容易翻江倒海，所以才会买个小电驴当交通工具。

竺林森听了，定了方案："这样吧，肖遇骑车载陆璐，我打车回去。"

"那怎么行。让森森你一个人回去，我可不放心。"陆璐撒娇地抱住竺林森的脖子，在她身上蹭了蹭脸。

竺林森翻了翻白眼，把陆璐推开："我可不想你吐我一身。"顿了顿，她看向肖遇，"放心吧，这条路我熟着呢。"

鉴于竺林森的智商比陆璐高上许多，所以肖遇放心地走了。

竺林森站在餐厅门口，看着陆璐和她挥手远去，正准备打车，一辆自行车突然停到了她面前。

只见纪非言跨在车座上，修长的身材像挺拔的白杨树，他弯着眼看着竺林森，一只手拿着根吃了一半的棒棒糖，笑道："师姐，真巧。"

"你怎么还在这儿？"竺林森一愣，脱口而出。

话音刚落，竺林森的表情就有些不自在，纪非言的嘴角露出一抹了然的笑："原来师姐早看见我了。"

竺林森自觉有些理亏，一时竟无话可说。

"竺老师说师姐会关照我，可我怎么觉得，师姐是避我唯恐不及？"

纪非言的目光如黑曜石一般,深不可测,直看得竺林森心里发虚。

"没有的事,你想多了。"竺林森咳了一声,干巴巴地反驳,可声音里没有丝毫底气,连眼神也心虚地四处乱飘。

"是吗?"

"当然。"

"那一起回学校吧,正好我对这条路也不熟。"纪非言突然笑了笑,又变回了那副无害的模样。

"我看你好像喝了酒,骑车载人不安全。"竺林森沉默了会儿,提醒道。

"我什么时候说过我要载你了?"纪非言心里清楚竺林森误会了,却没打算解释,只轻笑一声,从车座上下来,坐到了后座上,"酒驾这种事,就算是自行车也不能做,所以师姐,只能麻烦你载我回去了。"

"……"

Chapter 08

师姐，真巧啊

半个小时后，骑车骑得将近脱力的竺林森在心里把纪非言问候了一百零八遍。

"师姐，"纪非言轻松的声音从背后传来，"你还好吗？"

"好得很。"竺林森咬牙回道，脚下蹬得越发用力。

"那我就放心了。"纪非言的声音里带着笑意，目光看着把脊背绷得笔直的女生，听着她有些克制的喘气声，他看向今晚的夜空，圆月高挂，星光璀璨。

嗯，真是个不错的夜晚。

又骑了十分钟，竺林森终于坚持不住了，她猛地刹住车，气喘吁吁地道："不行了，我歇会儿。"

纪非言从后座上跳下来，走到竺林森面前，只见她满头大汗、面色通红地半趴在车龙头上，模样十分狼狈。

可即便这样，她也是美的。她是典型的江南女子，小小的瓜子脸，秀气的鼻子和嘴唇，即便经过了暑假的军训，肤色仍然比一般人白皙，长发飘飘像是画中的美人，绷着脸的时候显得有些高冷，可一旦笑起来，便格外生动明艳、甜美动人。

纪非言听过太多她的故事，她是所有老师眼中的尖子生，她是所有家长口中的"别人家的孩子"，她是学霸，是高考状元，她是女神，是榜样，也是传奇，更是江市家喻户晓的人物。

可她的传说再多，也抵不过此刻她在他面前的鲜活。

"你说你坐跑车回去多好啊，为什么非得骑车呢？"竺林森累得失去了思考能力，也失去了伪装的力气，有气无力地问。

"我要是坐跑车回去，哪有机会让师姐载我呢？"纪非言弯眼笑。

正在这时，几辆自行车从他们面前骑过，男男女女的欢笑声从自行车上传了过来，像是飞扬的青春。

"谁想载你啊！"竺林森的目光落在那些坐在后座的女生身上，颇有些郁闷地嘟囔。

同样是女生，人家是被男生载，她是载男生，这……这差距未免也太大了！

竺林森的声音很轻，纪非言却仿佛听到了。他轻笑一声，道："起来吧。"

"我还没休息够。"竺林森的心情不太美妙，下意识地反驳。

"我是说我来骑。"

竺林森双眼一亮，立马直起了身："真的？"

"被风吹了一路，我的酒气早就散了，应该不会被查出'酒驾'。"纪非言开玩笑道，"更何况如果让同学看到师姐载我，我作为男人的尊严，只怕要荡然无存了。"

还男人呢，整个一小屁孩。

竺林森的表情充满了不屑，不过她自己显然是没有发觉，站起来高兴地坐到了后座,发号施令道:"那赶紧走吧。"

纪非言挑了挑眉,最终却什么也没说,跨上车座,朝学校骑去。

纪非言的车骑得很稳,竺林森坐着休息了会儿,后知后觉地感受到了些许尴尬。通往学校的街上行人寥寥,车也不多,因为街上的安静,连自行车车轴滚动的声音似乎都被放大了,整个世界好像只剩下他们两个,真是——尴尬得可以。

这让竺林森想起了他第一次载她的时候,不同的地点,同样的尴尬。

竺林森摸了摸鼻子,决定继续保持沉默。好在纪非言也没有强行与她尬聊,她乐得低头玩手机。

临到校门口的时候,纪非言减慢了速度。竺林森看到不远处站着一个熟悉的身影,她趁机从后座上轻巧地跳了下来,道:"那什么,就送到这儿吧,我朋友来接我了。"

她也不等纪非言开口,就朝他挥了挥手,飞快地朝另一道身影跑了过去。

"肖遇,都说了你不用在这儿等我。"竺林森快步走到肖遇面前,脸蛋还有些发红,但是神色比在纪非言面前自然了许多。

"你要是有什么事,竺老师得活剥了我的皮。"肖遇笑道。他也是竺浩然的学生,又是竺林森的邻居,当初刚入学时,竺浩然就私下叮嘱他要好好照顾竺林森。

竺林森听了,忍不住笑了:"看来活在我爸阴影下的不止我一人。"

"那是,竺老师的学生,就没有不怕他的。"肖遇说着,目光落到纪非言身上,"那就是竺老师提过的纪非言?"

"可不是,我爸现在最爱的就是他了。"那小浑蛋表里不一,才不会怕竺浩然,可惜他伪装得太好,竺浩然至今还以为他是头小羔羊。

"走吧,我送你回寝室楼。"肖遇笑了笑。

竺林森巴不得赶紧远离纪非言的视线，连忙点了点头。和肖遇并排往学校里走，她不敢回头去看纪非言，连脚步都快了些，生怕他又在身后喊一声"师姐"。喊她"师姐"的人多了，可唯有这一声"师姐"，总是让她有一种想逃的冲动。

纪非言停在原地，眸光深远地看着与肖遇并肩走远的竺林森。良久，他勾了勾唇，无声地掀了掀唇："竺林森，你尽管躲。"

"森森，你们系今年又是大热啊，那个纪非言，人气已经超过你了！论坛里到处都是他的消息！"陆璐蹲在电脑前刷韩大论坛，鼠标滚动了两下后，点进一个帖子，感慨道，"连课程表都被扒出来了，还要组队去围观他上课，这届的女生够花痴啊！"

竺林森正在给蛋宝组装胳膊，闻言，她翻了翻白眼，不予理会。

这几天她在学校一次都没碰到过纪非言，新生的课程已经紧锣密鼓地展开了，想必纪非言也没有时间理会她，她表示很欣慰。

"这小鲜肉是挺帅，我之前就这么觉得了，要不是为了高考，我早就去围观他了。"陆璐一边浏览论坛上偷拍的纪非言的照片，一边道，"森森，他不是你爸的学生吗，什么时候把他叫出来见见？"

"你马上就是大三的老学姐了，就别打小鲜肉的主意了。"竺林森拿过一把螺丝刀，拧开一颗螺丝，不以为意道。

"蛋宝的胳膊你都组装了多少个了，怎么还装啊？"陆璐转头，看向竺林森，纳闷地问道。

"蛋宝需要一对完美的胳膊。"竺林森拿起放在桌上的零件，目光眨也不眨地盯着蛋宝。

"别管蛋宝了，走走走，跟我围观小鲜肉去！"陆璐站起来，把竺林森手里的零件强行放回到桌上，拉上她就往外跑。

"哎！看什么小鲜肉啊，我等会儿还要上游泳课呢！"竺林森无奈地说。

再说了，小鲜肉哪有她的蛋宝好看。

但是，陆璐这人虽然个子娇小，力气却贼大，竺林森挣脱几次都挣脱不了，只能认命地跟着她出了寝室楼。

陆璐拽着竺林森直奔篮球场，竺林森有一种不好的预感："你该不会真要去看纪非言吧？"

"那当然，最近我正缺乏灵感，我需要寻找一个新的原型。"

竺林森一想到纪非言的脸会出现在陆璐的漫画中，就有一种不忍直视的感觉。她看向陆璐，一本正经地道："那你最好不要被他看到，要不然……我怀疑你会死在他手里。"

陆璐闻言，很不给面子地笑了出来："我信你才有鬼！"

两人来到篮球场，此时篮球场已经被围了里三层外三层，清一色都是女生，比菜市场还要热闹。

"这年头小鲜肉的魅力已经大成这样了吗？"陆璐也被眼前的景象惊呆了。

"这么多人，别看了，回去吧。"竺林森趁机提议。

"那不行！来都来了，怎么可以无功而返。"陆璐说着，就扒开人群往里挤。

竺林森没能跟上，一下就被挤到了外面。她看了眼已经挤在人群里的陆璐，又低头看了看时间，果断转身回寝室拿了泳衣，直奔游泳馆。

提起游泳，竺林森现在想想还都是泪，她这人的文化课成绩可以被称为学霸，但体育课，绝对是学渣中的战斗机。

本来大一就应该把游泳课给修完了，但奈何竺林森连续挂了两个学期，所以只能含泪补修学分，估计大三还要继续补。

这学期的体育老师仍是熟识的那一个，同学却换成了截然不同的一批。竺林森颇有些觉得没脸见人，只安静地走到体育老师面前，略有些尴尬地打了声招呼："王老师好。"

王老师是个中性化的女老师，三十出头，留着一头清爽利落的短发，穿着男士的运动衫，棱角分明，若不细看，总被误认为是男老师。

王老师原先是游泳运动员，退役后被韩大请来当了体育老师，上课很认真，也很严厉。经她教出来的学生，几乎都成了游泳健将，她手下唯一一个例外，大约便是竺林森了。

王老师看了竺林森一眼，严肃的脸上意外露出一抹头痛的神情："竺林森，你这回可别再掉链子了。"

"一定。"竺林森的脸微微泛了红，连忙保证。

上课铃声响起，王老师召集学生集合，游泳课一向男女混上，竺林森自觉地站到了女生那一排。

王老师翻出花名册开始点名，竺林森不甚在意地听着。突然，她精神一振，猛地抬起了头，如果她没产生幻听，刚刚王老师喊的是……纪非言？

等等，一定是她听错了，纪非言这会儿应该是在上篮球课才对啊！

这么想着，竺林森稍稍松了口气。

可下一秒，竺林森就听到了一道熟悉的声音答了"到"。

竺林森扭着僵硬的脖子偷偷循声看了一眼，待看到那人果真是纪非言时，顿时觉得整个人都不好了……

跟大一新生一起上游泳课也就算了，怎么会那么巧跟纪非言进了同一个班？

竺林森的脸色变幻莫测，恨不能立刻消失在这里。

"竺林森！"正这么想着，王老师的声音中气十足地响了起来。

竺林森明显地感觉到一道探究的视线朝她这边扫了过来，她的身子越发僵硬了，脸上却似火烧一样，连自己都觉得烫人。

她挣扎了片刻，最终还是老老实实应了一声："到。"

　　新生班上的学生对游泳的熟悉程度各异,大部分没有基础,有一部分是会点皮毛,少数游得较好,王老师根据同学们各自描述的情况,将班里的同学归了类,竺林森被划进了"会点皮毛"的那一组,紧接着,纪非言也被划了进来。

　　只见他走到竺林森身后,低声道:"师姐,真巧啊。"

　　声音里含着一丝揶揄的笑意。

　　竺林森捂住耳朵,假装没听见。

Chapter 09

这游泳课没法上了

这一堂体育课竺林森上得尤为辛苦，前半节课听王老师讲解她熟悉得都能背下来的基础知识，后面半节课让他们自由训练。竺林森好不容易挑了个遥远的角落练习憋气，就见纪非言施施然走了过来。

纪非言只穿了一条黑色的泳裤，与她想象中清瘦的样子不同，他竟是属于"脱衣有肉穿衣显瘦"的那一型，肤色倒是白皙，不过腹部的八块腹肌却紧实显眼得很，简直完爆班里的其他男同学。

游泳课上何曾出现过这样一个身材和颜值都媲美明星的男生？

别说是班里的女同学，其他班的女生都被他吸引了目光，一个个或明目张胆或偷偷地盯着他瞧。

竺林森自认为对纪非言还是有抵御力的，但也差点看得流了鼻血。她连忙继续把头埋进水里憋气，可憋了没一会儿又受不了抬起了头。纪非言已经走到了她身侧，嘴角微翘："师姐，你每次憋气都不超过 15 秒吗？"

竺林森被问得一愣，脸色又不由自主地泛了红，她瞥了纪非言一眼，不吭声。

纪非言也不在意，他朝竺林森走近一步，盯着竺林森的脸看了会儿，挑唇低声道："都说师姐是高冷女神，怎么这么容易脸红？"

他的嗓音低低的，带着些磁性，意外地撩人。

"纪非言！"竺林森忍无可忍，开口道："你离我远点，我要练憋气了。"

"哦？正巧我也要练，一起吧。"纪非言听了，顺水推舟道。

"……"谁要跟你一起了？

竺林森气得咬牙，但奈何纪非言没有自知之明，丝毫没有滚蛋的意思。

竺林森忍了又忍，决定不理他，顾自往深水区的方向走了几步，埋头练习憋气。

竺林森摒弃杂念，练得正专心，突然一个水花打了过来，腰上似被人撞了一下，她脚底一滑，身子不稳地朝水中倒去。

耳朵里顿时进了水，身体落在水中不受自己掌控，竺林森心中一慌，正要扑腾，有人已经搂住了她的腰，一把将她从水里捞了出来。

竺林森堪堪站稳，腰上的手臂适时地收了回去，身后传来纪非言熟悉的调笑声："师姐，小心些啊。"

竺林森有些心塞，默默地抹了把脸上的水。

撞她的人是同班的男同学，见她一脸狼狈，连连道歉："对不起，对不起。"

她摇了摇头，道："没事。"

"实在对不起，不如上完课我请你吃饭吧，就当赔罪了。"男同学的目光落在竺林森如出水芙蓉般的脸上，眼中闪着爱慕的光。

竺林森是被人从小表白到大的，哪能不明白对方的意思。她神色冷淡了些,直接道:"不用,我有约了。"

男同学见她拒绝得如此直接,讪讪地走开了。

"师姐真是绝情。"纪非言似笑非笑的声音在耳边蓦地响起,"人家好不容易创造了一次机会,你就这么给拒绝了。"

这游泳课真是没法上了!竺林森在内心哀号。

如果上天再给她一次机会,她绝对绝对、打死都会在大一把这门课考过!

不不不,打一开始她就不会选择游泳课!

可惜凡事没有如果,竺林森头一次觉得一节课也能上得人心力交瘁。她身心俱疲地回了寝室,陆璐一见她回来就愤愤地抱怨:"论坛上的课表一点都不准!纪非言根本就没去上篮球课!"

竺林森有气无力地看了陆璐一眼,他会在上篮球课才怪!他可一直在跟着她练憋气呢!

纪非言在韩大校园内的热度居高不下,陆璐被各式照片及传言勾得心痒难耐,连着几天都缠着竺林森,让她以师姐的名义把纪非言约出来见见。

竺林森自然不可能答应陆璐,开玩笑,为了避开纪非言,她连游泳课都请了假,那可是冒着再次挂科的风险的!

"森森,你这就不仗义了,下次不让你坐我的'小粉红'了!"陆璐见竺林森铁了心不约纪非言,颇有些愤愤,威胁道。

竺林森正在给蛋宝调试程序,闻言有些无奈地抚了抚额:"你想见他还不容易,现在他正在上游泳课,你去游泳馆堵他不就行了。"

"真的?"陆璐的眼睛一亮,顿了顿,又问,"你怎么知道?"

竺林森沉默片刻,老实交代:"他跟我上同一节游泳课。"

陆璐顿时跳了起来:"行啊你,这么重要的消息你竟然一直瞒着我！你说，你还是不是我的好朋友了？"

"你再不去，他就要下课了。"

"我去也！""嗖"的一声，陆璐抓起小电驴的钥匙，就冲了出去。五秒钟后，她又冲回来迅速地拿走了画笔和画本。

竺林森撇了撇嘴，低头继续调试她的蛋宝。调了一会儿后，她有些心绪不宁地站了起来，这毕竟是她第一次明明没病却假装生病请假，做惯了好学生的她想起来便觉得心虚。

她打开课表，看了眼满满当当的课程，又下载了一份王老师的课表。请假毕竟只是权宜之计，最完美的办法就是换个时间上游泳课。可她仔仔细细看了两遍，发现王老师的课表里没有一节体育课不是跟她的专业课冲突的。

竺林森发了半天呆，最后决定面对现实。

纪非言算什么，她怎么可以因为不想见他就请假呢？

她完全可以忽视他！

重要的是，不再挂科！

想通了的竺林森再次聚精会神钻进了代码的世界里，蛋宝的缺陷还很多，她得一个个完善起来。

她的目标是让蛋宝读懂她每一个指令。比如说当她让它转一圈的时候，它绝不转三圈！

陆璐哼着歌回来的时候，天已经黑了。竺林森正在更新蛋宝的程序，只见陆璐搬过椅子一屁股坐在竺林森面前，然后拿着画纸的背面对着竺林森，笑嘻嘻道："森森，当当当当！"

陆璐将画纸倏地翻过来，竺林森就看到一个熟悉的身影跃然纸上。

那是刚从泳池里走出来的纪非言，正侧着头拿着毛巾擦头发，挺拔健美的身材犹如运动场上的游泳健将，被陆璐漫画化后，更像是漫画里走出来的男主角。

"我决定了，他就是我下一部漫画的男主角！"陆璐的声音里充满了激动。

"……"

"欸，你们数学系还有没有高颜值的小鲜肉？我这男一号是有原型了，男二号还没呢！"陆璐拽了拽竺林森的胳膊，笑嘻嘻地问道。

"你找肖遇啊，他不是同意你画他了吗？"竺林森挑了挑唇。

"别提这茬了，这家伙就是个大骗子！我才画了一张就不给我画了！"陆璐愤愤不平。

"谁让你画得那么过火？"竺林森有些好笑地道。

肖遇能容忍才怪！

不知道有一天纪非言看到自己成了陆璐笔下的男主角，会有什么样的反应？

竺林森突然产生一种恶趣味，她拍了拍陆璐的肩膀，笑道："你好好画，我这次帮你参谋参谋。"

"真的？"陆璐的眼睛亮了亮，要知道竺林森从来不爱看她那些漫画。

"当然。"

"好好好，我这次一定好好画，要是能把你也给吸引了，说明我离火不远了！"陆璐兴奋地道。

"竺林森，我喜欢你！"突然，寝室楼下传来一阵骚动，男生嘹亮的喊声在夜色的掩护下清楚地传了上来。

竺林森愣了愣，还未反应过来，陆璐已经迅速地奔向了阳台。

过了会儿，陆璐幸灾乐祸地叫道："森森，快来看！有人给你摆了心形蜡烛向你表白呢！"

竺林森蹙了蹙眉，坐在椅子上不动。

可是，很快就有此起彼伏的叫声响了起来：

"竺林森！竺林森！竺林森！"

"竺林森！快下来！"

"竺林森！快下来！"

那是围观群众帮衬的声音。

寝室楼下越发热闹，越来越多的学生加入了围观人群里。寝室楼里面的女生也一个个跑到阳台看热闹，还有人来敲寝室门，好心提醒："竺林森，有人在楼下跟你表白呢！"

竺林森恨不能捂住耳朵。

陆璐仔细看了看楼下站在一圈爱心蜡烛中间的人，突然拍着栏杆大笑道："哈哈哈，森森，这不是追了你一年，然后被你拒绝了N次的那个文科男吗？叫陈什么来着？啊，对！陈远！"

"你小声点！"竺林森恨不能冲上去捂住陆璐的嘴，不过她可不敢出现在阳台上，要是被人看到就更尴尬了，还是假装自己不在寝室比较好。

陆璐后知后觉地意识到自己很有可能暴露竺林森的所在，她连忙从阳台上跑回寝室，但还是一副幸灾乐祸的样子："你不是拒绝他了吗，他怎么又来向你表白了？"

竺林森也是一脸迷茫："我这学期就没见过他啊！"

陈远这人竺林森是有印象的，不过是很不好的印象。

竺林森被很多人表白过，大部分人被拒绝后就不会再来纠缠她，偶尔有些人会锲而不舍地企图打动她，但也很快就会放弃，陈远是里面最偏执的一个。

也是她倒霉，大一第一学期的时候跟他选到了同一节英语课，可天知道她整个学期都没有跟他说过一句话，如果不是后来他来跟她表白，她甚至不知道他是英语班上的同学。

算上这一次，陈远一共跟她表白过四次，她每一次都斩钉截铁地拒绝他，可每过一段时间，他又会锲而不舍地出现。更让她不适的是，他总是给她发各种短信，有时候里面甚至还有被他偷拍到的照片，他甚至拿到了她的课表，总是会出其不意地出现在她面前，把她吓得够呛。

可以说，陈远是第一个让竺林森感受到害怕的追求者。

Chapter ⑩

师姐，没事了

"403 寝室的竺林森，做我女朋友吧！"陈远的声音又传了上来。

"403 寝室的竺林森，做他女朋友吧！"不明真相的围观群众在一旁煽风点火，不约而同地喊道。

竺林森的脸色很难看，他竟然连她的寝室号都知道！

"竺林森，我知道你在寝室，如果你不下来，我只能上去找你表白了！"陈远的声音再次响起来。

这听在围观群众的耳里像是带着笑意的调侃，甚至还添了层浪漫的色彩，可听在竺林森的耳里，却是一种变相的威胁。

"他还敢威胁你？"陆璐也变了脸色，她果断拿起手机，"我这就把肖遇叫过来。反了他了，当我们怕他不成！"

"不用叫肖遇，我自己解决。"竺林森倏地站了起来，她去厕所接了满满一大盆的水，然后快速走到阳台上。

"璐璐，把你的那个喇叭给我拿过来。"竺林森冷静地道。

陆璐有去当过维持纪律的志愿者，当时特意买了一个喇叭，不过她自己都快忘了还有这么一个玩意儿，听竺林森一说，连忙去抽屉里翻了翻，还好抽屉里东西不多，一翻就翻到了。

　　"陈远。"竺林森靠在栏杆上，一只手扶着脸盆，一只手拿着喇叭，她清澈的声音在夜色里清楚地响了起来。

　　喇叭的效果不是盖的，竺林森一出声，就把寝室楼下喧闹的声音给压了下去。

　　"哇喔，女主角出来了！"

　　但是，楼下只是安静了一会儿，就爆发出了更大的喧闹声。

　　"竺林森！竺林森！竺林森！"围观群众更加卖力地喊了起来。

　　"竺林森，我喜欢你，你能做我女朋友吗？"陈远见状，不由得露出一个笑容，重新问了一遍。

　　"不能。"竺林森的声音再次响亮却冷静地响了起来，她面无表情地看着楼下的陈远，斩钉截铁地回答。

　　竺林森话音刚落，楼下就发出一阵唏嘘声，万万没想到这竟是男主角一个人的独角戏，女主角根本就不喜欢他啊！

　　"陈远，我不喜欢你，所以不会做你女朋友。这是我第五次拒绝你，我希望是最后一次。"竺林森继续道。

　　"我不会放弃的！"陈远的音量突然飙升，带了一丝气急败坏。

　　陈远话音刚落，竺林森就将脸盆里的水哗地倒了下去。

　　一盆水哗啦啦地倒在了陈远的身上，把他浇成了落汤鸡，周围的蜡烛也被水浇灭。围观的人没想到还会有这一幕，一时都噤了声，还有不少人偷偷在拍照，场面顿时变得有些尴尬。

　　"那就请你从此刻开始放弃，不要再来骚扰我，谢谢。"竺林森说完，就干脆利落地转身回了寝室。

　　陆璐在身后目瞪口呆地看着竺林森的这一番表现，过了好一会儿才爆发出了惊叹声："啊啊啊啊……森森，你简直帅呆了！"

陆璐扑上去一把抱住竺林森，崇拜道："女神！女神！快让我抱抱！"

"女神"竺林森却手脚发软地瘫倒在椅子上，手心已被汗水浸湿，她的心跳得奇快，像是刚刚打了一场仗。

她从未把别人对她的爱意踩在脚下，也从未这样羞辱过一个人。可她害怕，如果不断了陈远的念头，她会被持续不断地骚扰，她的人生，不该浪费在这样的事上。

"璐璐……"过了好一会儿，竺林森的心跳才渐渐平复下来，"他不会报复我吧？"

"他敢！"璐璐目光一凶，"他要是敢报复你，我和肖遇就去揍扁他！"

竺林森忍不住一笑，心稍微放了放："那就全靠你们俩了。"

楼下的围观群众渐渐散去，人群中传来隐隐约约的声音："之辰，刚刚咱班长真是太帅了，还好她没有答应，你不知道，我刚刚都在为你提心吊胆呢！"

李之辰看了眼403寝室空荡荡的阳台，心中既庆幸又有些隐隐的失落，她这样一做，不知会让多少人望而却步……

还有人叫了一声："走了，非言。"

"嗯。"有人勾着嘴角，懒懒地应道。

竺林森泼水拒绝告白者一事很快刷爆校园，成了韩大的热门新闻。要知道从前在寝室楼下向竺林森告白的人不是没有，但竺林森从不出现，没想到这次不但出现了，还做了这么大的动作。

一时间，韩大论坛里都在讨论这件事。不过，不管论坛里讨论得如何热火朝天，竺林森都一概不知，也毫无兴趣。她的课程排得满满的，她的业余时间更是几乎全部投在了蛋宝身上，可以说忙得完全没有时间理校园里的流言蜚语。

周六很快来临，竺林森一早就起床洗漱，准备出门。

陆璐在床上迷迷糊糊地睁开眼，问道："森森，你怎么还去做家教？"

竺林森摸了摸桌子上的蛋宝，叹气道："我要赚奶粉钱啊！"

蛋宝的机械配件实在是太贵了，别人都是"单反穷三代"，她是"蛋宝穷一生"，自从她把零花钱和奖学金都投进蛋宝身上后，就深深地明白了科研经费是多么重要。

作为一个没有科研经费却只想把时间投进"科研"中的人，她只能靠当家教来挣点零花钱。

所以，竺林森在周六这一天接了三场家教，把上午、下午、晚上的时间都排满了。

等她教完最后一个学生，已经是晚上九点了。

家教的地方就在学校附近，竺林森早已熟门熟路，所以从学生家里出来后，她就背着书包往学校里走去。

学校围墙外种了一圈茁壮的大树，树荫茂盛，连路灯都被遮住了许多，只余些许昏黄的光。

竺林森脚步轻快地走在路上。

其实，她很享受这样独处的时候，有时候想想难解的数学题，有时候想想该怎么提升蛋宝的性能……时间往往一下就过去了。

"竺林森。"突然，一道有些熟悉的声音突兀地响了起来。

竺林森猛地回神，一抬头，就看到陈远站在她的面前，只见他面无表情地看着她，在这昏黄的夜色下，竟显得有些狰狞。

竺林森的心"咯噔"一下，不知为何竟产生一丝害怕，但她还是让自己保持镇定，开口问道："你找我有事？"

　　陈远没有说话，而是猛地上前，一把将竺林森抱住，粗暴地将她推到一旁的树干上。

　　竺林森尖叫一声，吓得魂不附体。

　　陈远眼疾手快地捂住竺林森的嘴巴，哑着声问："你为什么不喜欢我？我对你这么好，为你做了这么多事，你不仅不喜欢我，还当着那么多人的面羞辱我？竺林森，你为什么要这么对我？"

　　竺林森拼命挣扎，声音模糊地从他的掌心传出来："你放开我！放开！"

　　"你答应做我的女朋友，我就放开你。"陈远死死地压制住竺林森，见她这副惊恐的模样，突然笑了下，"竺林森，你做我女朋友好不好？只要你答应，我可以原谅你之前的行为。"

　　竺林森一直觉得陈远有些偏执，却没想到他会偏执到这种份儿上。她的心都快跳出嗓子眼了，她不想答应，也不敢答应他，以他的性格，一旦答应，只怕她更加无法脱身，可此时此刻、此情此景她要是说出不答应……她不敢去想后果。

　　"你说啊，说你愿意做我的女朋友。"陈远见竺林森犹豫，面色不由得沉了沉，他抓住竺林森的手腕更用力了些。

　　竺林森痛得拧了眉，差点飙了眼泪。

　　"你要她说多少遍，她不愿意？"就在这时，一道懒懒的声音响了起来。听在竺林森的耳里，犹如救命稻草。

　　陈远倏地转头，就见不远处的树下，一个穿着白色 T 恤的男生正漫不经心地倚在树干上，手里把玩着一只篮球，正是纪非言无疑。

　　竺林森那颗即将跳出嗓子眼的心终于落了回去，她的眼睛眨也不眨地看着纪非言。她从未这么庆幸过纪非言的出现，她甚至在心里暗暗骂了自己一顿，之前她怎么可以生出要躲着他的心思，下次得请他吃饭才行！

"不要多管闲事。"陈远狠狠地瞪了纪非言一眼。

纪非言看了眼竺林森那双如小鹿般充满期待的眸子，漫不经心地玩了下篮球，目光落到陈远身上。他朝陈远走去，只见他的手一扬，手中的篮球就狠狠地砸到了陈远的背上。

陈远吃痛地叫了一声，倏地放开了竺林森。还未等他还手，他已经被纪非言一把拽了起来，转眼脸上就被狠狠地揍了一拳。

竺林森有些惊呆地看着两人，在纪非言的面前，陈远竟然连还手的能力都没有，只有被吊打的份儿。没过一会儿，陈远就已经扛不住开口求饶了。

纪非言将陈远狠狠地推到一旁的树干上，目光沉沉地看着他："还想竺林森做你女朋友吗？"

他的眸光如狼般狠厉，让人不敢直视。

"不想了，不想了……"被揍得鼻青脸肿的陈远一听这话，忙不迭道。

纪非言挑了挑唇，松开陈远，懒懒道："滚吧。"

陈远连看也不敢看竺林森一眼，连滚带爬地跑了，像逃命一般。

看着陈远的身影消失在面前，竺林森才终于放下了心。她手脚发软，后背亦是被冷汗浸湿，一时竟倚在树干上起不来。

纪非言走到她面前，他嘴角含着笑，浅浅的梨窝若隐若现，与刚刚凶狠的样子截然不同，仿佛多了丝温柔。

他缓缓道："师姐，没事了。"

Chapter 11

不 要 怕

竺林森的眼泪倏地滚落下来，她从未经历过这样的场面，其实早就吓破了胆，但一直硬撑着不敢哭，生怕一示弱就更让自己处于不利的境地。

纪非言见了，忍不住笑了声："师姐原来这么胆小。"

闻言，竺林森哭得更加厉害，她伸手捂住脸，似是不想让纪非言看到她的丑态，泪水流过她的指缝，濡湿了她的手心。

纪非言叹了口气，他伸手将竺林森的手从脸上拿开，目光温柔地看着她满脸泪痕的模样，轻轻地拭了拭她眼角的泪，道："师姐这副模样，真是楚楚动人、我见犹怜。"

"纪非言你……"竺林森闻言，一时竟忘了哭，有些生气又有些委屈地看着纪非言，这小浑蛋这时候竟还调戏她！

竺林森的话还未说完，就被纪非言拉进了怀里。他闷笑了两声，安抚性地拍了拍她的背，轻声道："师姐，不要怕，他再也不敢骚扰你了。"

竺林森心头的一点点无名火一下就散了，纪非言身上温暖的温度传到了她的身上，让她感受到了一种无言的安全，也让她身上的力气一点点地回来了。

她从不曾想过，这个十七岁的少年，明明比她还要小两岁，竟然强大到可以给予她安全感，匪夷所思，却又让人无法否认。

"纪非言。"她突然唤了一声，顿了顿，她道，"谢谢你。"

"师姐真要谢我，以后就不要躲我了。"纪非言挑了挑唇，轻笑道。

竺林森的脸烫了烫，毕竟刚承了纪非言的情，自己之前的小心思被他这么挑明了说出来，颇有些尴尬。她正想说些什么，却又听纪非言继续道："听说师姐的游泳课已经连续挂了两个学期，要是再请假，不是要连挂三个学期了？师姐是学校名人，应该丢不起这个人吧？"

竺林森的身子僵了僵，连纪非言这个刚来的大一新生都知道了自己的游泳课连挂了两个学期，还有不知道的人吗？

竺林森表情沉痛，再次后悔当初选了游泳课……

"更何况，师姐要是不来上体育课，游泳馆实在是少了一道靓丽的风景呢……"纪非言微微低头，带着笑的嗓音在竺林森耳边缓缓响起，让竺林森的耳根傻傻地泛了红。

竺林森猛地推开纪非言，她假咳了两声，伴装若无其事地道："我要回寝室了。"

"正巧，我也要回去，一起吧，师姐。"

两人一前一后走着。

夜更深了，身后只有纪非言那令人安心的脚步声和呼吸声，竺林森抬了抬头，月光透过树梢洒下来，美得让人心惊。

"怦……怦……怦……"竺林森的心突然跳如擂鼓。

她难以置信地按住自己的心口，脚步不由自主地停了下来。

"师姐，怎么了？"纪非言适时地走上前。

竺林森抬头看了他一眼，她的面色有些微妙，不能吧？难道就因为一次英雄救美，她就喜欢上他了？

他可比她小两岁啊！

竺林森，你疯了吗？他可是你的师弟啊！这要是被竺浩然知道了，他不得活剥了你的皮啊！

一想到竺浩然，竺林森顿时打了个激灵，瞬间就清醒了。

她目光复杂地看着纪非言，心里默默地告诉自己：这种事，必须得扼杀在摇篮里！

陈远果真没有再来纠缠竺林森，倒是有一次竺林森在食堂碰见他，她还没反应过来，就见他见鬼似的逃了。

陆璐端着餐盘在一旁磨牙："他要是敢逃慢一步，我就把饭菜扣他头上！"

竺林森被逗笑了。那晚，她确实被吓到了，好在纪非言出现得及时，她并没有受到实质性的伤害。后来肖遇知道这事后，又把陈远揍了一顿，所以现在陈远已经彻底对她死了心，躲她都来不及了。

这样的结局虽然有些不太好看，但总归是让她的生活恢复了平静。

"森森，还记得咱说好的请纪非言吃饭，感谢他对你的搭救之恩吗？"这天晚上，竺林森正在看专业书，一抬头，就见陆璐吃着西瓜坐在她面前，一脸诚恳地看着她。

这事儿陆璐已经跟竺林森念叨了不止一次，竺林森很后悔把这事告诉了她。

竺林森咳了两声，假装为难道："记得，不过听说这一届的数学系特别忙，我想他可能没时间。"

"只要他有时间，你就请他吃饭喽？"

"那当然。"竺林森严肃地点了点头。

闻言，陆璐嘿嘿一笑，打开微信就发了条语音过去："那就今晚六点吧，森森已经迫不及待要请你吃大餐喽！"

竺林森一愣，脸色倏地一变。她猛地把陆璐的手机抢了过来，只见微信的对话界面上，纪非言的名字赫然显示在上面。

"叮咚"一声，纪非言的消息回了过来，他说："好。"

竺林森的小心肝莫名地颤抖了一下，她不敢置信地看着陆璐："你什么时候加的他？"

"不就去游泳课堵他那次喽，我就拿你和竺老师套了下近乎，他就同意加我微信啦。对了，我们俩还聊你聊了好久呢！"陆璐一脸得意。

竺林森抚了抚额，她怎么就低估了陆璐的交际能力呢？

"你们都聊我什么了？"半晌，她有些不抱希望地问道。

"他问我你是不是生病了，我说才不是，你就是纯粹不想上体育课，窝在寝室玩呢！"

"我谢谢你啊！"难怪纪非言会知道她在躲他！敢情始作俑者在这儿！

陆璐丝毫看不出来她说的是反话，心情很好地把西瓜皮扔进垃圾桶，然后拿出自己的画纸瞅了几眼："哎，都怪我没立刻开始画，害我把纪非言的神韵都忘了，还好我机智，知道再次制造机会！"

你机智个毛线！竺林森头痛地在内心骂了一句，猪队友啊猪队友！

一想到她那晚突然加速的心跳，竺林森就想剖腹自尽！

正懊恼着，手机突然响了一下。她打开一看，就看纪非言发过来的微信："师姐，我很期待。"

竺林森的心又不受控制地颤了下，末了又有些愤愤，这小浑蛋怎么就那么能撩呢，一看就不是个正经好师弟！

　　就像那天晚上，他送她到寝室楼下的时候，她正想赶紧上楼，他却突然叫住她："师姐，不加个微信吗？"

　　她刚一犹豫，就见他做出一副受伤的表情："师姐果然是不喜欢我啊，连联系方式也不想留一个。"

　　竺林森立马就投降了，毕竟纪非言刚搭救了她，她也没那个厚脸皮翻脸不认人，于是她掏出手机道："怎么会，你扫我好了。"

　　纪非言立刻收起了受伤的表情，确认两人的好友加成功后，他看向竺林森，嘴角带着揶揄的笑："看来师姐还是喜欢我的。"

　　竺林森真想下一秒就把纪非言拉入黑名单。

　　她转身上了楼梯，一回头，见他仍站在原地，目光落在她身上，似带了温柔，她不敢再看，匆匆回了寝室。

　　既然请纪非言吃饭已经成了板上钉钉的事，竺林森决定改变自己的心态。

　　于是，这天晚上的饭桌上，竺林森看着纪非言的目光里充满了"慈爱"，满脑子都循环着几句话：

　　竺林森，他可是你爸的得意门生，你要是对他下手，被竺浩然知道了，你可是要被家法伺候的啊！

　　竺林森，他还是小屁孩啊！老牛吃嫩草这种事做不得！

　　竺林森，你要是够聪明，你就控制住你自己！

　　……

　　竺林森就这么被自己洗了脑。

　　陆璐和纪非言聊得热火朝天，就半小时的工夫，陆璐已经把自己和竺林森的大小事件抖得差不多了。竺林森想要阻止都没办法，只能在一旁默默地吃饭。

突然，陆璐放下筷子跳了起来，她一边拿起手机看时间，一边道："完了完了，我忘记我还有选修课了！你们慢慢吃！我先去上课了！那什么，纪学弟，我们下次再见哈！"

不等纪非言回答，陆璐就朝门口狂奔了出去。

刚刚还觉得聒噪的声音突然停歇下来，气氛顿时就安静得有些尴尬了。

竺林森低头吃了口饭，心想总这么沉默着也不是个事，于是抬头看向纪非言，尽量诚恳地道："师弟，上次谢谢你了。"

这是竺林森第一次以"师弟"称呼纪非言，这个称呼像是一道紧箍咒，彻底箍住了竺林森的心，让她丝毫不敢再生出不该有的念头。

早知道这称呼这么管用，她还费那么多劲儿给自己洗脑做什么？

竺林森看着纪非言的目光更"慈爱"了。

纪非言听了，不动声色地看向竺林森，挑唇道："师姐这一晚上看我的目光都如狼似虎的，你要不说谢谢，我还以为你是想吃了我呢！"

"纪非言，你能不能正经点？"竺林森的脸顿时涨成了猪肝色，她这目光怎么就如狼似虎了？明明是很有爱的目光好吗！

"怎么不叫师弟了？"纪非言轻轻笑，看着竺林森的目光意味深长。

竺林森一窒，神色有些不自然，像是被人看穿了自己的秘密，一时竟不知道该怎么接话。

纪非言却仿佛没看到，慢条斯理地剥了一只虾，放到竺林森的碗里，似是不经意地问道："明天游泳课，师姐会来吧？"

竺林森回神，目光有些复杂地看着那只虾，犹豫了好一会儿，夹起来放进嘴里，狠狠地咬了两口："当然。"

Chapter 12

不喜欢他这样的?

第二日,竺林森果然照常到了游泳馆。出乎她意料的是,游泳馆竟然人满为患,喧闹得像个菜市场。她一进去,就听到有女生激动的叫声:

"啊啊啊……怎么可以这么帅啊!"

"天哪!那真的是八块腹肌吗?脸长成这样也就算了,为什么腹肌也可以这么完美!"

"这是我老公,这一定是我老公……"

"……"

女生们叽叽喳喳的声音传到竺林森的耳朵里,不用想,竺林森就知道这些人是谁招过来的。

果然,她一抬头,就看到纪非言正面带微笑地从泳池里走出来,一双大长腿修长紧实,水珠从腹肌上慢慢滑落……

霎时,竺林森想到了陆璐画的那幅画,漫画已经足够令人遐想,没想到真人版更加让人血脉喷张。

竺林森下意识地摸了摸鼻子下方，确保自己没有流鼻血。耳边响起此起彼伏的尖叫声，她瞥了一眼，就见女生们纷纷捂着通红的脸，一个个眼冒星光，都是少女心已炸裂的模样。

有女生上去给纪非言递毛巾，纪非言笑着接过擦了把脸，又含笑道了声谢，女生害羞地捂脸跑开。

这、这小浑蛋……简直就是妖孽啊！

偏偏还装出一副纯良无害的模样……

竺林森默默地腹诽了一句，收回目光，走到上课的集合地点，王老师已经站在那儿。游泳馆的盛况显然也出乎了她的意料，不过仍是一副淡定的模样，见竺林森没有和其他女生一样围到纪非言旁边，竟然还难得和竺林森说起了话。

可她一开口，就让竺林森窘了窘。

她说的是："竺林森，有对象了吗？"

"没……"竺林森愣了愣，脸色微红地答。

"不喜欢他这样的？"王老师指了指纪非言，嘴角竟浮现一抹笑意。

竺林森呆了呆，连忙点头道："当然，这也太招摇了。"

"确实招摇了些。"王老师一本正经地点了点头，"不过我看他游泳水平不错，你平时可以让他辅导辅导你。"

"……"

竺林森正想说些什么，上课铃声便响了。同学们快速地排队集合，竺林森也连忙回了队伍，她默默地抹了把汗，万万没想到王老师不聊天则已，一聊天就全是套路。

让纪非言辅导她游泳？竺林森光是想想就打了个激灵，太危险了！

为了自己的安全着想，与他保持距离方为上策。

可是游泳池就那么点大，学生又那么多，想要保持距离——实在是有些困难。

"师姐，你知道你刚刚一直在这里打转吗？"竺林森正努力地练习游泳，旁边就响起了纪非言带笑的声音。

竺林森的动作微微一滞，纪非言的话戳中了她的命门，要知道她游泳课挂掉的原因除了憋气不行之外，还有一个致命伤就是方向感不行。

她只要一下水游泳，就会完全丧失方向感，以至于考试时总是会偏离方向……

竺林森有些绝望地游到泳池边坐下，心想，就她这方向感还学什么游泳啊？真要是落水了，估计也只有死路一条……

纪非言跟着游了过来，在她旁边坐下。

竺林森往旁边挪了挪，拉长了和纪非言之间的距离。

虽然老师让人把游泳馆的闲杂人等都请出去了，但不远处还是有一些纪非言的迷妹在偷偷向这边打量，身为一个大二的老学姐，她还是不要去蹚纪非言这浑水比较好。

哪知纪非言也往她边上挪了挪。

"……"竺林森沉默片刻，正要继续往旁边挪，纪非言突然转头看向她，露齿一笑，唇边梨窝浅浅，黑亮的眸子似有水光潋滟，干净阳光如动漫里的美好少年，轻而易举便能撩起少女的春心。

竺林森的心没出息地颤了颤。

"我记得师姐昨晚刚请我吃过饭。"纪非言缓缓开口，黑亮的眸子微微眯了眯，划过一道危险的光，面上却仍是那副无害的模样，嘴角甚至还带着笑，"怎么今天又翻脸不认人了？"

竺林森面上不动声色，心里却尴尬得恨不能找个地洞钻进去。她这种行为，也算得上忘恩负义了，偏偏还被当事人识破并且被当场揭穿，实在是挑战她的应变能力。

竺林森的脸有些发热，眼神又开始心虚地四处乱飘，连声音也很心虚:"哪有……"

纪非言的目光落在她红起来的脸颊上,眼中的笑意渐渐晕染开来:"没有吗?"

竺林森一本正经地点了点头。

"那师姐教我游泳吧。"

"你游泳游得这么好还需要我教,你教我还差不多。"竺林森下意识地反驳。

竺林森的话外之音是拒绝,却没想到纪非言不按常理出牌,竟然顺水推舟:"好,那我教你。"

"……"竺林森默默地望天,好想假装没听到这句话。

可显然不行。

纪非言跳进泳池的时候,顺便把竺林森也拽了下来。竺林森猝不及防地尖叫一声,待在水里站稳后,才发现很多人的目光都被她的尖叫声吸引了过来,她连忙眼观鼻鼻观心,假装什么也没发生。

纪非言忍住笑:"师姐,我游在你前面,你跟上我。"

竺林森放弃挣扎,点了点头,毕竟不挂科比较重要。

纪非言开始往前游,竺林森也跟了上去,有人带总归比自己游好,至少不会再在原地打转了。

过了会儿,游得正卖力的竺林森被人伸手拦下,只见纪非言无奈地看着她:"师姐,你跟错人了。"

腾地,竺林森的脸红了个透彻。

不游了,不游了!再也不游了!

一直到回寝室的时候,竺林森的脑海里还回荡着这几句话,她心灰意冷地爬上床趴下,闷闷地想:真的再也不想游泳了!

陆璐回来的时候,竺林森还没从游泳课的打击中恢复过来,难得没有把心思放在书本和蛋宝身上,有气无力地躺在床上玩手机。

"森森，你知道我见到谁了吗？"陆璐的表情有些梦幻，连声音也有些飘飘然。

这表情很少见，在竺林森的印象里，她只见到过一次，那是刚刚过去的暑假，军训结束后，她和陆璐、肖遇一起去西藏旅游，用陆璐的话说，已经黑成这样了，也无所谓再黑一圈了。

不过陆璐因为家里有事，比他们迟一步出发，当陆璐在西藏跟他们会合后，陆璐也露出这样的一副表情，对她说："森森，你知道我遇见谁了？"

"谁？"那时的竺林森其实并没有多少好奇心，但还是很给面子地问了一下。

"我的真命天子。"彼时的陆璐眼睛亮闪闪的，像是坠入了一个美梦，但是好笑的是，陆璐并不知道她的真命天子叫什么名字。

竺林森只知道，陆璐并没有和他们一样直接坐火车到西藏，而是在中途下车，体验了一把搭车的快感。

而那个真命天子，便是陆璐遇到的第一个愿意搭她一程的人。听陆璐说，那是个与他们年纪相仿的男生，长得好看不说，气质更是出众，所以她看到他的第一眼，就动心了。

可惜那个男生惜字如金，连名字也不愿意告知，哪怕是一向擅长交际的陆璐，也不能撬开他的嘴。

但这并不妨碍他成为陆璐的"真命天子"。

这段时间陆璐时常在竺林森耳边念叨，但那人毕竟只是旅途中短暂的一段际遇，就像是昙花一现，无法久留，想要再次相遇，简直难如登天。

竺林森没想到才过了两个多月，陆璐又一次出现了那种如坠幻梦的神情，她忍不住问："别告诉我你又遇见了一个真命天子。"

哪知陆璐听到这句之后，眸光骤然发亮："森森，你果然懂我！"

竺林森顿时觉得意兴阑珊，继续玩手机。

陆璐却兴奋地爬上竺林森的床，激动地道："我知道他的名字了！"

"哦。"竺林森很勉强地应了一声。

"我说的他是我在西藏遇到的那个人！"陆璐见竺林森没什么反应，忍不住敲了敲竺林森的腿，瞪着眼道。

竺林森一顿，终于放下了手机，有些不敢相信地问："你确定？"

陆璐狠狠地点了点头："森森你知道有多巧吗，他竟然是纪非言的室友！"

竺林森愣了愣，这缘分确实也是没跑了……

"他叫什么名字？"既然是纪非言的室友，那应该也是数学系的吧？她那天接了这么多新生，除了纪非言，也没见过颜值特别高的呀！

"乔以南。"陆璐的脸蛋红红的，"怎么样，这名字是不是也特别好听？"

竺林森没搭理她，在脑海里搜罗了一圈，蹙眉道："我怎么不记得我们系的新生里有这个人。"

"他不是数学系的，是物理系的，学的是天体物理，只是正好跟纪非言分配到了同一个寝室。"陆璐显然已经了解过情况，继续道，"你知道吗，这学期论坛里讨论最多的就是纪非言和乔以南，他们两个都是男神级的学霸，简直就自带光环，最重要的是，他们俩都没有女朋友！"

顿了顿，陆璐又继续道："要是早点有人在论坛上贴出他的照片，我怎么会到现在才知道他的存在？"

陆璐的语气颇为遗憾，又有些庆幸："还好我今天看到他和纪非言一起进寝室了，森森，这就是缘分啊！"

竺林森看着陆璐一副陷入爱河的模样，忍不住失笑。她挑了挑眉，道："你以前不总说喜欢比你大的男生吗？怎么，现在能接受比你小的了？"

陆璐做害羞状："爱情说来就来，我也掌控不了啊，更何况，姐弟恋也挺浪漫的呀……"

姐弟恋浪漫吗？竺林森不知道，她想到了纪非言，但她很快又想到了竺浩然可能出现的反应。一想到竺浩然，她就抖了抖身子，她还是别动这念头了……

Chapter 13

她的初吻

又是一个周六，竺林森家教回来，看到一沓画纸整整齐齐地放在她的桌上，上面还压了一个画板。寝室门没关，陆璐却不在寝室，竺林森心想她肯定是去其他寝室串门了，便坐到椅子上，把那沓画纸拿出来翻了翻。

这一翻，她就有些停不下手，只因上面画的全是纪非言，哦，不，还有一个二次元男二号，两人互动的画面颇有些难以直视……

竺林森看了几眼就觉得脸庞有些微微发热。

听到脚步声的时候，竺林森正翻到其中一张画纸，她想起之前自己说过要给陆璐提建议，于是尽力保持作为一个读者的公平公正原则，给出了自己的建议："我觉得吧，这张两人的距离隔得有点远啊，互动不够有趣，应该要像这张一样才有趣！"

竺林森说着，站起身，把其中一张翻了出来，一手拿着一张画纸，对比着给身后的人看。

"是这样吗？"手腕突然被人握住，男生略带磁性的嗓音缓缓在耳侧响起。

竺林森被人拉着转了个身，后背靠在桌旁的衣柜上，两只手腕亦被人握着压在上面，熟悉的气息掠过她的脸颊，激起一阵战栗。

"纪……纪非言？你……你怎么会在这里？"竺林森被结结实实地吓了一跳，结巴道。

"师姐还没说，是不是这样？"纪非言答非所问，朝竺林森靠近了些。他微微俯身，鼻尖几乎凑上竺林森的脸颊，温热的气息近在咫尺，连呼吸似乎也缠在了一起，竺林森的脸倏地热了起来。

"纪……纪非言，你做什么，快放开我。"竺林森紧张得额头都冒汗了。她想要推开纪非言，却发现任凭她怎么挣扎，她的手腕都丝毫不能动弹。男女的力量悬殊，在此刻分外分明。

"师姐不喜欢这样？"纪非言低低地问，带有磁性的嗓音混杂着张扬的霸道，眸光幽深专注，如正盯着猎物的猎人，竺林森只觉得自己的半边身子都酥麻了。

但好在她还保留着一分清醒，绷着一张通红的脸道："不喜欢，放开我。"

"哦？那师姐喜欢什么样的？或者……是这样？"纪非言仍不放手，他歪了歪头，突然露出一个有些痞坏的笑，薄唇朝着竺林森的红唇，缓缓地凑近。

竺林森吓得闭上了眼睛，连忙将脸侧向一旁，紧张得连呼吸都忘了，心跳如擂鼓，仿佛下一秒要跳出胸腔。

"哎，你们怎么把门关上了？"就在这时，陆璐的声音在门外响了起来，伴随着随意的敲门声。

扣在竺林森手腕上的双手骤然一松，竺林森猛地睁开眼，暗暗松了口气，却没想到纪非言却突然低笑一声，然后下一秒，唇瓣上便感受到温热的触感，软软的，似热乎的果冻。

"轰"的一声，竺林森的脑子里似有什么炸开，整个人都不好了……

纪非言这小浑蛋……竟然真的亲了她！

她的初吻啊啊啊！

门被打开的时候，竺林森还处于呆愣状。

陆璐走进来，看到竺林森一副呆滞的模样，问道："森森，你怎么了？该不会被纪学弟吓到了吧？我忘记跟你说了，我的电脑最近经常死机，所以我让纪学弟来帮我重装下系统。"

竺林森终于回过神来，听到陆璐的话，忍不住咬牙："你不是一直找我帮你装系统的吗？"

"你最近不是忙着嘛，要不然我怎么会麻烦纪学弟呢？"陆璐脸不红心不跳地笑着道，"纪学弟，等你帮我装好系统，我请你们全寝室吃饭。"

竺林森算是明白了，陆璐费这么大周折，绕这么大一个弯，归根到底是为了见乔以南。

她简直就是陆璐这个追求计划中的炮灰啊！

纪非言已经坐在陆璐桌前为她重装系统，他面色如常，仿佛刚刚什么都没有发生。听到陆璐的话，他微微一笑："不用，以南不喜欢饭局，不过下周日是我的生日，他逃不掉，你们可以一起来。"

"纪学弟，你知道我是为了谁啊？"陆璐有些不好意思地问。

"陆学姐找我打听了这么多以南的事，总不会是为了我吧？"纪非言笑问。

见心思被纪非言发现了，陆璐也不扭捏了，大大方方地问："那你觉得乔以南有可能喜欢我吗？"

"这个问题，只有他本人知道。"纪非言听了，微微一笑。

不过，他大概可以猜出来，可能性——近乎于零。

陆璐听了，也不失望，反而跃跃欲试，双眼都是雀跃的色彩。

竺林森看着陆璐的模样，心中掠过一丝担心。纵使她两耳不闻窗外事，也有听过那位乔以南的事迹，听说开学不到两个月，向他表白的人已经多如过江之鲫，但全部铩羽而归，被他拒绝的人没有一个是不哭的，不是因为被拒绝而哭，而是因为被拒绝得太惨烈……

嗯，那是一个丝毫不懂怜香惜玉为何物的人。

可即便如此，向他表白的人仍然前赴后继，女生大约都是同一种生物，在美梦被打碎之前，都以为自己会是那个例外。

竺林森最近有些魂不守舍，倒不是因为初吻被夺，而是因为纪非言那日帮陆璐装完系统后，给她留了一句话。

他说——如果我继续成为陆学姐笔下的人物，我不介意把画中的姿势全部跟师姐演练一遍。

威胁！这绝对是威胁！

小浑蛋明明可以自己要求陆璐不再画他，却把球抛给了她，实在是过分！

"森森，来来来，给你看一张绝世好画！"竺林森正在琢磨着怎么跟陆璐开口，陆璐又拿了一张刚画好的画纸递给她，神情很是猥琐。

竺林森一看到画面，就被自己的口水呛到了。她咳得满脸通红，傻愣愣地盯着那幅画，这、这……还好那天纪非言看到的不是这张！

竺林森一想到纪非言要跟她演练同样的姿势，就觉得脑门充血，鼻血都快流下来了。

不行不行，必须得阻止陆璐继续画下去！

"那什么，有一件事我忘记跟你说了。"竺林森想了想，决心开口。

"什么？"

"那天纪非言发现你画他了，让我跟你转达一声，你要是继续画他，他过生日就不请你去了。"竺林森睁眼说瞎话。

"什么？"陆璐提高了音量，"你怎么不早说啊！"

"不画了不画了……这些都给你了……"陆璐迅速将原先的画稿统统塞到竺林森的手上，"你帮我跟纪学弟做证，我发誓再也不画他了。"

"……"爱情的力量真伟大，竺林森捧着烫手的画稿，不由得感叹。

解决了心头大事的竺林森，心情好了许多，连一向不太喜欢的泛函分析课也破天荒地觉得顺眼了起来。

课间休息的时候，男同学史晓锋坐到竺林森旁边，神秘兮兮地道："班长，这周日是咱们团支书的生日，我们准备给他一个惊喜，你也一起参加下吧！"

"好啊，准备怎么庆祝？"去年竺林森生日，李之辰就带领全班男生给她制造惊喜，送她礼物。她虽然觉得不好意思，但内心的感动无须多说，所以李之辰生日，她也愿意献一份力。

"等会儿我把你拉到小群里，我们群里说。"史晓锋继续神秘兮兮道。

竺林森莞尔，点了点头。

史晓锋任务完成，又坐回到原来的位置。旁边的李之辰纳闷地看着他，问道："你找班长说什么了？"

史晓锋贼兮兮一笑："秘密。"

竺林森很快就被史晓锋拉进了小群里，群里早就已经叽叽喳喳讨论开了。

鉴于那天是光棍节，有人建议把李之辰的生日和全班的光棍节一起过了，于是定了一个最终方案——在操场办一场别开生面的数学系庆生及脱单大会。

史晓锋作为组织者，很是尽责地给大家分配了任务，有人负责借舞台板和灯光，有人负责舞台背景和音响，有人负责收集歌曲……全班同学无一幸免的任务是都要上台唱歌，会唱的人独唱，不会的组个几人合唱团，竺林森作为全班唯一一个女生，被指定压轴献唱兼献礼。

好在歌曲是最应景的《生日快乐》，所以竺林森倒也没有意见。

收到纪非言微信消息的时候，竺林森正在操场和同学一起布置舞台，手机响了一声，她拿出来一看，就看到纪非言发来的聚会地址。

竺林森将地址转发给了陆璐，犹豫了片刻，回了一句"生日快乐"，就继续帮忙布置舞台。

等舞台布置好，已经五点钟，竺林森刚松了口气，史晓锋就慌慌忙忙地道："完了完了，音响有问题，放不出声音。"

没有音响，今晚的生日会效果就会大打折扣。

"可是这是学校里唯一能借到的专业音响了。"有同学为难地道。

"要么拿去修吧。"有人说道。

"可是附近没有修音响的。"

一群数学系的男生第一次发现数学这玩意少了点实用性，这要搁在机械工程或者电气工程专业的学生身上，没准还能自己动手修一修。

"我来看看。"正在大家一筹莫展的时候，竺林森开口了。

"班长，不是吧，你连这也会？"史晓锋惊呆了。

"我也不确定能不能修好，我先去寝室拿下工具箱，你们等我会儿。"

"班长，我骑自行车送你，节省时间。"史晓锋连忙道。

韩大校园占地极为辽阔，操场到最远的寝室楼，骑车都要十五分钟。

时间紧迫，竺林森自然也不会傻到拒绝。

竺林森跑回寝室的时候，陆璐正打扮完毕准备出发。

见她回来，陆璐连忙道："我找了同学陪我去，到时候纪学弟要是问起来，我就说你今天身体不舒服，所以不去了，没问题吧？"

"没问题。"竺林森也没仔细听陆璐的话，随便应了一声，就拿起自己的工具箱，匆忙奔下了楼。

竺林森直接跳上史晓锋的后座，气喘吁吁地道："走吧。"

Chapter 14

他要的祝福

　　十一月的校园，已经有了些许凉意，竺林森穿了一条长袖的碎花雪纺连衣裙，脚上穿着一双小白鞋，很平常的学生装扮，却仍能赢得不少男生的青睐回眸。

　　只见她微微垂眸，白皙的脸颊此刻因奔跑泛起红晕，长发拂过耳际，碎花裙摆飞扬。她不笑的时候已经是一道青春靓丽的风景，如果她笑一笑，恐怕连蝴蝶都能被她招来。

　　"啊，那不是竺学姐吗？"突然，刚刚走过的人里面，有一个胖乎乎的男生激动地道，"难怪大家都说竺学姐是我们数学系的镇系之宝，依我看，数学系别说是往前五年，就算是往后五年，都出不了竺学姐这样集高智商与美貌于一身的女神啊！"

　　数学系是学校里的"神级"专业，一般人如果听说你就读数学系，通常都会肃然起敬、满脸崇拜，数学系的人时常听到如下夸奖，比如说："哇，你竟然是学数学的，太牛了吧！"

还比如说："大神，请受我一拜！"

或者说："你们班都是学霸吧？你智商多少，超 180 了吧？"

于是，数学系的学生也就沾沾自喜，十分享受外行人的夸奖，能学数学系的，那绝对不是一般人啊，至少智商可以碾压百分之八十的人了！

当然，除了夸奖，也会有另外的声音，比如说："啊？数学系？那你一定是光棍吧？"

如果听说你们班有女生，那么又会有人坏笑着问："你们班的女生颜值有五分以上的不？"

早些年"恐龙"两字流行的时候，时常有人说数学系的女生都是"恐龙"，似乎数学系的女生即便智商再高，颜值上总要输人一筹。

直到竺林森以全国第一的成绩考进数学系，数学系的女生才算是彻底翻身。

喂，谁说数学系没美女的，咱们的校花可就是数学系的！

"欸，非言，你不是说竺学姐会来吗，你该不会是唬我的吧？"刚刚的男生便是阮少春，他突然想起什么，扯了扯旁边人的胳膊，瞪着眼问道。

纪非言眯了眯眼，没有吭声，但神色显然并不算愉悦。

而另一边的竺林森，浑然不知自己刚刚竟与某人擦肩而过，否则，只怕她坐在自行车上都得抖一抖。

此时此刻，操场上一群男生围在竺林森边上，看着她轻轻松松地拆开音响，然后拿着工具逐一排查，动作相当专业，不由得看得一愣一愣的。

竺林森低头排查了一会儿，眼睛一亮："是继电器坏了。"

"那怎么办？可以修吗？"史晓锋连忙问道。

"换一个就好了。"竺林森的语气很轻松。

"我去买!"马上有男生自告奋勇。

"不用,我这里有。"竺林森说着,从工具箱里拿出一个继电器,仔细看了看,"正好,型号是一样的。"

"班长,我可以问一问,你怎么会有这玩意吗?"史晓锋看得目瞪口呆。

"我之前组装过一个音响,正好多买了一个继电器。"一接触到自己喜欢的东西,竺林森的话也多了些,耐心解释道。

她低着头替换继电器,班上的男生已经迫不及待地道:"班长,你还会组装音响,太厉害了吧!"

竺林森听了,只微微一笑。她这个人兴趣爱好比较特殊,从小就爱组装东西,家里的收音机、电视、广播全部被她拆掉重组过,小学五年级的时候更是把竺浩然最值钱的一只手表给拆了,结果没能装回去,被家法"伺候"了一顿,从此再不敢在家里乱拆东西。

到了大学后,竺林森的人身自由终于不受竺浩然限制,开始恢复本性,刚来的那一个月,就自己动手做了一系列的小玩意,其中就包括音响。她还学会了修手机和组装电脑……后来这些简单的东西对她来说已经没有吸引力,她才萌发了做机器人的想法。

"换好了,现在再试试看。"竺林森捣鼓了一通,将音响重新装上。

史晓锋连忙连上电脑,没过一会儿,音乐就透过音响传了出来。

史晓锋激动得几乎跳起来:"班长,你太厉害了!请收下我的膝盖!"

"班长!班长!班长……"全班男生一边中气十足地喊着班长,一边齐刷刷地鼓起了掌。

竺林森忍不住伸手遮了遮微微泛红的脸,眼中却有笑意流泻出来。

这一刻的喜悦,好像比成为高考状元还要更胜一筹,毕竟这是她第一次，运用她热爱的才能，做了一件堪称"力挽狂澜"的事。

夜晚很快来临，李之辰被室友拉着玩了一整天的游戏，然后就接到史晓锋的电话，说是班里有同学在操场出事了。他急匆匆地赶过来，就看到漂亮的舞台上，竺林森和全班同学一起齐声朝他喊道："李之辰，生日快乐！"

史晓锋见李之辰一副惊愕的模样，得意地扬了扬眉，拿着话筒道："今天是光棍节，也是我们班团支书李之辰同学的生日。为了感谢李之辰同学这一年多来对同学们的关爱，也为了助李之辰同学早日脱单，我们特意准备了火热劲爆的歌舞表演，接下来，请李之辰就位欣赏！"

同学们一个个上了台，有人唱《单身情歌》，有人唱《一千个伤心的理由》，还有人唱《忘情水》……一系列苦兮兮的怀旧情歌，听得李之辰嘴角微微抽搐，但是配上演唱者搞怪激情的动作表演，他又忍不住大笑。

操场里围观的人群越来越多，放眼望去都是黑压压的人头，喝彩叫好的声音此起彼伏，一群男生演唱得更起劲了，简直嗨爆全场。

竺林森上台的时候，现场更嗨了。学校里知道她的人本就多，别说是"迷弟"，她的"迷妹"也不在少数，此刻看到她登台，都纷纷为她鼓掌。

李之辰的笑意微微收敛，内心却开始汹涌，一颗心不受控制地狂跳了起来，连手心都微微汗湿了。

她会唱什么呢？抑或，他会有幸得到一个惊喜？

"祝你生日快乐，祝你生日快乐……"竺林森清亮的嗓音在这温柔的月夜里缓缓响起。

当围观群众意识到这首歌是送给今晚的"男主角"的时候，八卦之火顿时熊熊燃起，全场都沸腾了，比看到劲歌热舞还要激动。

竺林森唱到一半，班里的其他男生陆续登台，歌声与竺林森合在一起。

"happy birthday to you，happy birthday to you……"

史晓锋趁机喊话："寿星李之辰同志，请赶紧上台！"

李之辰听了，双手撑住舞台边缘，直接跳上了舞台，全场又掀起一阵起哄声。

竺林森的手里不知何时多了一个礼盒，当歌曲唱到最后，竺林森将礼盒递给李之辰："李之辰，生日快乐，这是……"

竺林森话音未落，李之辰突然上前一步，拥住了她，声音里满怀喜悦："谢谢！"

竺林森喉咙里的后面半句"大家送你的礼物"就这样吞回了肚子。李之辰的这一个拥抱显然让她有些措手不及，也略显尴尬，但好在他很快就放开她。他仿佛什么也没发生过似的接过礼盒，笑道："谢谢大家！我李之辰有你们这帮同学，此生无憾！"

也不知是谁叫了一声"在一起"，全场突然开始起哄："在一起！在一起！在一起！"

这一声"在一起"显然是针对李之辰和竺林森的，竺林森更加尴尬了，恨不得马上下台。

李之辰看了她一会儿，有些话几乎就要跳出来，但他最终还是拿起话筒面向台下的围观群众，笑着道："大家不要瞎起哄，吓到我们班长唯你们是问！"

简单的一句话化解了竺林森的尴尬。

台下的人纷纷笑了，竺林森趁机从舞台的后面下了台。

舞台背后是操场的边缘，栽着一片小树林，每一棵树的年代都很久远，是韩大有名的情人林，因树叶茂盛，此刻只有隐约的光线。竺林森听到李之辰在台上唱起了歌，是陈奕迅的《谢谢侬》，大约这歌名很符合他的心境。

　　场下依然热闹，不过竺林森忙到现在，任务也算结束。她抬头看了眼舞台，准备回寝室。

　　刚一转身，一个颀长的身影就朝她逼近，她吓了一跳。待看清来人是纪非言时，她又莫名觉得有些心虚，连眼神也不太敢看他，只低声问道："纪非言，你怎么在这里？"

　　纪非言的脸色显然不太好，听她这么问，却笑了笑："师姐的舞台秀这么精彩，我怎么能不来捧场？"

　　"那什么，我先回寝室了。"每次与纪非言相处，竺林森总觉得不自在，似乎脱离了平常的自己，连心跳也变得不规律。她深知这是一种危险的预兆，于是决定及时抽身。

　　舞台前面人太多，竺林森准备从小树林里的小路穿过去，哪知才刚走了几步，纪非言的声音又从身后传了过来："师姐。"

　　竺林森的脚步一顿。

　　"不准备祝我生日快乐吗？"纪非言继续问。

　　"我在微信里说过了。"竺林森转过身，略微有些无奈。

　　"我想听你亲口对我说。"

　　幽暗的树荫下，竺林森几乎看不清他的表情，只能透过他身后的光线，看到他的轮廓。

　　她终于妥协，轻声道："纪非言，生日快乐。"

　　"我还想听师姐唱《生日快乐歌》给我听。"纪非言得寸进尺。

　　他朝竺林森走近一步，低头看着她，嗓音低沉，好听得令人沉迷。

　　他继续道："只唱给我一个人听。"

　　竺林森的心微微一颤，她刚要后退，纪非言的手就揽上她的腰，让她后退不得。

　　"师姐，唱吗？"他凑向她的耳边，声音轻如低喃。

竺林森撇过头，假咳了两声，绷着脸道："纪非言，你别闹了。"

话音刚落，她就被纪非言推到了一旁的树干上："身体不舒服？嗯？"声音里带着明显的不开心。

竺林森猛地想起陆璐帮她找的借口，顿时莫名心虚。

她一抬头，他微凉的唇瓣就覆了下来。这一次不同于那天在寝室的蜻蜓点水，这是一个真真正正的吻。

竺林森整个人都陷入了石化的状态，完全停止了思考。

陌生又灼热的气息像一张密密麻麻的网，将竺林森笼罩在其间，唇齿之间尽是他，连胸腔里那颗心也仿佛被他握在了手中。

人生第一次，竺林森觉得自己的身体和意志都背叛了自己。

她的脸红若云霞，身子微微发软，唇瓣似乎也酥麻了。

操场上仍然有人在热火朝天地唱着歌，那个舞台成了一个露天的KTV，爱唱爱玩的男生女生都跑上去凑热闹。

歌曲切换的时候，隐隐约约的脚步声传进竺林森的耳中。竺林森打了一个激灵，骤然就清醒了，手忙脚乱地想要推开纪非言。

可男女的力量毕竟是悬殊的，任她用了吃奶的力，纪非言也纹丝不动。竺林森急了，小声又急切的声音从被他封住的唇中含糊地溢出："有人！"

纪非言似是轻笑了一声，他的双手搂住竺林森的腰，将她往边上一带，便藏在了树的背后。

"刚刚是不是有人在接吻？"两个男生并肩走过，其中一个突然开口问道。

"都说了情人林是情侣约会胜地，我们两个单身狗到底是为什么要走这边？"另一个男生回道。

"嘿嘿，要么我们拿手电筒照一照？我敢保证一定有人躲在某棵树后做不可描述的事。"

"恶趣味！"

竺林森的心几乎要跳出胸腔，紧张得连呼吸都屏住了。纪非言却并没有放过她，轻啄着她的唇瓣，继续心无旁骛地做着"不可描述的事"。

两个男生的说笑声渐渐远去，竺林森却仍然保持着高度紧张的模样。纪非言的唇略略移开，忍不住低笑出声："师姐，你这次憋气的时间破纪录了。"

竺林森羞恼地一把推开纪非言，这次他没有故意用力，被她轻松推开，只见他气定神闲地站着，嘴角挂着揶揄的笑，眸光却似带着热度。

"你、你、你……"竺林森气得说不出话。

这算什么？

她竟然被一个刚成年的小浑蛋给强吻了！

太羞耻了！太不道德了！

纪非言正想开口，哪知竺林森却突然瞪了他一眼，转头就跑。

他看着她落荒而逃的模样，修长的手指轻轻抚了抚唇瓣，突然笑出了声。

竺林森一路慌乱地跑回寝室，直跑得气喘吁吁。直到进了门，她才算松了口气，抹了把额头的汗，近乎脱力地坐到了椅子上。

陆璐正坐在电脑前心情颇好地哼着歌，看到她回来，声音一顿，纳闷地问："你怎么了？怎么跟逃命似的。"

可不就是逃命嘛！

竺林森没有回答，只摆了摆手，她喘了口气，心想一定要把这事烂在肚子里。

陆璐转了转眼珠子，好奇地走到竺林森面前。这一看，她的眼中突然绽放出一抹八卦的色彩："森森，你是不是背着我'红杏出墙'了？"

"胡说什么呢。"竺林森忍不住回道。

"哪哪哪，还不承认？"陆璐突然捧住竺林森的脸，笑嘻嘻地"点评"道，"瞧这小脸红的……"

"那是我跑步跑的。"

"瞧这嘴唇肿的……"陆璐奸笑一声，"你可别告诉我也是跑步跑的！"

竺林森猛地站起来冲进了卫生间，将脸凑上镜子，只见镜中的自己长发凌乱、双颊酡红、唇瓣微肿……一副刚被"蹂躏"过的模样。

"轰"的一声，竺林森的脑门都充血了。

该死的小浑蛋！竟然把她亲成这样！

陆璐贼头贼脑地探进卫生间，不怀好意地看着她："森森，你终于开窍了！快快快，告诉我是谁亲了你？"

竺林森白了陆璐一眼，直接爬上床将自己埋进了被窝里。

"森森，不要这么小气嘛，你看我喜欢乔以南的事可从来没有瞒过你！"陆璐的好奇心得不到满足，急得直跺脚。

竺林森此刻谁也不想搭理，她很郁闷，郁闷得抓心挠肝的！

胸腔里的那颗心仍然保持着反常的跳动频率，情人林里的那一幕，反复地、自动地、不受她控制地在她的脑海里循环播放，每播放一次，她的脸就会自动充血。

唇上的触感那样陌生，又那样强烈，霸道地侵占了她的感官，超出了她的掌控范围。

竺林森抓狂地捂住了自己的嘴。

等竺林森惊悚地发现自己喜欢上纪非言的时候，已经是半夜十二点了。她猛地坐起来，把还在看小说的陆璐吓了一跳。

竺林森下床打开电脑，进入自己熟悉的工程里，开始敲蛋宝的代码。

这一敲，就敲到了第二天早上，当陆璐被闹钟吵醒，看到竺林森还在敲代码时，下巴都惊得快要掉下来了。

"森森，你疯了吗？"

竺林森顶着一对熊猫眼，看向陆璐，一副生无可恋的模样："璐璐，我完了。"

她真的完了！

她竟然喜欢上了竺浩然的得意门生！

她竟然喜欢上了比她小两岁的纪非言！

她的世界末日到了……

"怎么了？怎么了？到底怎么了？"陆璐从床上爬下来，冲到竺林森的面前，紧张地问。

"没什么。"竺林森摇了摇头，"蛋宝出了个 bug，我一直找不到问题在哪里。"

本以为竺林森要跟她讲小秘密的陆璐一听，顿时意兴阑珊地打了个哈欠，毫不留恋地进了卫生间。

竺林森瘪了瘪嘴，神情颇有些委屈，这事谁也不能说啊！说了就真的完了！

竺林森眨了眨酸涩的眼睛，拿出手机，手机早已没电关机。她充上电重启，看了看未读消息，有班级群的聊天，也有李之辰对她的道谢，还有一条是纪非言发的。

竺林森内心复杂地打开一看，发现那是一条早就发出来的消息，是在她给他发了"生日快乐"后回的，他回的是——我想听你亲口对我说。

一看到这句，竺林森又忍不住想起昨晚的画面。

她拍了拍又泛起热度的脸，狠了狠心，发了一句：纪非言，昨晚的事我当没发生过，我对姐弟恋没兴趣。我是你的师姐，以后请你牢记这一点。

消息发出去后却如石沉大海，纪非言压根没有回，也不知他到底看了没。

接下来一个上午，竺林森都怀揣着一颗莫名忐忑和纠结的心，顶着一对明显的熊猫眼，魂不守舍地听课。

时不时地，她会控制不住自己拿出手机看一看，可是始终没有纪非言回的消息。

竺林森的心情有些失落，好在熬夜的后遗症发挥了作用，她一个上午都昏昏欲睡，满脑子都在跟瞌睡虫打交道，也就没把纪非言的事太放在心上。

下午的数值分析课上，强撑了一上午的竺林森没能抵住瞌睡虫的诱惑，终于忍不住趴在桌上睡了过去，

突然，有人拍了拍她的肩膀，李之辰的声音在她身后响起：“班长，醒醒！”

竺林森蹙了蹙眉，对有人打扰她睡觉有些不满，眼睛也没有睁开的迹象。

李之辰瞅了眼脸色不太好看的李老师，又看了眼睡得一派安详的竺林森，不知该心疼还是该佩服她。谁不知道数值分析课的李老师最可怕，堪称男版灭绝师太，学生私底下都叫他“灭绝李”，连平日里最无法无天的男生，也不敢在他的课上开小差，没想到竺林森今天竟然敢冒天下之大不韪，堂而皇之地在他的课上睡过去。

而她偏偏又是这一届数学系唯一的女生，简直不要太显眼！

“老师，竺同学今天不舒服，我帮她回答这道题吧。”李之辰站起身。

"在我的课上还想表演英雄救美？"李老师推了推鼻梁上的眼镜，板着脸说，"把她给我叫醒，她要是能答出这道题，我今天就当这件事没发生过，否则……"

李之辰听了，只能硬着头皮加大了力道，使劲推了推竺林森："班长！老师叫你回答问题！"

一听到"老师"两字，竺林森就突地从睡梦中惊醒过来，她猛地坐直身子，就见李老师正一脸严肃地看着她。

竺林森心里"咯噔"一声，她到底是怎么想的？竟然在灭绝李的课上睡觉？

她连忙站起身，老实道歉："李老师，对不起。"

李老师看了她一眼，指了指黑板上的问题，道："竺林森，上来解答这道题，五分钟内解答不出，这学期都站着听课。"

全系男生听到李老师的这句话，都忍不住为竺林森心痛了一秒钟——灭绝李就是灭绝李，对全系唯一的、平时成绩都名列前茅的还这么漂亮的女生，都这么不留情面！

竺林森连为自己默哀的时间都没有，她一边走向讲台，一边死死看着黑板上的题目，脑海里已经开始飞速地考虑起解答方法。

那道题并不简单，如果今天没听课，绝对解不出来，好在她早就预习过今天的课程，所以倒也能解，只是五分钟的时间有些紧张。

灭绝李不愧是灭绝李，直接从兜里拿出一块秒表，冰冷无情地说了一声："开始。"

竺林森只能硬着头皮上，也亏了她心算能力强，在五分钟的最后一秒，也就是李老师吐出"时间到"三个字的时候，完成了解答。

李老师面色凝重地盯着黑板，全系男生都眼巴巴地看着李老师，看起来比竺林森还要紧张。

过了一会儿，李老师没什么情绪地开口："坐回去吧。"

全场掌声雷动，男生们看着面色淡定的竺林森，再次产生了一种"高山仰止"的心情。

这也太强悍了！

数学系的美女学霸，果然是拿来让人仰望的啊……

李老师面色一板："你们还有理了？这也就是竺林森，换成你们任何一个上来，都只能站着上课！"

男生们纷纷点头表示同意，做出一副虚心受教的模样。

竺林森心里暗暗松了口气，她坐回座位，瞌睡虫被李老师这么一刺激，早已荡然无存，刚刚脸上因为尴尬和紧张引起的红晕，也慢慢褪了下去。

"班长，看手机。"李之辰在她身后悄悄说道。

竺林森拿起手机偷偷看了眼，发现班级群早就翻了天，一个个都在发"班长威武"，还有各种花式表情包，全班男生都表达了对竺林森的崇拜之情。

这群男生太可爱了，竺林森忍不住想笑。突然看到纪非言的头像上出现了信息提示，她的心漏跳了一拍，强作镇定地打开一看。

她猛地转头看向窗外，只见纪非言单肩背着一个书包，正和一个小胖子气定神闲地站在窗外。见她看他，他勾了勾唇，目光似海般深远。

竺林森像是触电般地回了头，她低头看着微信，只见上面写着：师姐威武。

完全无视了她的前一条信息。

竺林森不禁觉得有些头痛，怎么有一种剪不断理还乱的错觉？

Chapter 16

他 的 告 白

下课的时候，下一批学生不等里面的人走完就涌进来抢位置了，竺林森刚一站起来，就看到纪非言身边的小胖子朝她的位置奔了过来，笑眯眯地道："竺学姐你好，我是数学系的大一新生阮少春，我对你慕名已久了，你刚刚在课上的表现太帅啦，你给我签个名吧！"

竺林森愣了下，她还是第一次遇到找她签名的。

不过"阮少春"这个名字倒是有些耳熟，听竺浩然说，这一届一中有两个提前参加高考，而且都考上了韩大，一个是纪非言，另一个就是阮少春。

竺林森正想拒绝，阮少春已经把本子和笔都递到了她的面前，双眼亮晶晶地看着她。

竺林森的余光瞄到纪非言正向这边走来，她浑身一凛，迅速地在阮少春的本子上签下了自己的大名，然后迅速地离开座位。

"班长，晚上我请班里的同学吃饭，你也来吧。"李之辰叫住竺林森。

"好啊。"竺林森正愁没有人转移自己的注意力,不假思索地答应。

见竺林森答应,李之辰唇边不由得带了笑,两人聊了几句,并肩朝门外走去。

阮少春看着并肩而去的两个人,摸了摸下巴,道:"听说李学长喜欢竺学姐很久了,他们俩其实还挺般配的。"

"是吗,我怎么没发现?"纪非言勾起一个略带嘲讽的笑容。

阮少春听出了不同寻常的味道,他的眼睛滴溜溜地在纪非言身上转了一圈:"非言,你昨天还说竺学姐会来跟我们一起吃饭,结果她在操场上抱恙给李学长唱歌祝寿……你该不会嫉妒了吧?"

纪非言瞥了阮少春一眼,嘴角的嘲讽更深了。

他嫉妒李之辰?呵呵。

不过是唱歌祝寿而已,哪比得上唇齿相依的亲密。

纪非言修长的手指无意识地抚过了自己的唇,笑得如狐狸一般意味深长。

阮少春在一旁看得头皮发麻,索性不去看他,低头看了看竺林森给他签的名字,喜滋滋地道:"投影仪坏的真是时候,要不然我们也不会把教室换到这里来,那就见不到竺学姐的帅气解题了,更加拿不到签名了……"

纪非言看了眼阮少春本子上的字迹,想到她那时匆忙落笔的模样,忍不住又笑了笑。

她大概不知道,她越是害怕他的接近,她越是逃不掉。

竺林森的日子在遭遇纪非言的强吻后,过得分外"胆战心惊",每周一次的游泳课更是成了一个升级版的噩梦。

因为纪非言显然没有听进她苦口婆心的劝说,不仅没把那天的事当没发生过，反而变本加厉地……呃，引诱她。

竺林森觉得游泳不挂科这件事，对她来说好像越来越难了。只要纪非言一游到她方圆五米之内，她就觉得四肢僵硬、心跳加速，几乎要溺毙在泳池里。

最终竺林森厚着脸皮在朋友圈发了一条状态：如何快速解决游泳没有方向感的问题？求高手支着儿。

嗯，屏蔽了纪非言。

竺林森是个鲜发朋友圈的人，所以此条一发，各路人马都纷纷上场，因大家都知道她是个比较"正经"的人，所以调侃她的人不多，大部分人都一本正经地给她支着儿。可惜，竺林森从头看到尾，都没有看到一个真正有用的招数。

竺林森正觉得惆怅的时候，看到有人回了一句：竺学姐，最近新出了一款 MSU 泳镜，有矫正方向的功能。

对方说完，还附了个笑脸。

回她的人是阮少春。

这小胖子也不知道是不是从纪非言手里拿到了她的微信号，锲而不舍地加她好友，她无奈之下加了，结果他隔三岔五地问她一道数学题……真是个对数学无比痴迷的小胖子。

有一回竺林森问他为什么不请教纪非言，毕竟他们是室友，而纪非言的数学水平也未必在她之下。结果，他说："非言说了，我每周只能问他一道数学题。"

竺林森沉默片刻，回了一句："以后我每个月最多只解答你一道数学题。"

阮少春小胖子大受打击，说了许多好话让竺林森收回成命，可竺林森铁打不动。

纪非言都能这么对他室友，没道理她要做他的替补。

竺林森刚看到阮少春的评论时，心里一个"咯噔"，第一反应是她竟然忘了屏蔽他！

不过，当她看完评论的内容时，她立马收起了自己刚刚的念头，看了这么多评论，就阮少春这条看起来最靠谱！

竺林森连忙上网查了下。

MSU泳镜果然已经上市，而且功能强大，泳镜里内置了电子罗盘，可以预先设定方向，游泳时会以灯光指引方向，一旦游泳者偏离方向，就会以不同颜色的灯光作出警示。

竺林森看得双眼发光，这简直就是为她量身定制的！

买买买！必须得买！

有了这款泳镜，她就可以立刻去向王老师申请提前考试，这样就能彻底摆脱纪非言了！

竺林森心情大好，但她的好心情很快就沉入了谷底——这泳镜也太贵了！

一款泳镜而已，价格竟然到了五位数，竺林森惊呆了！

竺林森的父母都是老师，家境算是小康，但也称不上多有钱。竺浩然每个月给她两千块的生活费，不算少，也绝不算多，而且她每个月固定拿出一千块作为蛋宝的研究经费。

按理说，她的成绩年年拔尖，奖学金也算拿到手软，每周六还做家教赚钱，不至于没钱花，但架不住蛋宝烧钱哪！

蛋宝需要的各种机械器材，内置的各种元件，包括外面的材质，她用的都是最前沿最顶尖的，所以她手头完全没有多余的钱，每个月还得眼巴巴地等着竺浩然的接济。

钱到用时方恨少！

竺林森再次深深地领悟到了这个道理。

就在竺林森愁云惨雾地盯着泳镜的价格的时候，手机响了一下，阮少春发来一句："竺学姐，MSU泳镜真的能解决游泳没有方向感的问题，你可以查一下。"

竺林森："查过了，谢谢。"

阮少春似是害羞了，连忙回道："不用谢不用谢，这也是非言告诉我的。对了，非言让我问下你，为什么他的朋友圈看不到你发的那条状态。"

"……"果然还是应该屏蔽阮少春的。

竺林森已经不知道该说什么了……尴尬总是来得猝不及防。

真希望这辈子都不用再见到纪非言……

过了会儿，阮少春再次发来消息："竺学姐，你准备买MSU泳镜吗？"

"不买，太贵了。"竺林森想了想，如实回道。

"不用买啊！非言就有！你可以问他借！"

"……"人生总是处处充满惊喜啊！

陆璐回来的时候，竺林森正在考虑一个哲学问题——到底要不要问纪非言借泳镜。

借的话未免太没有骨气，本就是为了逃避纪非言才想早点结束游泳课的，却要为了这个目的先接近他，不是君子所为。

不借的话就得承受每周都要跟纪非言一起上游泳课的痛苦，而且上完之后难保不会再次挂科，而挂科，已经不是即将迈入大三的她可以承受之重……

"森森，有没有发现我有什么地方不一样了？"陆璐一进门就蹿到竺林森面前，笑嘻嘻道。

竺林森的思考被打断，她抬头看了一眼，有些震惊："你的头发……"

陆璐原先是中发，长度只到肩膀处，微卷，染了闷青色，一日不见，竟然就长发及腰了，而且发色变回了黑色，也不卷了，很自然的直发。

陆璐长相娇俏可爱，不过平日里总是有些风风火火的，有点像假小子，这么一变，倒是像个温柔的淑女，气质大变。

"好看吧。"陆璐嘿嘿一笑，指了指头发，"听说乔以南喜欢黑长直的女生，我就去做了个头发，你看这下面是接上去的。"

竺林森没有说话，自从知道乔以南的存在后，陆璐和以前就不一样了，以前她也曾喜欢过其他男生，但从未如此狂热。

她以前最爱吃海鲜，但一听说乔以南吃海鲜会过敏，出去吃饭她再也没点过海鲜；她不爱穿裙子，但是为了讨乔以南欢心，买了一柜子的裙子；如今，她又放弃了自己喜爱的发型……

讽刺的是，从她知道乔以南的名字到现在，她与他说过的话不超过五句。

乔以南的高冷，全校出名，再漂亮的女生在他面前，也讨不了好，以至于有人给他取了个绰号——高岭之花。

在纪非言生日那晚，陆璐只跟乔以南说上了两句话。

第一句，她问："乔以南，你还记得我吗？"

乔以南的回答是："不记得。"

第二句，她说："是我呀，陆璐。暑假的时候，在纳木错，我搭了你的车到拉萨，有印象吗？"

乔以南的回答是："没有。"

陆璐纵然有些许失落，但仍是高兴了一晚上，因为他至少和她说话了，毕竟他对其他女生，更加不屑一顾呢！

竺林森被陆璐的这种想法吓到了。一向自信张扬的陆璐，怎么会在爱情面前卑微到如此地步？

她曾试图劝说，但显然并没有用。

"怎么样，你还没说好不好看呢！"陆璐捏了捏竺林森走神的脸，噘着嘴说道。

"不好看，我更喜欢你以前的样子。"竺林森认真地道。

"没眼光！"陆璐不高兴地哼了一声，回到了自己的桌前。

竺林森转头看她："你真的那么喜欢乔以南？"

"那当然，我再也不会这么喜欢一个人了！"陆璐不假思索地点了点头。

"那如果他不喜欢你呢？"

"那我就追到让他喜欢为止。"陆璐连想都没想，直接回道。

竺林森不说话了，同样的事如果放在她身上，她相信她会做出截然不同的选择，可爱情这种事，没有落在自己身上，大概都没有评判的权利。

正如她的生活如今被纪非言严重干扰，这是她从不曾经历过的烦恼，他明明并不常出现在她面前，她却一想到他就觉得坐立不安、心烦意乱。

竺林森思考了两天，最终痛下了一个决定——找纪非言借 MSU 泳镜。

虽然挺厚颜无耻的，但她需要快刀斩乱麻！

不过，怎么开口显然难倒了竺林森。好在这日是周六，竺林森暂时把这事抛在了脑后，专心做家教。

不过，她没想到的是，她会在家教归来的路上，看到纪非言。

只见他双手插兜，懒懒地倚在一棵树上，面前站着一个卷发女生，只见那女生正双手捧着一个粉红色的信封，递到他面前。

竺林森的脚步下意识地停了下来，只见纪非言低头看了眼那信封，却并没有接过，他跟那女生说了句话，女生就突然转身跑开了。

剧情发展得太快，竺林森一时不知道自己该停在原地还是继续往前走，正纠结的时候，纪非言已经转过头，朝她看了过来。

他波澜不惊的眉眼在看到她的时候顿时就鲜活起来，嘴角也泛起了一抹笑意。

竺林森打了个激灵，瞬间就清醒过来，她深吸了口气，佯装淡定地往前走去。

"师弟，你怎么在这里？""师弟"二字一出口，竺林森的脸就莫名地红了。奇怪的是，这次不像上次叫他师弟那般有效，一提就能让她保持警醒，反而让她产生一种莫名的羞耻感。

竺林森有些气馁，看来她的身体都能知道她对这个师弟有不轨的念头。

纪非言似笑非笑地看着她，道："我听说师姐想借MSU泳镜，但我知道师姐一向皮薄，肯定不好意思向我开口，所以我只好自己送上门了。"

这话倒是让竺林森有些惊讶，忍不住问道："你愿意借给我？"

"当然，我对师姐的心日月可鉴。"他朝竺林森走近，低头在她耳边说，"师姐大可以予取予求。"

略带性感的嗓音又酥又麻。

要命！竺林森的心脏又没出息地开始乱跳。她努力保持镇定，正想开口，就听他继续道："师姐想不想知道我刚刚对那个女生说了什么？"

"不想。"竺林森口是心非地道。

纪非言低笑一声，仿佛没听到她的话，自顾自说道："我跟她说，我出现在这里，是为了跟我喜欢的人表白，所以她的心意，我不能接受。"

竺林森的心跳漏了一拍，连呼吸也不自觉地屏住了。

"师姐，做我女朋友吧？"

"不行。"竺林森仿佛突然清醒过来，猛摇头。

"理由？"纪非言眯了眯眼。

"我……我比你大。"他的气场骤然变强，竺林森顿时有些慌了，往后退了一步，磕磕巴巴道，"我对姐弟恋没兴趣。"

"兴趣是要培养的，师姐如果没兴趣，一定是缺乏培养。"纪非言笑了笑，突然伸手拉过她的手，将她拽进自己的怀里，灼热的呼吸萦绕在她的鼻尖，唇瓣几乎要吻上她的唇，只听他不怀好意地道，"不如我们现在就开始培养？"

Chapter 17

原来师姐喜欢地下情

竺林森的心一下就提到了嗓子眼，整张脸都憋红了，眼神也无处安放，只羞恼地挣扎道："谁要跟你培……唔……"

话未说完，竺林森的唇便被堵住了。

她瞪大眼，眼睛里映入一双带笑的眸子，有些坏，也有些痞。

可竺林森却因这一双眸子，彻底失去了抵抗力。

心里有两个声音在打架，一个说："别挣扎了，竺林森，承认吧，你喜欢他。"

另一个说："竺林森你疯了吗，被竺浩然知道你就完了！"

最后，第一个声音占了上风，竺林森听到它在说："竺林森，为什么不顺着自己的心意勇敢一次？不就是谈个恋爱，有什么好怕的？"

"师姐，做我女朋友吗？"纪非言移开唇，再次在她耳边低声问了一句，低沉的嗓音有些勾人，似是带了刻意的撩拨。

竺林森沉默，心脏猛烈跳动，为她即将作出的决定。

"不说话，是默认吗？"纪非言低笑一声。

"我有个条件。"竺林森咬了咬唇，低声道。

纪非言的眼中滑过一丝惊讶的光，毕竟他知道怀中的这个女孩是个胆小鬼，他走一步，她能退两步，所以他也没真的指望今天就能让她应承下来。这一句话听到他的耳里，倒是一个意外的惊喜了。

纪非言松开竺林森，微微发亮的目光落在了她的脸上，笑道："师姐愿意做我女朋友，别说是一个条件，就算是十个条件，我也答应你。"

这话说得竺林森的面颊又有些发烫，但她这个人，一旦决定了一件事，倒也不太容易退缩。于是，她道："我不希望我们的关系被别人知道，尤其是我爸。"

竺林森这话说得其实有些心虚，毕竟她觉得这个条件有些不太尊重人，纪非言不一定会接受。不过意外的是，纪非言眯眼看了她一会儿，嘴角却勾了勾："原来师姐喜欢地下情？正巧，我也一直想体验下。"

"……"她好像不能用常人的思维来理解纪非言。

"森森，是你吗？"就在这时，陆璐的声音突然在不远处响了起来。

竺林森心头一跳，倏地往后退了一步，然后就看到陆璐和肖遇正朝她走来。

"怎么了？"竺林森应了一声。

"你在跟谁说话呢？怎么电话也不接？"陆璐跑上前来，目光直往纪非言身上瞄，带着八卦兮兮的意味，待看清他的脸时，不由得有些失望，"纪学弟，你怎么在这儿？"

竺林森顿时一阵紧张。

纪非言露出一个人畜无害的微笑，道："正巧遇到师姐。"

"你们找我做什么？"竺林森担心陆璐多想，连忙问道。

"突然想吃烧烤，本来想在校门口等你的，结果你一直没出现，我们怕你又遇到陈远，所以才过来看看。"陆璐解释一番，又看向纪非言，笑道，"既然纪学弟也在，不如一起去吃吧，人多热闹。"

纪非言看了眼竺林森，见她一副明显不想让他去的表情，笑了笑，应了一声："好啊。"

竺林森没想到纪非言这么不会看人眼色，心中不由得有些郁闷，但她也没敢看纪非言，四人一起往校门口的烧烤店走去。

"纪学弟，乔以南最近都在做什么呀？"陆璐一路上都没闲着，一门心思打探乔以南的消息。

"陆学姐为什么不自己去问他？"纪非言笑了笑。

陆璐有些不好意思："你又不是不知道，从乔以南那儿铩羽而归的人有多少，我要是直接凑到他面前，他肯定不大搭理我，所以我打算走曲线救国路线。"

肖遇正在跟竺林森说话，一听陆璐这话，脸色不由得变了变，伸手就揪住了陆璐的后领，有些震惊地问："你可别告诉我你对那什么乔以南也有兴趣？"

"你干吗？"陆璐挣开肖遇，白了他一眼，"我就是对他有兴趣怎么了？"

竺林森伸手拽了拽肖遇的袖子，小声道："乔以南就是她在新疆遇到的那真命天子。"

在新疆遇到真命天子这事肖遇自然也是知道的，当时他就嗤之以鼻，毕竟那就一个过客，陆璐花痴一阵也就完了，不过他怎么也没想到那"真命天子"竟然还在韩大出现了！

也不知是因为纪非言的存在，还是因为"真命天子"这茬，总之，四人在烧烤店的氛围有些奇怪。

以往竺林森三人一起吃烧烤的时候都充满了欢声笑语，可今天，却异常沉默。

哦，也不对，沉默的只有竺林森和肖遇，陆璐仍然在兴致勃勃地向纪非言打听乔以南的事。

"森森，来，吃点这个。"就在陆璐伸出筷子准备去夹她最爱的茄子的时候，肖遇突然将一整个茄子都夹到了竺林森面前。

陆璐的筷子落了空，她咽了口口水，把筷子伸向刚端上来的鸡中翅上，哪知筷子刚碰到，又被肖遇给截胡了。

"森森，吃鸡翅。"肖遇又将那块鸡中翅夹到了竺林森的碗里。

"肖遇！"陆璐咬了咬牙，"你干吗呢？"

"没看到我是在给森森夹菜吗？"肖遇的表情冷冷淡淡的，语气不是很好。

"我哪里惹你了，莫名其妙。"陆璐皱了皱眉，有些不高兴。

竺林森看了眼肖遇，也觉得他今晚有些反常。不过她也没多想，毕竟对面还坐着纪非言，足够令她心神不宁了。

"师姐平时都喜欢吃什么？"果然，她刚一走神，就听到纪非言的声音响了起来。

竺林森抬眼看他，见他嘴角带着懒懒的笑意，眼中划过一丝意味深长的光。

面对一个刚刚成为她男朋友的人，竺林森努力保持与平时一般的表情，淡淡道："我不挑食。"

"对啊，森森不挑食的，她什么都吃。"陆璐在一旁搭腔。

"是吗？"纪非言笑了笑，"我女朋友倒是跟师姐不一样，她最喜欢吃丸子，什么鱼丸、贡丸、撒尿牛丸，她看到了，总要多夹两筷子。"

纪非言说着，筷子落到一颗鱼丸上，夹起来放到竺林森面前："师姐也尝尝，还挺好吃的。"

竺林森的耳根莫名地臊了起来，她怎么也没想到，纪非言竟然能这么坦然地提起"我女朋友"这几个字。

还有，他到底是怎么看出她最喜欢吃丸子的，这事连陆璐和肖遇都不知道。

"你已经有女朋友了?"陆璐的注意力完全集中在了"我女朋友"那四个字上,震惊地问道。

"是啊。"纪非言笑了一声。

"什么时候的事?为什么都没人知道?"陆璐还没缓过神来,脸上还是震惊的表情。要知道面前这位小学弟的人气可旺着呢,关注他的人多了去了,他要是谈恋爱了,应该早就有人知道了。

"刚刚追到的。"纪非言笑道。

陆璐瞪大了眼:"竟然是你追的?哪个女生魅力这么大?"

以纪非言这样的男生,陆璐一直觉得都该是女生倒追的,没想到竟然有他亲自追求的女生!

"是啊,追了好久呢……"纪非言的目光落到低垂着头、佯装认真吃烧烤的竺林森身上,嘴角勾起一抹笑。

竺林森抿了抿唇,哪里追了好久了?

"那纪学弟什么时候把她带出来见见?"陆璐露出一个八卦兮兮的笑。

"以后会有机会的。"纪非言道,"不过她很害羞,暂时还不想被人知道我们的关系,所以还请陆学姐保密。"

陆璐略一犹豫,毕竟这么大的八卦不跟人分享,实在是有些遗憾,但一想到自己还要靠纪非言打探乔以南的消息,于是立刻道:"那是必须的!"

"纪学弟你别被她骗了,陆璐的嘴要是能保守住秘密,母猪都能上树了。"肖遇冷不丁说了一句。

竺林森闻言,扑哧笑出声。

"纪学弟你别听他瞎说,我这次绝对保守秘密!"陆璐瞪了肖遇一眼,连忙说道,顺便还扯了扯竺林森,"森森,你帮我做证,纪学弟有女朋友这事我绝对不会说出去。"

"有师姐做证，我很放心。"纪非言又看了竺林森一眼，笑道。

"那乔以南应该没有女朋友吧？"陆璐连忙又问了一句。

纪非言笑了："没有。"

不过那家伙心里有没有藏着人，他可就不知道了。

陆璐听了，却高兴得不得了，似乎觉得只要对方单身，她便总有机会。

一顿饭吃得竺林森有些提心吊胆，生怕纪非言一言不合就把她给卖了，好在最后有惊无险。

晚上回去的时候，肖遇和纪非言送两个女生回寝室楼，路上肖遇和陆璐又开始吵闹，竺林森放慢速度，避开他们俩的战火，却不想手心突然被人握住。

竺林森吓得打了个激灵，一转头，就看见了纪非言带笑的眼睛。

"放手。"竺林森挣了两下发现挣不脱，一边给纪非言使眼色，一边无声地张了张唇。

纪非言自然读懂了她的意思，却偏不放，还放肆地捏了捏她的掌心，似乎很喜欢看她这副急得想跳起来的模样。

竺林森的脸一阵阵地发红。

"森森，我不要理肖遇了，我们走！"就在这时，陆璐突然喊道。

竺林森的心跳眼看就要跳到嗓子眼了，一直拽着她的手倏然松开了她。

竺林森狠狠地松了口气。

陆璐已经挽上了她的胳膊，拖着她就加速朝寝室楼走去。过了会儿，陆璐一脸纳闷地问道："森森，你的脸怎么那么红？"

"谁让你拽我走那么快？"竺林森淡定地道，心里却在想：急的！

刚一上楼，竺林森就收到纪非言的微信：师姐，泳镜忘了给你，我在你楼下等你。

竺林森这才想起自己想问纪非言借的那副 MSU 泳镜，虽然她现在已经没有理由再躲纪非言，但能够提前把这门课结束掉，也是好的。

于是，竺林森跟陆璐说了声，转身下了楼。

纪非言果然等在门口，双手背在身后，一副藏了好东西的模样，看到她的时候，嘴角浮起一抹笑意。

竺林森左右看了一圈，见没旁人，快步走到纪非言面前，伸出手道："泳镜呢？"

纪非言见她这副做贼心虚的模样，觉得分外有趣，俯身凑近她耳边道："师姐给我亲一口，我就给你。"

竺林森一听，迅速地朝后面退了一步，一脸戒备地看着他："你别乱来……"

纪非言笑出声，将藏在身后的泳镜递到竺林森面前，低声道："师姐知不知道，你越做贼心虚，越是容易暴露我们的关系？"

竺林森脸一红，伸手夺过泳镜，就飞快地转身上了楼，连个余光也没朝纪非言身上瞄一下。

纪非言的眼中掠过笑意，还真是个胆小的姑娘。

Chapter 18
喜 欢 我 吗

MSU泳镜果然解决了竺林森的千古难题，戴上这副泳镜后，她再也不会在泳池里转圈了。

竺林森如获至宝，趁着自由活动时间，蹭到王老师面前，向她说明了自己想要提前考试的想法。

王老师打量了竺林森一眼，有些好笑地道："竺林森，你上节课游泳我看了，我觉得就算到了学期末，你也不见得能考过。"

竺林森的脸立刻红了，王老师大概是唯一一个把她当成"学渣"的老师，可在游泳这堂课上，她不仅是"学渣"，还是"学渣"中的战斗机——留级生。

"王老师，我保证这次能过，你就给我个机会吧。"竺林森觍着脸道。

"突然这么有自信？"王老师一副不敢相信的样子，但倒也没拒绝她，"那你跟我过来。"

王老师带着竺林森走到泳池边上，让学生让出其中一条泳道，然后对竺林森道："4分钟内，游一个来回，也就是一百米，你知道吧？"

竺林森点了点头。

"那就开始吧。"王老师拿出一个秒表。

此时，纪非言已经从泳池里上来，坐在一旁，看着泳池里的竺林森。

她穿着一件黑色的连体泳装，样式有些保守，却难以掩饰她的好身材，而且更衬得她肌肤白嫩，莹白如玉。

此刻，她戴着泳帽和泳镜，即便如此，落在旁人眼里，仍是引人注目的美女校花。

见竺林森开始考试，其他同学都围了过来看热闹。纪非言抬头看了眼，发现大部分都是男生，他本来想着让竺林森跟自己一起上完这学期的游泳课，毕竟也就这堂课上两人可以名正言顺地见面，但如今看这情形，他突然觉得还是让她提前考试撤退好，免得周围都是虎视眈眈的男同学。

竺林森的游泳姿势其实没问题，憋气时间虽然短，但是她也会换气，之前之所以每次考试都考砸，最重要的还是因为没有方向感，游着游着就偏离了泳道。

这次有了MSU泳镜，竺林森轻轻松松通过了考试，倒是把王老师震惊了。

等竺林森游完上了岸，走到王老师面前时，王老师一本正经地问："你是竺林森吧？"

竺林森摘下泳镜，让王老师看清自己的脸，笑道："王老师，我没找代考。"

王老师也笑了："那就好，我可不想在下学期还看到你出现在我的课上。"

竺林森有些不好意思，道："王老师对不起，我拖后腿了。"

王老师拍了拍竺林森的肩膀，道："考过就行，这堂课上完你就不用来了，你的平时分已经够多了。"

"谢谢王老师。"竺林森真诚地道。

竺林森考过考试，一身轻松地去更衣室换了衣服。

出来的时候，她看到纪非言站在外面，他也换了衣服，正等着她。

"恭喜。"见竺林森出来，纪非言挑了挑唇，"晚上我请师姐吃饭庆祝。"

竺林森见没人注意到他们，迅速地问了一声："去哪儿吃？"

就在这时，竺林森听到了脚步声，她心神一凛，连忙道："微信发我。"

说完，她就匆忙走了。

纪非言："……"

下课后，竺林森和纪非言各自回了一趟寝室，然后一前一后到了公交站。

韩大坐落在韩市郊区，离市中心尚有些距离，但正因如此，竺林森才觉得，去市中心吃饭才是个明智的决定，不会突然被某个同学撞个正着。

不过，竺林森没想到的是，即便是周三的晚上，出去玩乐的同学也犹如过江之鲫。

竺林森挤在人满为患的车厢里，觉得略崩溃。

"师姐。"纪非言站在她的身后，虚虚地环住她，"下次还坐公交车吗？"

他的声音里带着揶揄，毕竟他提过打车过去，而竺林森却担心被人撞到他们一起走，所以选择了公交车。

竺林森有些窘，默默地捂了捂脸。

"下一站下车。"纪非言的嗓音再次在耳边响起，很轻，微弱的气息掠过耳际，让她不由得微微红了耳根。

为什么总有一种特务接头，呃，不对，是偷情的错觉？

很快，就到了下一站。拥挤的车厢里，纪非言的手指悄悄勾了勾她的，示意她跟上，然后就往下车口走去。

纪非言在前面开了条路，竺林森红着脸跟了上去。

两人好不容易挤下公交车，纪非言一回头，就看到她通红的脸和有些凌乱的头发。在人满为患的时候下车确实不容易，她的发夹都被蹭歪了。

很简约的一个纯色发夹，跟她曾经掉下的那个可爱的樱桃发夹已然是不同的风格，但看在他眼里，同样可爱。

他忍不住一笑，伸手理了理她的头发，将她的发夹重新固定好，道："师姐，你这样，很容易被看穿的。"

"哪样？"竺林森不解地问。

"你跟我在一起的时候，总是容易脸红，不符合师姐的高冷人设。"纪非言笑道，"稍微敏感一点的人，一眼就能看出师姐对我的不同。"

竺林森倏地捂住脸，有些慌乱地辩解："我没有。"

纪非言笑着拉下竺林森的手，朝她凑近："有一个问题，我想问很久了。"

"什么？"竺林森努力让自己平静下来，问道。

"师姐是不是早就喜欢我了？"纪非言嗓音带笑。

竺林森觉得自己有点平静不下来，但她迅速地否认："不是。"

"啊，我可是很早就喜欢师姐了。"纪非言听了，嘴角的笑意不变，说话的语气却显得有些遗憾。

竺林森最受不了纪非言撩她，一时连视线也不知该往哪儿放了。她撇开头道："不是说去吃饭，现在怎么去？"

"车不是来了吗？"纪非言挑唇，指了指路上开过来的出租车，招了招手。

冬天是最适合吃火锅的日子，竺林森和纪非言挑了个最近正火的一个牛肉火锅店。

不过，当竺林森看到纪非言给她点的一碟碟各式各样的丸子后，额头忍不住垂下两条黑线。

"就算我再喜欢吃丸子，这么多我也吃不下啊。"

"你吃不完的，我来吃。"纪非言笑道。

竺林森不由得有些纳闷："你怎么知道我喜欢吃丸子？"

竺家二老对她的控制不只是体现在学习上，衣食住行也都遭到了强势控制，比如说一天要吃多少蔬菜、多少水果，哪些垃圾食品绝对不能吃，而丸子被他们认为是垃圾食品的一种，在竺家是绝对不能出现的。

竺林森只有偶尔和朋友一起出去吃火锅，才能吃到丸子，所以她总是多夹两筷子，但碍于竺家二老带给她的心理阴影，她也不敢多吃。

就像她自己说的，她不挑食，因为她通常只吃竺家二老认为该吃的食物，就算她再不喜欢也会吃两筷子。

所以，纪非言能看出她喜欢吃丸子，她觉得是一件非常了不得的事。

"你吃丸子的时候，表情像是只偷了腥的猫。"纪非言看了她一眼，慢条斯理地说道。

竺林森："……"这个比喻她表示不是很喜欢。

"你不吃丸子的时候，也总是会忍不住瞄两眼，一副想吃又不敢吃的样子。"纪非言表情有些揶揄。

竺林森陷入了沉默，以及沉思，她难道表现得那么明显？

那她以后要收敛一点才行。

"帅姐放心，除了我，没人能看得出来你喜欢吃丸子。"纪非言似乎看穿了竺林森的想法，挑唇道。

"为什么？"竺林森下意识地问。

"因为……没有人比我更喜欢师姐啊。"纪非言说着，夹了一颗已经煮熟的丸子，放到了竺林森的碗里，眼睛里似闪着星光。

竺林森觉得脸颊发烫，故作自然地低头吃了口丸子，却要命地察觉自己的心跳因为他这突然的情话而加了速。

一顿饭结束，竺林森吃得心满意足。

两人走出餐厅，一阵冷风袭来，竺林森没戴围巾，下意识地缩了缩脖子。

下一刻，一只温暖的胳膊就环了上来，纪非言将她搂进怀里，低声问道："很冷？"

竺林森的身子微微一僵，忙摇头。

从确定交往到现在，还不到一周的时间，今天算是两人的第一次约会，竺林森对这样的亲密接触还很不习惯。

她犹豫了片刻，想要脱离纪非言的怀抱，纪非言却将她搂得更紧了，他的唇几乎要贴上她的耳际，只听他低低道："师姐，你要习惯我。"

竺林森的脸立刻又烫了起来，却没再动了。

纪非言的怀抱很温暖，为她挡了不少寒风，他的气息陌生中带着些微熟悉，很干净的男生气息，一如他打跑陈远后给她的拥抱，让人有莫名的安全感。

"师姐，我们走走吧。"纪非言说道。

竺林森点了点头,跟着他一起走在市中心最热闹的月明街上。

街道两旁都种着一棵棵苗壮的梧桐树,树与树之间,以及街道上方都亮着黄色的 LED 灯,很浪漫,据说是情侣拍照胜地。

所以路上来来往往的人中,很多都是情侣,有人牵着手,有人揽着肩,有人正在开心自拍,也有人像她一样,被男朋友搂在怀里……

突然,竺林森的目光一顿,为什么她好像看到了陆璐和肖遇?

此时此刻,他们正在街的对面,行走的方向与他们相对。陆璐的手里似乎拎着一袋书,一副高高兴兴的样子,眼睛随意地在街上看来看去,眼看她的视线就要落过来了,竺林森迅速地抓着纪非言的手躲到了一旁的梧桐树后。

纪非言看了眼她鬼鬼祟祟的模样,挑唇笑问:"师姐是想对我做坏事吗?"

竺林森正紧张兮兮地从树后探出一双眼睛看街对面的陆璐和肖遇,冷不丁听到纪非言的嗓音在身后响起,她悄悄翻了翻白眼,道:"陆璐和肖遇在对面呢。"

说话的这会儿,那两人已经走远了。竺林森松了口气,正准备走出去,手腕却被身后的人拽住。

"他们走了。"竺林森回头,对纪非言说道。

言外之意是,可以出去了。

"不急。"纪非言轻笑一声。

他搂过竺林森的腰,将她扣进怀里,低头就在她唇上亲了一口。

他们俩站在梧桐树的背后,正好是阴影的地方,不太会被人注意到,但要是有心人往这边看,其实还是能看到他们。

竺林森有一瞬的慌乱。

"师姐,喜欢我吗?"纪非言温热的气息喷薄在她的耳侧。

"……"竺林森又想翻白眼了,她要是不喜欢他,能同意他的追求吗？

　　纪非言将竺林森的表情尽收眼底，他的眼中划过一丝意味深长的光，低头在她耳垂上轻轻咬了一口，道："我想听你亲口说。"

　　竺林森的身子微微　颤，似是被电流激过，绯色从脖子上蔓延到脸上。她咬了咬唇，过了会儿，低声道："喜欢啊……"

Chapter 19

被撩了

这天晚上，竺林森前脚刚回寝室，陆璐后脚就回来了。

竺林森心中有些发虚，故意问道："你去哪儿了？"

陆璐指了指手中的袋子，从里面掏出一本莫小小的新书，书名和封面一如既往香艳得让人不忍直视。

她献宝似的将那本书在竺林森面前晃了晃，道："当当当当！莫小小的最新力作，只有市中心的书店还有货，所以我让肖遇陪我去买了。"

竺林森不感兴趣地看了眼，打开了自己的电脑，本想编辑代码，可对着电脑屏幕看了半天，却一点心思都没有。

不管是睁眼还是闭眼，她都能想起就在不久前，在月明街的梧桐树后，她被纪非言逼着说喜欢他的场景，只要一想到那一幕，她就觉得自己心跳加速，不能自已。

时间一晃就到了期末，竺林森轻轻松松应付完考试，然后在考完的最后一天，和陆璐、肖遇一起踏上了回家的旅程。

从韩市回江市，动车只需要一个多小时，很方便。

在候车室的时候，竺林森和纪非言"巧合"地偶遇了。

彼时的竺林森正坐在椅子上低头玩手机，然后就听到陆璐惊喜的声音："纪学弟，这么巧！你们也在这儿？"

竺林森一抬头，就看到纪非言和阮少春背着个书包朝这边走来，然后就听纪非言道："陆学姐，真巧，我们是十点半那趟车，你们呢？"

陆璐更加惊喜："天哪，太巧了！我们也是啊！"

竺林森抽了抽嘴角，心想，巧什么啊？分明是某人打听了她的车次，故意买了同一趟车的票。

"竺学姐，你也在啊。太好了，我正好有一道题，想要请教你呢。"阮少春看见竺林森之后，兴奋得不行。他本来买了明天的票，因为这趟车已经没有坐票了，但是纪非言非要他退票跟他一起坐这趟车，他只好改签了，没想到竟然能碰到竺学姐！

就算一路站着回去他也值了！

竺林森真想捂脸，阮少春应该当她爸妈的儿子吧？这对数学的痴迷劲儿真的谁也比不上。

这样的人才有当数学家的潜质吧！

见竺林森一副想拒绝又不好意思的模样，纪非言看了眼阮少春，蹙眉道："你不是刚问了我一道，怎么还有一道？"

"何止一道，我这学期至少还攒了十道题。"阮少春一边说，一边从书包里掏出一本笔记本。

他看向竺林森，露出一排白牙，笑道："我都记下来了。竺学姐，我知道的，一个月一道题，我这个月还没请教过你呢。"

竺林森见状，有些不忍心打击他的兴趣，只好道："哪道题，我看看。"

阮少春将笔记本递到竺林森面前,道:"第二道,数分题,有一个地方我一直没弄明白……"

话未说完,手中的笔记本突然被人抽了过去,不过却不是竺林森抽的,而是纪非言。

"非言,你别闹,还给我,我好不容易遇到竺学姐一次,你可别浪费我的时间。"阮少春连忙过去要把笔记本抢回来。

不过纪非言却不让阮少春得逞。他一边躲避阮少春的"胖爪子",一边低头看了眼题目,道:"不就数分题吗,我也会,我教你不就行了?"

阮少春一听,立刻不去抢了,一双眼睛闪亮亮的:"真的?那太好了!这样我就可以问竺学姐别的题了。"

听到这句的竺林森沉默了一瞬,所以少年你是无论如何都不会放过我是吗?

纪非言也差点被阮少春这句话噎到,他看了阮少春一眼,又看了眼他笔记上的那几道题目,道:"其他题我也会,难得放假,你就别骚扰我师姐了,我好人做到底,都帮你解决了。"

"真的?"阮少春兴奋得差点跳起来。

纪非言表情沉痛地点了点头,他瞄了眼竺林森,见她非但不感恩,反而露出幸灾乐祸的笑容。

阮少春直接扑到纪非言身上将他抱了个满怀,高兴道:"非言,我保证,你帮我解决了这几道题,这个寒假我都不再烦你!"

纪非言嫌弃地将阮少春推开,道:"别动手动脚。"

陆璐在一旁看得目瞪口呆,转头看向肖遇,问道:"数学系的人都是这么好学的吗?"

"我们计算机专业的人也同样好学,谢谢!"肖遇晃了晃自己的手机,那手机上的画面停留在一个有关于编程的文章上。

陆璐看了两眼，表示看不懂。最后，她怏怏地叹了口气："学霸的世界我不懂。"

纪非言已经被阮少春拖着坐到过道对面的椅子上了，竺林森朝那边瞄了 眼，只见纪非言低头看着笔记本，认真地给阮少春讲解。

竺林森很少看到纪非言这种认真专注的模样，她印象中的纪非言，都是懒散的、不羁的，甚至有些痞坏的……就像是高中令老师头痛的那些坏男孩，桀骜不驯、不服管教，让人完全没有办法。

可不同的是，那些坏男孩通常还有同一个特质——学习不好。而他，却恰恰相反。

不得不说，这样的纪非言，让她有一种特别的感觉，仿佛是不经意间看到了他的另一面，同样令她心动的另一面。

意识到自己的想法时，竺林森有些心虚地移开了视线，目光落到阮少春的脸上。此刻，阮少春正露出一副"原来如此"以及"非言你好厉害"的表情。

好一个热爱学习的小胖子！

竺林森莫名觉得阮少春有些可爱。

上车的时候，纪非言排在竺林森后面，竺林森还能听到阮少春认真的询问声："非言，你是说我之前的求证方式是错？可我觉得我用的公式没问题啊……"

"到车上我再跟你说你的问题出在哪里。"纪非言说着，突然道，"师姐，你们是哪节车厢？"

他的声音突然离竺林森特别近，竺林森的心跳不由得漏了一拍，待听清他的问题时，额头不禁垂下两条黑线，这是典型的没话找话吧？她敢肯定，他不仅知道她是哪节车厢，连她的座位号都一清二楚。

"我们是六号车厢，纪学弟你们呢？"陆璐耳尖地听到了纪非言的话，连忙转头回答。

"我们是无座票，哪节车厢都行。"

"那你们也来六号车厢吧，大家有伴。"陆璐一听，立刻热情地道。

"好啊。"纪非言笑了笑，很干脆地应下了。

竺林森这才明白纪非言的用意，她回头看了纪非言一眼，小声吐出两个字："心机。"

纪非言勾了勾唇，看向她手中拿着的行李箱，道："师姐，我帮你拎吧。"

话刚说完，他已经把手伸了过来，握住了拉杆，顺便也……握住了她的手。

竺林森结结实实被纪非言吓了一跳，众目睽睽之下，他竟然敢这么明目张胆！

她迅速地将手抽了出来，第一时间抬头看了眼排在前面的陆璐和肖遇，见他们没有回头，她才算松了口气。

她转过头，向纪非言投去羞恼的一瞥。

但是，他显然丝毫没有将她的羞恼看在眼里，漂亮的眼睛里满是恶作剧得逞般的笑意。

"师姐，注意看路。"眼看前面就是台阶了，纪非言连忙收了眼中的笑意，提醒道。

竺林森哼了一声，背着书包往楼梯下走去，有纪非言帮她拎箱子，倒确实轻松了不少。

几人进了车厢，纪非言将竺林森的行李箱放上了行李架，这才转身和阮少春一起走向了两节车厢的连接处。

因为临近春节，车上人很多，纪非言和阮少春勉强得了一席之地。

车子一启动，阮少春就迅速地拿出了笔记本，找纪非言继续探讨问题。

此时的纪非言却有些心不在焉，他只要一抬头，就能看到坐在不远处的竺林森，有好几次他都捕捉到她看过来的视线，不过，一等他看过去，她就马上收回视线，假装没这回事。

"非言，你有没有在听我说话？"阮少春见纪非言心不在焉的模样，忍不住瞪了瞪眼，"你在看什么呢？"

"没什么。"纪非言收回视线，懒懒地问，"我们刚刚说到哪儿了？"

"纪学弟他们好可怜啊，连位置都没有。"此刻，陆璐已经拿出一包瓜子，她嗑了两口后，看了眼挤在人堆里站着的纪非言，感叹道。

竺林森顺势朝他们看了一眼，不管是谁，往那个方向去看，第一眼看到的，总是纪非言。因为他太鹤立鸡群了，高高的个子，明星般出挑的容貌，这样一个小哥哥，到哪儿都会受欢迎的。

比如说，坐在离纪非言不远处的一个女生已经向纪非言发出了邀请："帅哥，要不要到我们这边挤一挤？"

纪非言朝那女生看了一眼，笑着应了一声："不用了，谢谢。"

阮少春噘了噘嘴，嘟囔一句："非言，你可真是万人迷。"

"谢谢。"纪非言挑唇道。

"哎，不如我们把纪学弟他们叫过来，跟我们挤一挤吧。"陆璐也听见了那女生的话。

他们三人正好是连在一排的三个座位，倒是勉强可以挤一两个人。

"不用了吧。"竺林森下意识地拒绝，毕竟车程也就一个多小时，男生站这么点时间并不算什么。

"你同情心倒是挺泛滥。"肖遇也不赞同地瞥了陆璐一眼。

陆璐只好闭了嘴。不过，没过一会儿，她又从包里拿出一大堆零食，然后递给坐在最外面的竺林森，道："森森，你去给他们送点吃的，表达下我们的友好之情。"

"……"

竺林森犹豫了会儿，最终还是站了起来。毕竟在那头站着的是她的男朋友，她投了不让他坐过来的票，总不能还剥夺他吃零食的权利。

此时，纪非言正低头跟阮少春做题。突然，他感受到什么，一抬头，就看到竺林森捧着一大包零食朝他走了过来。

她的面色还算镇定，但仍泛着微红，眼中有闪烁的光。

纪非言看着她，嘴角勾起一抹笑，那笑容的弧度随着她的走近越来越大。他本来懒散地倚在墙上，等她站到他面前，他已经直起身，等着她开口。

"我们带了很多零食，你们要吃吗？"竺林森努力不让自己的视线集中在纪非言身上，看了眼阮少春，问道。

"不用不用，谢谢竺学姐。"阮少春是个实诚的小胖子，连连摆手。

竺林森又看向纪非言，纪非言倒没有像阮少春这么客气，伸手拿了包牛肉干，笑道："谢谢师姐……"

这一声"师姐"旁人听不出什么，可听在竺林森耳里，总有一种撩人的意味，此刻更显得意味深长，勾人得很。

竺林森强作镇定，应了一声"不用"，便匆匆回了座位。

Chapter 20

带学霸小姐姐打球

回到家后，竺浩然和陈小雅照例问了竺林森几个问题，几乎毫无例外都是跟学业有关，竺林森一板一眼地回答完，见他们俩露出满意的表情，她微微地松了口气。

就在她准备回房的时候，竺浩然又问道："我让你照顾非言，你有联系过他吗？"

竺林森沉默片刻，答道："有……"

不仅联系了，还跨越了师姐弟的"伦理关系"，组成了一对真人CP……

"非言是个好孩子，只是缺少关爱。你身为他的师姐，要多多关照他。"竺浩然语重心长地叮嘱。

竺林森听了，有些好奇地问："他缺少关爱？"

竺浩然看了她一眼，倒也没隐瞒，道："他母亲很早就过世了，父亲常年在国外，是他外婆把他带大的。他初去韩大，人生地不熟的，你就当他是弟弟，多看着点。"

竺林森听了，不由得瞪大了眼。纪非言从来没提过他的家庭情况，所以她并不知道他是生活在这样一个家庭，此刻听在耳里，竟觉得分外心酸和心疼。

不过，听到竺浩然让她把纪非言当成弟弟，她的心里又莫名涌出一丝羞愧。

她含糊地应了两声，跑回了房。

她很少主动联系纪非言，但这一刻，她竟有些迫不及待地给他打了个电话。

"师姐？"纪非言接到电话的时候，显然也有些惊讶。

"你到家了吗？"竺林森也知道自己这个电话打得有些突然，讷讷地问了一句。

"到了。"纪非言笑了一声。

"那你在做什么？"竺林森想了想，又问道。

"刚刚在陪我外婆说话，现在在陪你说话。"

"啊？那我是不是打扰你了？我先挂了，你去陪你外婆……"竺林森一听，连忙道。

"不用，我外婆去午睡了，我现在在房间里。"纪非言打断竺林森的话。

可纪非言这么一说，竺林森倒不知道该说什么了，一时陷入了沉默，还是纪非言先开了口，问道："怎么想到给我打电话了？"

"就闲着无聊……"竺林森咬了咬唇，随便找了个借口。

"师姐。"纪非言突然唤了一声。

"嗯？"

"你是不是想我了？"他悦耳的嗓音里带着一声笑意。

竺林森的脸蓦地红了起来，下意识地反驳："没有。"

"晚上出来吧,我带你去玩。"纪非言仿佛没有听到她的话,含笑道。

"去哪儿?"竺林森的心里本想着拒绝,嘴上却好奇地问出了声。

"到时候就知道了。"

"几点?"

"七点吧,我到你楼下等你。"纪非言道。

"别!你别来我们小区!你说个地点,我们去那儿会合。"竺林森一听,连忙道。

纪非言想了想,道:"那就江边,大雕塑下面。"

"可以。"

这天晚上,竺林森一吃完晚饭,便对竺家二老道:"爸、妈,我出去走走消消食。"

说这话的时候,她的心里有些忐忑,生怕竺家二老看出她的心虚。

"这么冷的天出去走什么?"陈小雅抬头,看了她一眼。

"今天妈妈烧的菜太好吃了,我吃撑了,怕晚上睡不着。"竺林森昧着良心说道。

陈小雅的厨艺水平全家人有目共睹,烧出来的菜仅限于"能吃"的水平,今晚自然也不例外。竺林森一说完其实就有点后悔,毕竟这话听着太假了,明显是睁眼说瞎话。

可陈小雅听了,向来严肃的脸上却忍不住浮起一抹笑意:"你呀,这是太久没吃妈妈烧的菜了。去吧,多穿点,消完食早点回来。"

竺林森出门的时候还有些蒙,没想到竟然这么容易就出来了。随后她明白了一个道理,那就是"千穿万穿,马屁不穿",连陈小雅这种学术型的女人也不能免俗。

竺林森到江边的时候,离七点还剩十分钟。纪非言还没来,江边风大，她正想着给他打个电话，就看到他骑着一辆自行车，迎风朝她飞快地骑过来。他穿着一件黑色的羽绒服，羽绒服的帽子盖在头上，额前是被风吹乱的碎发，他的眼睛黑亮如墨石，嘴上咬着一根棒棒糖，嘴角带着笑意。

十八岁的少年，眼角眉梢都是少年的恣意，竺林森的心跳一下一下地加快，最后如擂鼓般敲响她的耳膜。她忽然明白，她喜欢他，不是偶然事件，而是必然事件，因为他的每一面，都会让她心跳加速，而她的人生里，从来没有一个人，可以对她造成这样的影响。

他骑车的速度很快，没过一会儿，他已经停在了她的面前，他双腿撑在地上，一手拿下棒棒糖，笑问："等我很久了？"

竺林森摇头："我也刚到。"

"冷吗？"纪非言伸手触碰了下她的脸颊。

他的手比她的脸还冷，她缩了缩脖子，将自己的手套摘下来，抓住他的手，试图将自己的热度传给他。她嘟囔道："我的手可比你的暖和多了，你怎么骑车也不戴手套？"

纪非言看着竺林森为他暖手的模样，心中微微一热。他低头就在她的脸颊上亲了一口，笑道："急着见你，忘了。"

竺林森的脸微红，却没有躲闪，只小声道："小心被人看到。"

"哪有人？"纪非言笑道，这么冷的天，江边几乎人迹罕至。

"你要带我去哪儿玩？"竺林森问道。

"先上车。"

竺林森正要坐到后座去，纪非言又突然叫住她："等等。"

然后，竺林森便看到他从口袋里拿出了一个卡通的女生口罩，套在了她的脸上。口罩上传来淡淡的皂香味，像是刚刚洗过的。

竺林森一抬眼就能看到他眼中的笑意，只听他道："这样师姐可以放心跟我约会了。"

竺林森的心突然一暖："你什么时候买的？"

"在你答应跟我出来玩之后。"纪非言笑道，"师姐真该夸夸我，我可是用吹风机吹干的。"

竺林森一想到纪非言拿着吹风机吹口罩的画面，就"扑哧"笑出声，她伸手捏了捏纪非言的脸颊，眉眼弯弯如月牙，只听她笑道："师弟真棒！"

"'师弟'这个词可不可以换一个？"纪非言伸手握住她的手，眸光灼灼，仿佛能烫化人的心。

竺林森的心跳漏了一拍，她抽回手，跳上后座，转移话题道："快走吧，我可没多少时间在外面。"

纪非言听了，只是笑了一声。他回头看了她一眼，她的手正自然地抓在后座的杆子上。他挑了挑眉，问道："师姐，没有人告诉过你，当男朋友骑自行车载你的时候，你的手要放在男朋友的腰上吗？"

竺林森一愣，有些窘，不过还是慢吞吞地将手挪到了纪非言的身上，抓住了他的衣服。

但下一刻，纪非言就抓住她的手，将它塞进了他的口袋里。他回头，笑望了她一眼，道："这样更暖和。"

纪非言说完，就踩下踏板，载着竺林森往前骑去了。

竺林森的脸微微泛红，这一刻，好像才有一种"面前这人真的是自己男朋友"的感觉。她的姿势相当于环着他的腰，她盯着他的后背看了会儿，倾过身子缓缓地靠了上去，这样一来，她就真的是环着他的腰靠在他的身上了。

纪非言似是没想到她会靠上来，身子微微一僵，但很快就放松了。

竺林森忍不住笑："纪非言，你看我现在的姿势对吗？"

"很标准。"纪非言含笑的嗓音传了过来。

这一刻，竺林森觉得他俩的心似乎很近。

　　十分钟左右，纪非言载着她在一间眼熟的台球室门口停了下来。

　　是以前竺林森每次回家都会路过的台球室，里面总是混迹着一群与她格格不入的人，那是被所有好学生的家长统称为"不良少年"的人，竺家二老就总是叮嘱她不要在这附近逗留，仿佛只是靠近都会得瘟疫一般，她自然也谨遵二老嘱咐，每次路过这里都会加快速度骑过去。

　　"你要带我玩的地方是这里？"竺林森有些惊讶地问。

　　"听说这里是好学生的禁地，竺老师一定也严禁你踏入吧？"纪非言已经吃完棒棒糖，他将管子扔进垃圾桶，然后牵过竺林森的手。

　　竺林森闻言，笑道："你既然知道我家竺老师不让我来，你还带我来？"

　　"竺老师是老古董，但我知道你不是。"纪非言朝她凑近，在她耳边道。

　　"要是被他知道，我就死定了。"竺林森话虽这么说，脚下步伐却没停，跟着纪非言往里走。

　　"别怕，出了事，我挡你前面。"纪非言说着，已经走到了前台。

　　老板是个中年胖子，看到纪非言，眼睛不由得一亮，笑道："哟，这不是我们的高考状元嘛，放寒假了？"

　　"是啊。"纪非言笑了笑，"我带我女朋友来玩，给我开一台。"

　　"好嘞！"老板应了一声，"带你的小女朋友去六号桌，那边空调暖和。"

　　竺林森闻言，不禁朝那老板看了一眼，心想这大叔倒还挺贴心的。

　　纪非言牵着她的手走向六号桌。那是比较靠里面的一桌，正好在空调边上，而且在柱子后面，正好挡住了他们的身影。

　　竺林森第一次进入这里，有一种莫名的小激动，目光在四处溜达了一圈。台球室不算小，不过也不算大，总共六张台球桌，边上还有些电玩游戏，中间那面墙上挂着电视屏幕，电视正前方放着一组沙发和几把椅子，看起来可以让人看电视。

这个时间点，在台球室的人并不多，除了他们这一张桌子，余下的只有两桌是有人在玩的。

"怎么样，跟师姐想象中的有什么不同吗？"纪非言见竺林森一双眼睛闪闪发光，看得兴致勃勃的。

竺林森有些不好意思地道："我本来以为这里面都烟雾缭绕的……"

没想到却干干净净的，也不知是不是人少的原因，并没有人抽烟。

"曾经这里确实烟雾缭绕，不过后来换老板了。这个老板来了之后，就不许大家在这里抽烟了。"

"为什么？"竺林森有些纳闷。

"他说抽烟有害健康。"纪非言笑道。说这话的时候，他已经去一旁挑了两根台球杆，然后递了一根给竺林森。

竺林森接过台球杆，眼神有些闪烁："我可能没有告诉过你，我不会打台球。"

"学霸小姐姐竟然还有不会的事？"纪非言听了，揶揄地说了一声。

"在体育方面，我一直都是学渣。"竺林森很实事求是。

"那正好给我用武之地。"纪非言笑道，"我来教你。"

纪非言先是给竺林森讲解了台球的规则，然后才手把手教她握球杆的方式。纪非言讲得很仔细，也很耐心，竺林森听着他说话，忍不住道："难怪阮学弟这么喜欢找你咨询问题，你真是一个好老师。"

"我更喜欢师姐给我讲题。"纪非言一边纠正她的姿势，一边在她耳边道。

"其实你那时候根本就是在逗我玩吧，那些题目你肯定都会。"

"谁让师姐总是躲在房间里不出来，我不用这个办法，哪里有机会和师姐说话？”

竺林森一听，倏地直起了身子，瞪着眼问他：“所以你那个时候真的在逗我玩？”

亏她那么认真地给他讲题！

“不，我在努力地创造和师姐相处的机会。”纪非言一派淡定。

竺林森的脸微微一红，她撇过脸，嘟囔了一声：“算了，你继续教我吧……”

就在纪非言俯身教竺林森握好球杆撞球的时候，台球室里突然喧闹起来，似是有一群人刚刚走进来，然后竺林森便听到了一个熟悉的名字——

"今天让我先跟月彤姐玩一局。"

说这话的是一个男生，声音也有些耳熟。

纪非言的动作也是一顿，竺林森回头看他，小声道："怎么办，好像是你朋友。"

"没事，只要他们不走过来，就看不到我们。"纪非言轻声道。

"你不想见他们吗？"竺林森犹豫了会儿，问了一句。

"我要是说想，你不是要暴露了？"纪非言轻笑一声，伸手点了点竺林森的鼻子。

竺林森确实也顾虑到这一点，她蹙眉想了会儿，道："那你不要介绍我是你女朋友，就说我是你师姐，然后说我脸上长疹子了，所以要戴口罩。"

"听起来似乎很完美，严丝合缝。"纪非言忍不住笑了，"可是有一个很大的破绽。"

"什么？"

"他们很熟悉我，知道我从不单独带女生来这里，更别说是教她打台球了。"纪非言在竺林森耳边轻声道，"而且今天他们找我玩，被我拒绝了。你猜他们看到我带着个女生出现在这里，你除了是我女朋友，还会有别的身份吗？"

竺林森听得目瞪口呆，讷讷地问："那怎么办？"

"当然是不出去。"纪非言笑道，"等什么时候师姐想跟我结束地下情了，我再带你见他们。"

纪非言的体贴让竺林森的心中涌过一阵暖流，同时也有些愧疚，她有些不好意思地道："对不起，我……"

"嘘……师姐永远不需要对我说这三个字。"纪非言阻断了竺林森的话。

竺林森咬了咬唇，决定换个话题："那我们打一局？"

"好啊。"纪非言笑着，拿过自己的球杆，然后道，"你来开局。"

"啊！半年不见，月彤姐的球技一点都没变！我还是打不过月彤姐！"外面的男生说话很大声，清晰地传到了竺林森的耳朵里。

她看着桌面上的球，唔，纪非言只剩一个黑球了，她却只进过一个球，还是自由球。

这对比让人绝望。

"还是应该把非言叫过来，也不知道他搞什么鬼，只说今天有事，非要明天才行。"说话的是杜锋，他输给了季月彤之后，继续叨叨着。

"月彤姐，你今天见到非言了吗？"另一个男生问道。

"我去他家的时候，他已经出去了。"季月彤的嗓音缓缓响起，很是好听。

"要么我们给他打个电话，约他出来吃夜宵？"杜锋突然　拍桌了。

"好啊。"季月彤应了一声。

纪非言自然听到了杜锋的话，他迅速地放下球杆，然后从口袋里掏出手机，正要设为静音，杜锋的电话已经轰了过来。

纪非言迅速地按下了挂机键，但开头的音乐仍然响了一声。

"他竟然挂我电话！"杜锋有些愤愤，"还说什么寒假回来要给我们补习功课，我看是彻底把我们忘到脑后了！"

"等等，我刚刚好像听到了非言的手机铃声。"季月彤的目光落到了柱子后，表情有些迟疑。

"不会吧，难道非言躲在这儿等我们？"杜锋立刻兴奋，"他是想给我们一个惊喜？"

柱子后的纪非言和竺林森对视一眼，头痛地抚了抚额。事已至此，他也藏不住了，只能从柱子后走了出去。

"非言，你真在这儿啊！"杜锋已经快要走到柱子边上，看到纪非言突然现身，还是被吓了一跳，随即又一脸兴奋。

"我带朋友来打台球。你不是说要去唱歌，怎么跑这儿来了？"纪非言无奈地问道。

"月彤姐说不想唱歌，正好我们路过这里，所以就进来了。"杜锋说完，又后知后觉地意识到了纪非言的前面半句话，忍不住问，"你带哪个朋友来打台球？那个小胖子？"

"不是。"纪非言看向其他人，"你们先玩你们的，等会儿我跟你们去吃夜宵。"

纪非言说着，已经转身走了回去。

竺林森正拿着球杆倚在台球桌上，见他回来，她开口道："要么我先回去，你去跟他们玩好了。"

"你这还没出师呢，就想着回去了？"纪非言曲指，轻轻地弹了弹竺林森的额头。

"……"

"我说你怎么不跟我们玩呢！原来是偷偷约了美女！"就在这时，杜锋一群人从柱子后围了过来，一个个跟到了捉奸现场似的激动。

"非言，你也太重色轻友了！"一男生痞痞地笑道。

"你老实交代，什么时候谈的？"另一男生也说道。

相比那三个男生的激动，季月彤这个唯一的女生，情绪显然有些不一样。她怔怔地看了眼纪非言，又看向竺林森，嘴角扯起一个勉强的笑容："非言，这是你女朋友？"

今天的季月彤跟竺林森在韩市见到的样子很不一样，她没有化妆，少了妆容带来的妩媚，看起来清爽多了，甚至比化妆时更显得我见犹怜。

竺林森有些紧张地看向纪非言，怕他承认，又怕他不承认，这样矛盾的心理连她自己也不知道为什么。

纪非言看了她一眼，然后看向他的朋友们，笑道："是我喜欢的女生。"

这句回答的高明之处在于，既说了实话，又给人以无限的遐想空间。

这句话一出，男生们立刻发出"哇喔"的惊叹声，毕竟他们跟纪非言认识这么久，第一次听纪非言坦诚他喜欢谁。

卡通的口罩下，竺林森的嘴角不受控制地翘起。

他说，她是他喜欢的女生。

这个答案，比他直接说"这是我女朋友"，要更让她感到开心，可她也敏感地察觉到，季月彤苍白的脸色。

她不禁想起几次见到季月彤的场景，面前的女生，应当是喜欢纪非言的吧？

"我好不容易把她约出来，你们不要吓到她。"纪非言与面前的几人一起混了好几年，自然知道接下来他们肯定有一大堆话要说，在他们开口前，他就先发制人，"我再陪她玩几局，就过去找你们。"

杜锋还算有点眼力见儿，道："好吧好吧，等你正式追到人家再说，我们出去，别影响非言泡妞了！"

杜锋说着，就拉着其他男生走了出去。

季月彤深深地看了纪非言一眼，才转身走了出去，可天知道，她的内心有多么煎熬。她想过很多次，也许下一次遇见他，他已经有了女朋友，所以她做了很多的心理建设，可当他真的领着他喜欢的女生站在她面前时，她才发现，那些都没有用。

该难过还是难过，该嫉妒还是嫉妒。

"师姐，我们继续。"纪非言看向竺林森，轻声道。

竺林森点了点头，将注意力集中在台球上。纪非言的球技一流，若不是他刻意让着她，只怕她会输得一塌涂地。

可即便如此，她也仍是输个不停。

连输数局后，竺林森气馁地放下球杆，道："不玩了，我太菜了！"

"哪儿菜了？"纪非言走到竺林森面前，低声笑问，"不比师姐游泳强多了？"

"并没有感觉到安慰。"竺林森瘪了瘪嘴，低头看了眼时间，"我该回去了，不然我爸妈要打电话给我了。"

"嗯，我送你。"

竺林森跟着纪非言一前一后走了出去。

路过那几个人的时候，纪非言的脚步停顿了下："我先送她回家，再回来找你们。"

杜锋立刻朝他挤眉弄眼，猥琐一笑："去吧去吧，不用急着回来。"

竺林森莫名觉得脸上有些发热，也没去看那些人，紧跟着纪非言走了出去。

一走到门口，纪非言就伸手牵住了她的手。

"他们会看见。"竺林森有些紧张地道。

"不会。"纪非言笑了一声，牵着她走到自行车停靠的地方，才放开了她的手。

他们没有回头，也就没有看到身后一个个八卦之魂在燃烧的人。

"手都牵上了，分明都泡到手了！"杜锋目光如炬。

季月彤死死地咬住唇，费了很大的力气才将自己波动的情绪克制了下去，就在看到他们牵手的前一刻，她还在希冀，他们并没有在一起。

可下一秒，她的希冀就被打碎了。

"不过我怎么觉得那女生有点眼熟啊？"有人摸着下巴说道。

另一人突然拍了拍桌子："非言刚去一中那会儿，不是有一天送女生回家，被我们在这门口撞个正着吗？当时那女生也是戴着口罩，我看着好像是同一个人！"

"对！没错！就是她！"杜锋立刻道，顿了顿，他嘿嘿一笑，"没想到非言还挺长情，这么久了都没换人。"

季月彤倏地站了起来，双手紧握成拳，几乎颤抖起来。

"月彤姐，你怎么了？"

"我有点不舒服，我去下卫生间。"季月彤说完，就迅速地朝卫生间走了过去。

剩下的三人面面相觑，其中一人对杜锋道："月彤姐该不会还对非言有意思吧？我们这样会不会太过分了？"

杜锋的脸上划过一丝不忍："以非言的个性，他要是喜欢月彤姐，早就追她了，现在他有了喜欢的人，跟月彤姐更加不可能，月彤姐总要接受现实的。"

　　"就在这里停，我自己走回去。"离家还有一个路口的时候，竺林森立刻叫住了纪非言，然后迅速地从后座上跳了下来。

　　"师姐，下雪了。"就在这时，纪非言仰头看了眼天空，发现有大片的雪花落了下来。

　　竺林森站在纪非言面前，闻言也抬起了头。漆黑的夜空下，有白色的雪花纷纷扬扬地往下落，它们从万里高空一路往下，掠过路灯的光，带来梦幻的视觉盛宴。

　　竺林森一时竟有些看呆了。

　　"好美……"她喃喃道，连口罩被纪非言摘下也没意识到。

　　纪非言看着此刻仰头看着夜空的少女，有几片雪花落在她的脸上，很快就化成了水珠。他看着她，眼中如星光般闪亮，只听他附和道："是啊，好美。"

　　竺林森低下头，嘴角带着明媚的笑意："你也这么觉得……"

　　话音未落，眼前的少年便伸手将她往前拉了一步，然后抬头吻上了她的唇。

　　他的唇瓣微凉，带着冬日里的寒意，可竺林森的心口却微微发烫。

　　此时此刻，只有雪花见证了，无人又无车的路口，美丽的少年男女，如诗画般的亲吻。

Chapter 22
她让我心动

　　纪非言回到台球室的时候，肩上已经积了一层薄薄的雪花。他走进去，带了一身寒意，脸上却似沐着春风。

　　"啧啧啧！"杜锋一看纪非言这模样，就忍不住坏笑。

　　"把你这猥琐的表情收起来。"纪非言瞥了他一眼。

　　"非言，你那女朋友到底是谁啊，怎么一直戴着口罩，也不给我们见一见。"杜锋收起坏笑，一本正经地道。

　　"她害羞。"纪非言说这话的时候，眼中闪着温柔的光，"放心，以后会让你们正式认识的。"

　　几人在台球室聊了一会儿，去隔壁烧烤店吃了夜宵，这才散了。

　　季月彤和纪非言顺路，两人都骑了自行车，所以一起骑车回去。

　　此时的雪已经下大了，路上积了薄薄一层。

　　纪非言回头看了眼跟在他身后的季月彤，开口道："月彤姐，路上滑，小心点骑。"

"嗯。"季月彤应了一声。

季月彤的家和纪非言的家就隔着两栋楼，眼看快要到了，纪非言突然听到身后传来"哐当"一声，伴随着季月彤呼痛的声音。

纪非言蓦地刹住车，回头一看，就见季月彤连人带车摔倒在地，半晌没能爬起来。

纪非言连忙将自行车往边上一放，跑了回去。

"月彤姐，你没事吧？"纪非言跑上前将季月彤扶起来。

借着路灯的光，他看到她的脸色有些差，但因为手上戴了手套，衣服也穿得厚，所以应该没什么外伤。

纪非言从口袋中拿出一包纸巾，帮季月彤擦了擦被地上的雪水弄脏的手套和衣服。

季月彤怔怔地看着纪非言帮她擦衣服的样子，脑海里突然浮起小时候的时光。那时候多开心啊，他们一起逃课，一起去台球室打台球，一起吃夜宵，一起去网吧通宵……

可是现在，一切都变了。

季月彤突然捧住纪非言的脸，迅速地将唇凑了上去。

季月彤速度快，纪非言的反应更快，他猛地侧开头，伸手一把将季月彤推开。

"月彤姐，你自重。"他的声音在这雪夜里显得有些冷。

季月彤狼狈地后退了两步，突然忍不住悲从中来，捂着脸哭出了声："她到底比我好在哪里？"

纪非言几乎立刻就明白了她说的人是谁。他目光复杂地看向季月彤，道："我从来没有拿你和她做过比较，也并不觉得有这个必要。"

纪非言说着，俯身将季月彤的自行车扶了起来。

季月彤缓缓挪开手，泪眼婆娑地看着纪非言。以季月彤的美貌，如此我见犹怜地看着一个男生，几乎很少有人可以抵抗。

纪非言的面色却很平静，他看着她的眼神，就像看一个最普通不过的朋友，只听他淡淡道："雪下大了，早点回去休息吧。"

他说完，就转身朝自己的自行车走去。

"纪非言！"季月彤忍不住叫住他，哽咽的嗓音带着破音，"你就那么不喜欢我吗？"

纪非言脚步微微一顿，却未转身，只是道："我说过，我只拿你当姐姐，我希望以后，我们仍然还是姐弟。"

"谁稀罕跟你当姐弟了！"季月彤喊出声，她突然奔上前，从纪非言身后一把抱住他，哽咽道，"非言，我努力过了，尝试过了，但我就是没办法放下对你的感情。我知道你现在有女朋友了，我也不敢奢望你能跟我在一起，但你能不能，能不能满足我一个小小的愿望？我发誓，只要你答应，我以后再也不纠缠你了。"

"不能。"纪非言垂了垂眸，毫不犹豫地拒绝了季月彤。

他伸手拽开她的手，脱离她的拥抱，然后转身看向她，继续道："月彤姐，从小到大你都很照顾我，也很照顾我外婆，我一直都很感激你，但凡你有任何需要我帮忙的事，我都会尽心尽力。但感情的事不能勉强，我很喜欢我女朋友，也很珍视她，所以我不会因为任何人做任何有可能让她难过的事。你比我大两岁，应该比我更能处理自己的感情，我也相信，你会遇到比我更好的人。"

顿了顿，纪非言继续道："今晚的事我当没发生过，回去吧。"

"那你能告诉我，你为什么会喜欢她吗？"季月彤有些绝望地问。

纪非言微微一怔，他还真从未想过这个问题，一开始只是觉得这个师姐很有趣，每次见到他，都跟老鼠见到猫似的，慌慌张张的，却还总是喜欢假装镇定。

每次看到她脸红的样子，他的心都像被什么撩过似的，酥酥的、痒痒的，当时他并不知道那就是心动，但即便他没意识到这一点，他也已经决定,他要拥有这个女孩。

拥有这个单纯、漂亮、优秀,更重要的是,能在不经意间撩动他心的女孩。

"因为她让我心动。"纪非言说完,就跨上自己的自行车,朝家的方向骑去。

季月彤站在原地,突然蹲下身,呜呜地哭了起来。

过了好一会儿,她才站起身,推着自行车,一脸麻木地走进家门。

而拐角处,一直到季月彤进了家门,纪非言才终于放心地转身骑回家。毕竟是深夜,他的修养不容许他把一个女孩子单独扔在外面,可他又不能给她一丁点希望,只能出此下策。

很快,就过年了。竺家的新年一向没什么意思,但好歹比平时热闹一些,竺家二老对她的管控也没那么严格,甚至还会允许她跟陆璐、肖遇他们一起玩个斗地主。

除夕夜吃得早,下午四点不到就已经吃完团圆饭了,刚一吃完,竺林森就被陆璐和肖遇叫了出去。

竺林森一出门,就看到肖遇开着他爸爸的老古董轿车停在她面前。

竺林森不由得挑了挑眉:"难道我们今天不是去陆璐家斗地主?"

"斗地主有什么好玩的。"陆璐坐在副驾驶座位上,朝竺林森招了招手,"森森你快上来,今天我们去参加 party!"

竺林森坐进车里,好奇地问:"什么 party?"

"我就知道你这个书呆子肯定不会关注一中论坛的事!"陆璐翻了个白眼,"有一群一中的学长学姐在论坛发了帖子,说是除夕夜要办一个新年 party,谁都可以去参加,我们反正没事做,正好可以去凑凑热闹。"

竺林森听了,倒也不排斥,不过她的脑海里倒是浮起纪非言的身影,也不知他现在在做什么,是和外婆两个人过年,还是说他爸爸也回来了?

车子开了十几分钟,陆璐一直在喋喋不休,竺林森偶尔应几句,她的目光落在窗外。自从那一夜的大雪后，后面几天再也没有下过雪，屋顶上和树上的雪都渐渐化了，气温一天比一天冷，她的脑海里总是想起那一晚，纪非言在雪中亲她的画面。在她无趣死板的人生里，似乎从未想过，这一生还会有这样浪漫的时刻。

竺林森抿了抿唇，却控制不住想要上扬的嘴角。

突然，她的眼前闪过一个人影，她连忙转头看去，只见车子路过了一个居民区。这片区域都是三层楼的房子，每户人家前面都带着个小院子，而她刚刚好像在其中一个院子里，看到了纪非言的身影。

没过一会儿，车子就在居民楼的尽头停下了。陆璐指了指对面的一个烂尾楼，笑道："听说 party 就在上面举办，也不知道我们现在是不是来太早了？"

陆璐说着，就挽着竺林森的胳膊往前走。竺林森有些神不守舍，过了会儿，她停住了脚步，道："你们先上去，我刚看到那边有个商店，我想去买点东西。"

按照以往，陆璐是会陪竺林森一起去的，不过她现在满脑子都是party，所以迅速地放开了竺林森，笑嘻嘻道："那你快点。"

竺林森点了点头，就迅速地往回走了，一边走，一边掏出纪非言送给她的口罩，戴在脸上。

这片居民楼的房子都是一模一样的样式，竺林森走了大概五分钟，就觉得脑子有些混乱，也不知刚刚看到的是哪一幢。

她索性停下来想了想刚刚肖遇的时速，又估计了下开过去的时间，估算了一个大概的距离，然后目光朝旁边的居民楼逡巡了过去。

竺林森觉得自己跟做贼似的，有些小紧张。

就在这时，她看到一个头发花白的老奶奶从自家小院走了出来，她戴着一副老花眼镜，看上去很慈祥。

突然，老奶奶脚下似是踩到带水的湿滑路面，脚底一滑，眼看就要摔到地上了，竺林森眼疾手快地冲了上去，一把将老奶奶扶住，心有余悸地问："您没事吧？"

那老奶奶似乎也是吓了一大跳，半晌反应过来，笑着拍了拍竺林森的手，感叹道："谢谢你啊小姑娘，要不是你，这大过年的我这把老骨头可就要遭罪了。"

"外婆！"就在这时，一道熟悉的嗓音从身后响起，语气里带着竺林森从未感受过的紧张，她一回头，就见纪非言手里拎着瓶醋，一脸紧张地跑上前来，"你没事吧？不是让你在房间里等我，你出来做什么？"

"没事没事，我这不看你有一会儿没回来了，所以出来看看。"纪外婆笑道，"多亏了这个小姑娘扶我一把，你得好好谢谢人家。"

"谢……师姐？"纪非言抬头，刚说出一个"谢"字，就被面前的女生给惊住了。

竺林森的内心有一种莫名的羞耻感，仿佛是偷看别人的时候被人逮个正着，但她很快就将那情绪压了下去，弯了弯眼，笑道："真巧，纪非言，原来她是你外婆呀？"

纪外婆一听，更加慈爱地看向竺林森："原来你跟我们家非言认识呀？"

竺林森点了点头，将口罩摘下来，礼貌地道："奶奶您好，我叫竺林森，是纪非言的朋友。"

"叫外婆吧。"纪非言突然笑了一声。

竺林森窘了窘，犹豫了一瞬，佯作自然地道："外婆，您叫我森森就好。"

纪非言看向自家外婆，介绍道："外婆，她是竺老师的千金。"

纪外婆听了，顿时拉住了竺林森的手，热情地道："原来森森你是竺老师的女儿啊。竺老师可帮了非言不少忙，我一直都想好好谢谢他。你来得正好，我和非言正在包饺子，你进来和我们一起吃好不好？"

竺林森本想拒绝，毕竟她只是想来看一眼纪非言，没想过要来蹭饭。

就在这时，她听纪非言道："师姐，难得遇到，一起吧。"

Chapter 23

他包的饺子

　　竺林森看了眼纪非言，又看了眼一脸期盼的纪外婆，突然心软，鬼使神差地点了点头，冲纪外婆笑道："外婆，那我就打扰了。"

　　纪外婆果然喜笑颜开，拉着竺林森的手往里走："说什么打扰呀。你愿意来，外婆高兴都来不及呢。"

　　竺林森跟着纪外婆进了厨房，厨房和餐厅是一体的，很宽敞，竺林森一进去就看到了包到一半的饺子，以及锅里冒着热气的热水。

　　桌上还有丰盛的菜肴。

　　"外婆，你坐着，我去下饺子。"纪非言说着，拿起已经包好的饺子，放进了热气腾腾的锅里。

　　纪外婆也没闲着，洗过手后就坐下包起了饺子。

　　纪非言很快就坐了过来，道："外婆，你歇着吧，我来好了。"

　　"你还会包饺子啊？"竺林森一听，立刻瞪大了眼看着纪非言。

　　"别说包饺子了，你看桌上那一桌子菜，一大半都是非言烧的。"纪外婆一脸骄傲地道。

这下竺林森真的震惊了，因为她长这么大，父母从未让她下过厨，她没想到，纪非言竟然还会做饭。

"师姐是不是迫不及待想尝尝我的厨艺了？"纪非言看了眼竺林森惊愕的眼神，笑道。

他开始娴熟地包起了饺子，竺林森目不转睛地盯着他的手，再次感叹："你好厉害！"

纪非言听了，忍不住笑出了声，他抬头看她，问道："师姐要不要动手试试？"

"可我不会。"

"我教你啊。"纪非言说着，已经拿过一张饺子皮，放到竺林森面前。

"胡闹，森森是客人，怎么能让她给你包饺子？"纪外婆不赞同。

"没事的，外婆，我觉得包饺子很好玩，想要试一下。"竺林森朝纪外婆露出一个笑容，然后起身去洗了手。

她擦干手坐回座位，拿起那饺子皮，一脸好学地问："怎么包？"

"先中间放点馅。"

"然后呢？"竺林森迅速地完成了第一步骤，立刻发问。

纪非言将手伸到她面前，道："你仔细看我怎么包。"

竺林森认真地看了一遍，然后有样学样，过了会儿，她有些窘地看着手心里丑得惨不忍睹的饺子，尴尬道："我好像失败了……"

纪非言凑过去看了一眼，笑出声："师姐你这手艺，比我刚学那会儿还差。"

"非言，有你这么说话的吗？我看森森包得就挺好。"纪外婆也探过头来看了一眼，笑眯眯道。

竺林森被夸得脸都红了，心想外婆你对客人果然宽容！

"我再试一个！"竺林森不死心。

过了会儿，竺林森一脸慌张地向纪非言求救："这里该怎么包啊？为什么我的褶皱这么大？"

纪非言凑过去，手把手教她揪出一个褶皱，一脸认真地道："就这样，对，你再试一次……"

纪外婆看着两人的模样，笑得眼睛都眯了起来："非言，饺子熟了。"

纪非言连忙站起身，去把锅里的饺子盛了起来。

三人一起坐到了餐桌旁，其实竺林森还饱着，不过她一想到桌上的菜和饺子都是纪非言的手艺，就觉得馋虫都出来了。

就在这时，陆璐终于想起了她这个许久没出现的人，打了电话过来。竺林森看了一眼就迅速地按了拒接键，然后迅速地打开微信发了条消息过去：我遇到了个熟人，等会儿再过去，你们先玩。

纪非言不动声色地看了她一眼，给她夹了个饺子，问道："师姐今天怎么会到这边来？"

"听说这附近有人在办 party，所以陆璐和肖遇就把我带过来一起玩了。"竺林森说着，补充道，"我本来是打算去商店买包纸巾的，没想到碰到了你外婆。"

"是吗，那可真是巧。"纪非言朝竺林森投去意味深长的一瞥，嘴角的笑意有揶揄之意。

竺林森倏地想起刚刚纪非言是从她身后出现的，他的手里还拎着醋，也就是说，其实她早就路过商店了……

她的脸慢慢红了起来，却不打算深究纪非言的意思，佯作镇定地低头吃饺子。

"怎么样，非言包的饺子好吃吗？"纪外婆笑着问道。

"好吃！"竺林森点头如捣蒜。她这话是实话，这饺子比她以往吃过的任何一次饺子都要好吃！

纪外婆和纪非言都因她这句话泛起了笑意。

"纪奶奶，非言，你们在家吗，我妈妈让我给你们送点海参汤。"就在这时，厨房外面响起 道熟悉的女声。

紧接着，竺林森便看到季月彤端着一盅汤，含笑走了进来。

看到竺林森的时候，季月彤脸上的笑容明显一僵，但她很快露出一个惊讶的表情，问道："原来今天有客人？"

纪外婆站起身，笑道："是啊，非言难得有朋友来。月彤，你妈妈太客气了，等会儿我让非言给你们送点饺子过去。"

"不用啦，我们都吃完了。"季月彤笑道，目光却落到竺林森身上，过了会儿，她有些惊讶地问，"你……你是那个……竺……竺……"

"竺林森。"见季月彤一时想不起她的名字，竺林森索性微笑着自报家门。

"对，我记得你跟我是同一届，你跟非言……你们……"季月彤有些不淡定了。面前的女生，分明就是那天在台球室看到的那个人，可她怎么也没想到，竟然是竺林森！

那个江市人人夸赞的女状元，是所有人眼中的好学生、乖学生，哪怕纪非言与她一样成了高考状元，她都觉得他们俩是风马牛不相及的两个人。

可原来，她竟然是纪非言喜欢的人！

季月彤突然明白了纪非言提前参加高考的原因，原来他是为了这个人，他为了追随她的脚步，为了更早地抵达她的身边……

可竺林森分明跟她一样大，比纪非言要大两岁，她曾一度以为，是年龄阻止了她和纪非言，原来……在他真正喜欢的人面前，年龄根本就不是问题！

"我们现在在同一个学校。"竺林森见季月彤的神色有变，慢慢道。

"你们真有缘分。"季月彤扯出一抹笑，然后看向纪外婆，"纪奶奶，那个汤你记得喝，我先回去了。"

"好啊，帮我谢谢你妈妈。"纪外婆说道。

季月彤这个小插曲很快就过去了，桌上的气氛又变得其乐融融。

过了许久，大家吃饱喝足，纪外婆看起来已经有些累了。

纪非言站起身道："外婆，我扶你回房睡觉吧。"

纪外婆点了点头，她站起身，然后看向竺林森，道："森森啊，外婆先去睡觉了，以后你多来家里玩，外婆今天很高兴。"

"好的。"

纪外婆的房间就在一楼，纪非言扶着她进了房，然后就听到她冷不丁地问了一声："非言啊，你跟森森，不是普通朋友吧？"

纪非言听了，丝毫不见紧张，反而笑道："什么都瞒不过外婆。"

纪外婆笑望了他一眼："从前你的女同学找上门来，你都避而不见，今天主动开口要人家一起吃饭，还亲自教人家包饺子，真以为你外婆老了，就老糊涂了？"

"外婆哪里老了，在我心里，你还是十八岁呢！"

"就知道贫嘴！"纪外婆被哄得眉开眼笑，继续道，"你呀，我还从没见你有哪个年过得跟今天一样高兴，我看你一晚上，这嘴角一直翘着，就没压下来过。"

纪外婆说着，戳了戳纪非言的嘴角。

"外婆，你外孙脸皮再厚，也要被你说害羞了。"

纪外婆摇了摇头："好了，你快去陪人家吧。竺老师对你不薄，你可不能欺负了人家的宝贝女儿。"

"放心吧，外婆。"纪非言说完，转身走回了厨房。

竺林森还规规矩矩地坐在餐桌前，正低头玩手机。看到他回来，她连忙站起来道："陆璐给我打好几个电话了，我得去找她了。"

"我送你。"

"不用，走过去很……"竺林森话未说完，纪非言已经上前握住了她的手，牵着她往外走。

"小心被人看到。"竺林森心慌了一瞬，另一只手立刻从口袋里拿出了口罩重新戴上。

"你戴着口罩，怕什么？"纪非言轻笑。

"纪非言！"竺林森压低了声音，语气有些认真。

纪非言只好松开她的手。

天色已经暗了下来，家家户户灯火通明，每户人家的门口都挂着喜庆的红灯笼，四处都能听到爆竹声和烟花的声音，沿路还有小朋友在拿着烟花和小鞭炮玩耍。

新年的氛围，在这一刻，显得尤为浓烈。

纪非言侧头看向竺林森，她今天穿了件粉色的短款羽绒服，下身是百褶裙，耳朵上还套了个白色的毛绒耳罩，看起来特别粉嫩清纯，扑面而来都是让人无法抗拒的少女感。

唔，要是她没戴口罩，他可能就要忍不住上去亲她了。

眼看就要到那烂尾楼了，竺林森停下脚步，转头看向纪非言，道："就送到这儿吧，不然要被他们看到了。"

"师姐，你怎么知道我家在这儿的？"纪非言突然挑唇问道。

竺林森的脸倏地一红，立刻道："我不知道。"

其实这话是真话，但不知道为什么说出来总觉得心虚。

"撒谎。"

"我真不知道，就是肖遇开车过去的时候，我无意间看到你了。"竺林森顿时急了，一急，就不小心说出了实话。

"所以后来师姐就一个人回来找我了吗？"纪非言故意恍然大悟地"啊"了一声，还刻意拖长了语调，让竺林森的脸又忍不住开始发烫。

竺林森抿了抿唇，佯作淡定："我就确认下我是不是眼花了。"

纪非言忍不住一笑，突然伸手将竺林森拥进怀里，在她耳边道："师姐，我很高兴，你让我过了一个难忘的新年。"

竺林森的心里既高兴又心酸，她想了想，还是忍不住问："你每年都是跟外婆两个人一起过年吗？"

"今年多了你。"纪非言没有否认，只缓缓道，语气里不见悲伤，只见喜悦。

竺林森忍不住伸手回抱他："纪非言，新年快乐。"

"新年快乐。"纪非言放开她，亲了亲她的额头，"去吧，等会儿早点回去。"

竺林森点了点头，朝烂尾楼走了过去。

Chapter 24 做你的唐僧

烂尾楼里传来隐隐约约的音乐声和人声，竺林森刚走上楼梯，就见陆璐和肖遇从上面下来了。

“别告诉我这就要回去了？”竺林森抽了抽嘴角。

“你要是早点回来，我们早就回去了。”陆璐噘了噘嘴，“你不知道我跟肖遇在这楼上吹了好久的冷风。”

“不好玩吗？我听这声音挺热闹的啊。”

“就没几个人来……这算哪门子party啊。音乐是用手机播放的，喝的只有白开水，还是凉白开，吃的只有瓜子，还是受了潮的，而且连灯都没有，人手一只手电筒……刚刚还有个猥琐大叔向我搭讪……网络果然不可信……”陆璐挽着竺林森的胳膊往下走，嘴里喋喋不休地吐槽。

“我早说了还不如在家斗地主。”肖遇撇了撇嘴。

竺林森翘了翘唇，可能只有她觉得这一趟是值得的吧……

大年初二，竺林森被闹钟闹醒。

她迷迷糊糊地起床，睡眼惺忪地出门朝卫生间走去。

突然，她的脚步一顿，为什么她好像在沙发上看到了纪非言的身影？

竺林森觉得自己一定产生错觉，她揉了揉眼睛，再次定睛看了过去，然后就看到了那人冲着她笑，站起来说了声："师姐好。"

竺林森吓了一跳，脱口而出："你怎么来我家了？"

"森森。"话音刚落，竺林森就听到了竺浩然略带警告的嗓音，"好好说话。"

"……"竺林森一回头，就看到竺浩然正在桌子上泡茶。

"非言都来家里拜年了，你才刚起床，真是不像话。你赶紧去洗漱，等会儿过来陪非言说说话。"竺浩然继续道。

竺林森因为纪非言莫名被训斥了一顿，忍不住瞪了纪非言一眼，心想，这家伙没事来拜什么年？

纪非言接收到她幽怨的表情，忍不住一笑。

竺林森迅速地洗漱完，然后把睡衣换了下来，这才重新走出房间。

"爸，我妈呢？"竺林森在客厅里张望了一圈。

"去你小姨家拜年了。"此时的竺浩然已经坐在沙发上一边喝茶，一边和纪非言聊天，他看了眼竺林森，"过来坐，你是非言的直系师姐，跟非言应该有不少的共同话题。"

竺林森在心中默默地想，他们之间的共同话题大概只剩谈恋爱了……

竺浩然坐在唯一的一个单人沙发上，所以竺林森只能坐到了纪非言的旁边，当然，两人中间的距离还能再坐一个人。

"非言，我一直跟你师姐说，让她在学校多关照你，她是不是把我的话当成了耳旁风，根本就没找过你？"竺浩然看着纪非言。

"师姐一直都很关照我。"纪非言看了竺林森一眼，笑道。

"你也别替她说话，你这个师姐啊，什么都好，就是太内向了。"竺浩然一脸不相信的模样，还摇了摇头。

"爸……"竺林森抽了抽嘴角，纪非言说的是实话好吗！

她是很关照他啊！她连他的感情生活都一起关照了！

"你虽然是非言的师姐，但在数学这门学科上，非言的领悟力比你强。你平时也别端着架子，可以和非言一起探讨探讨，现在科技发展得这么迅速，数学在很多领域都有应用，你们以后都是要在这方面有所建树的人，多互相交流交流对你们没有坏处。"竺浩然语重心长，一看就是老师的架势。

竺林森就差在心里翻白眼了，她才不要跟他探讨数学！她是有蛋宝的人！研究数学，还不如研究蛋宝！

心里虽然这么想，她嘴上还是乖乖地应了一声："知道了。"

"竺老师，师姐刚起床，还没吃过早饭，让她先去吃早饭吧。"纪非言看了眼竺林森，对竺浩然说道。

竺浩然似乎这才想到竺林森还没吃早饭的事，看了眼竺林森，道："厨房里还有粥，你去吃吧。"

竺林森如获大赦，迅速地起身去了厨房，心想，都说老爸才是最心疼女儿的人，怎么到了她这儿，男朋友比老爸懂得心疼她多了！

竺林森坐在餐厅里，一边喝粥，一边听纪非言和竺浩然侃侃而谈。她想，难怪竺浩然这么喜欢他，只怕从来没有一个学生可以跟他这么平等地对话。

更难得的是，竺浩然无论说什么，纪非言都能接得上，而且都有自己的见解。

竺林森慢吞吞地吃完早饭，将碗筷端进了厨房。

结果一出来，她就在厨房门口看到了纪非言。

"你过来做什么，我爸呢？"竺林森立刻紧张了，小声问道。

"他去书房给我找书了。"纪非言一看竺林森这副做贼心虚的模样，就忍不住想笑，"我过来跟你说说话。"

竺林森伸手推了推纪非言，小声道："有什么好说的，你快坐回去。"

"你给我亲一口，我就坐回去。"纪非言挑了挑唇，顺势握住了她的手，故意道。

竺林森吓得心跳都要停止了，眼睛死死地盯着书房的门口，生怕竺浩然出来把他们逮个正着。

"师姐，你怎么这么胆小？"纪非言轻笑着捏了捏她的手，然后突然俯身在她唇上蜻蜓点水般地亲了一口。

"非言，你过来看看，是不是这本书？"就在这时，竺浩然的声音传了过来。

竺林森整个身子都僵硬了，连大气也不敢出，因为纪非言还抓着她的手……

可纪非言显然没她这么紧张，他自然地松开了她的手，又自然地转过了身，走到竺浩然面前，看了眼竺浩然手上拿的书，笑道："没错，就是这本。"

竺林森站在原地，过了好一会儿才缓了过来，而此时的纪非言和竺浩然已经坐回沙发继续聊天了。

竺林森深深地吸了口气，然后拍了拍自己紧绷的脸，默默地回了房。

明明是在自己家中，可心脏病都要被吓出来了。

纪非言这个小浑蛋，一定是故意的！

没过一会儿，房门就被人敲响，外面传来竺浩然的声音："森森，送非言下楼。"

竺林森一愣，迅速地开了房门。

见纪非言已经站在门口，准备离去，她不由得问道："他不留下来吃午饭吗？"

"我答应了外婆，今天中午要回家吃。"纪非言开口解释。

竺林森听了，也不再多话，和纪非言一起下了楼。

"你刚刚吓死我了。"竺林森对纪非言的行为仍旧耿耿于怀，小声嘟囔。

"师姐怎么这么不经吓？"纪非言侧头看她，眸光里闪着笑意。

"要是被我爸发现，我就完了！"竺林森气鼓鼓地瞪了他一眼，"下次你再这样，我……我就……"

"就怎样？"

"就不理你了！"

"我哪样你就不理我了？"纪非言挑唇，嘴角滑过一丝坏笑。

"亲我啊。"

"好啊。"纪非言的眼中闪过一丝得逞的笑意，突然凑向竺林森。

竺林森眼疾手快地往边上一躲，避开了纪非言的亲吻。她瞪了纪非言一眼，问道："你干吗？"

"亲你啊。"他的眼睛闪着狡黠的光，让竺林森又气又笑。

"你正经点。"

"我很正经，而且……很听话啊。"纪非言笑道。

竺林森无力地看了他一眼，决定不再浪费口舌。

纪非言见状，忍不住笑了："师姐，你怎么那么怕竺老师啊？我看他叫你往东，你都不敢往西。"

"你不懂的，我要是孙悟空，他就是五指山。"竺林森撇了撇嘴。

"那我就做你的唐僧，帮你推翻五指山。"纪非言伸出手指勾了勾竺林森的手心。

竺林森被纪非言逗笑，彼时的她只觉得纪非言的话荒诞，却不曾想，有朝一日，真的是他，帮她移开了身上的五指山。

两人很快到了楼下，纪非言跨上自行车，看了眼竺林森，道："师姐，上去吧，外面冷。"

竺林森朝旁边看了眼，见没有人，飞快地在纪非言的脸颊上落下一吻，然后迅速地转身跑上台阶："纪非言，学校见！"

她回头说完这句话，就转身跑了上去。

留在纪非言脑海里的，只有她红扑扑的脸蛋和她眼中闪烁的笑意。

纪非言伸手摸了摸被她亲过的地方，嘴角翘了翘。良久，他踩下踏板，骑车离去。

寒假的时光飞逝，新学期很快就开始了。

对竺林森来说，新学期无疑更忙碌了，毕竟谈恋爱是一件很费时的事，而她除了学业和恋爱，还要兼顾蛋宝。

蛋宝已经渐渐智能化，不仅可以与她进行对话，还能自己做题唱歌。

竺林森的目标是，把蛋宝打造成一个高智商的学习型智能机器人，以后可以帮她做一切她不想做的事，比如说数学题……

但是，要做一个智能机器人，并不是一件容易的事，里面涉及复杂又庞大的算法，即便聪明如竺林森，也时常会被一个个难题给困扰住。

这天晚上，竺林森正发愁地看着自己的代码，寻思着问题出在哪里，纪非言的微信发了过来：师姐，我们三天没见了。

地下情不是好谈的，想每天见面还不被人发现，难度实在太大，所以在竺林森的要求下，两人隔三岔五才见一次。

竺林森回了一句：今晚不行，蛋宝的算法有点问题，我还在想办法解决。

纪非言的信息很快就回了过来，竺林森一看，上面写着：把蛋宝和电脑带上，我帮你一起看。

竺林森下意识地挑了挑眉，回了一句：你还会编程？

纪非言：但凡师姐会的，我总要学一学，不然，怕被师姐嫌弃。

竺林森忍不住翘了翘唇，只犹豫了一会儿，便把电脑和蛋宝装进了书包，起身走了出去。

两人去了离寝室楼最远的一栋教学楼，找了一个无人的自习室。

竺林森第一时间把蛋宝和电脑拿了出来，不过看向纪非言的目光却带了几分不相信："你什么时候学的编程？真的能帮我看问题？"

"这么不相信我？"纪非言挑了挑眉，伸手接过竺林森的电脑。

不太相信，不过这种实话是不太好直接说出来的。于是，她假装咳了两声，昧着良心回了一句："怎么会呢。"

纪非言一眼就看穿了她的心思，挑唇道："这样吧，我要是帮师姐解决了问题，师姐就答应我一件事怎么样？"

竺林森一脸严肃："杀人放火、作奸犯科的事我可不做。"

"看不出来，师姐还挺幽默。"纪非言的嘴角抽了抽，他伸手在竺林森的脸蛋上轻轻捏了一把，笑道，"师姐放心，我顶多让你以身相许。"

竺林森的脸因他这句话微微发红。

她拍掉他的手，然后看向电脑，把蛋宝的工程打开，跟他认真地介绍了下蛋宝的架构和遇到的问题。

纪非言听得认真，听完后，他摸了摸竺林森的头，道："让我好好看看，你先玩会儿。"

"能有什么好玩的？"竺林森无语，她出来匆忙，连书也没带一本，恐怕也只能玩手机了。

纪非言听了，也没看她，只是应了一声："那你睡会儿。"

竺林森见纪非言很快陷入了代码的世界里，稍稍有些惊讶，看来还真有两下子呀！

她无所事事地拿出手机，玩了大概一个小时。见纪非言还在看，她百无聊赖地趴到了桌上，一副昏昏欲睡的模样。

最近为了解决蛋宝的问题，她连着几天都熬到半夜，这会儿还真觉得困了。

因着纪非言就坐在她旁边，所以她放心地睡了过去。

Chapter 25

师姐打算什么时候让我见光？

也不知过了多久，竺林森觉得手肘睡得发疼，正想换一边睡，耳边突然响起纪非言压抑的笑声："师姐，你流口水了。"

竺林森几乎立刻直起了身子，第一时间用手去碰嘴角，碰完后她陷入了绝望——竟然真的流口水了！

她低头，看到桌上有一小摊发亮的痕迹……

竺林森更绝望了，她根本不敢转头去看纪非言的表情，只是默默地拿出纸巾，默默地将桌上的痕迹擦掉……然后默默地趴回桌子上，脸对着墙，假装继续睡觉。

纪非言看着竺林森这一连串的动作，忍俊不禁。

他凑过去，伸手揽住她的腰，唇贴着她的耳际，笑问："师姐，不打算看看我帮你修改的代码？"

竺林森的身子一僵，几乎立刻就转过了头，有些不敢相信地道："你……"

　　才刚说出一个字,她就闭了嘴。她转得迅速,忘了他离她有多近,这一来,他的唇直接擦上了她的脸颊。

　　竺林森的脸默默地红了。

　　纪非言顺势将唇往下移,落到了她的唇上。

　　竺林森红着脸往后退了退,试图转移话题:"你真的帮我把问题解决了?"

　　"是不是真的,你自己联调起来试试看不就知道了?"纪非言不再逗她,将电脑移到她面前。

　　竺林森先是看了眼纪非言帮她修改的代码,才看了几行,她就眼睛一亮,几乎不需要联调,她就知道,他真的帮她解决了问题!

　　"怎么样,还满意吗?"

　　竺林森激动地转头,一把捧起纪非言的脸,往他唇上狠狠亲了一口,眉开眼笑:"非常满意!"

　　纪非言的眸中闪过一丝光,本想好好亲亲她,可见她又一脸兴奋地转头看向电脑,又克制住了,只是安静地看着她,眸光温柔如深海。

　　"你也辅修了计算机专业吗?"竺林森好奇地问。

　　"没有。"

　　"那你是自学?"竺林森一听,不由得看向纪非言。

　　"是啊。"纪非言笑道,"师姐一开始不也是自学吗?"

　　"可你解决了我没解决的问题,纪非言,你比我厉害。"竺林森实话实说。

　　"你只是陷入了思维定式,所以才被我取巧。"纪非言朝竺林森凑近了些,"不过能让师姐觉得我厉害,我这编程学得不亏。"

　　他的声音很轻,带着些微磁性,在这安静的自习教室,就像是一道无形的电流,蹿上竺林森的心头。

　　竺林森低了低头,假装没受影响。

反正她早就知道面前这个人有多能撩人了……

"师姐，以后每天都约会吧……"就在这时，纪非言伸手撩了撩竺林森脸颊边的长发，嘴角微微一翘。

竺林森蓦地侧头看向他，脸色十分纠结。过了好一会儿，她才为难地道："这样很容易被人发现。"

"发现就发现了，师姐怕什么？"纪非言垂了垂眸，指尖继续把玩着竺林森的头发。

这是个好问题，她怕的可多了，一想到她的男朋友比她小两岁，她就觉得自己压力山大。

这事如果再被竺浩然知道，大概会直接定性为她引诱纯良无知的师弟。

竺林森看着面前这个明明比她小，心理年龄却比她要大的"纯良师弟"，表情很是纠结。

"大家可能会觉得我引诱无知少年……"

纪非言没想到竺林森的理由是这个，先是愣了会儿，随即忍不住笑出声。过了好一会儿，他才慢慢敛了笑，问道："师姐，你会不会想太多了？"

竺林森一脸严肃地看着他："我是认真的，而且你答应过我不会让别人知道的。"

纪非言的眸子定定地看着她，直看得她有些心虚，才缓缓地问："所以师姐打算什么时候让我见光？"

竺林森咬了咬唇，伸手拉了拉纪非言的手，低声道："你再给我点时间，让我想想……"

面前的少女一副可怜兮兮的模样，纪非言看了她一会儿，无奈地叹了口气："师姐一定知道，我对你这副样子毫无抵抗力。"

竺林森摸了摸鼻子，偷偷地翘了翘唇。

这天晚上，竺林森心情颇好地回到寝室，然后发现陆璐的心情更是好到逆天。

一见她回来，陆璐就直接奔上来握住了她的手，嘴角都快咧到后脑勺了："森森，你一定不知道我看到了什么！"

"什么？"竺林森一脸纳闷。

"我今晚打听了乔以南的行踪，知道他在图书馆自习，所以我就跟过去了，然后重点来了！他准备走人的时候被人撞了下，笔记本掉在了地上，然后我看到了翻开的那页上，写了密密麻麻的同一个字。"

"什么字？"竺林森很配合地问。

"陆！"陆璐说出这个字的时候，眼中仿佛能绽出火星，"就是我的姓！"

竺林森听了一脸无语："他就写个'陆'字，也值得你高兴成这样？"

"你不懂，只有喜欢一个人，才会在笔记本上写这么多个重复的字。你说，会不会他喜欢的人其实是我？我查过了，他身边出现过的姓陆的女生只有我一个。"陆璐一脸激动。

"你不是天天在他面前晃悠，他要是喜欢你，为什么不直接跟你表白？"竺林森保持了理智。

"错！我只是在他周围晃悠，不是面前，我可一直都没去打扰过他，只是偶尔刷下存在感。而且据我观察，乔以南的性子这么高冷，喜欢一个人估计也不容易说出口。"

"所以？"

"我打算明晚去表白！"陆璐一副少女怀春的模样，仿佛坠入了一个美丽的幻梦中，"森森，我真的觉得他喜欢我，不然他第一次见到我，为什么要让我搭车？而且他跟我说话的语气明显比跟别的女生说话时温柔。"

"温柔？你确定？"乔以南的冷在全校都是出名的，她很难想象他会对哪个女生温柔。

"至少没跟其他女生说话时那样冷淡。"陆璐修改了措辞，脸上却仍是一副"他对我就是不一样"的表情。

竺林森看了眼陆璐，没吭声。

"森森，你怎么想？"

她能怎么想？她觉得陆璐得了妄想症。

竺林森放下书包，认真地看向陆璐："你喜欢一个人，你去告白，我觉得没问题。但是，陆璐，你对乔以南太狂热了，你有没有想过，如果他喜欢的那个人不是你，你该怎么办？"

"没试过怎么知道他不喜欢我？"

"所以你从来没去想过你的表白有可能失败，是吗？"竺林森叹了口气。

陆璐不吭声，过了会儿，她有些不开心地转身："我不想跟你说了，我找肖遇说去！"

竺林森沉默，她并非不想期盼陆璐表白成功，那她会很为陆璐高兴，可事实上，她并没有从任何蛛丝马迹上察觉乔以南对陆璐有一丁点的感情。

她只是怕陆璐没有做好失败的心理准备，期望越深，受到的伤害也越深。

可竺林森也清楚，这个时候的陆璐，应该什么都听不进去，那自己便唯有为她祈祷，希望她可以成功。

第二天是周五，竺林森刚吃完晚饭便被肖遇叫了出去，说是心情不好，想要去夜爬敬蓝山。

两人都不是第一次去夜爬敬蓝山了，所以竺林森几乎立刻便答应了肖遇的邀请。

敬蓝山有好几条爬山路线，最短的一条全程也要爬两个小时，最长的则要爬三个小时。

肖遇选择了最长的路线。

一路上，肖遇都很沉默。

竺林森犹豫很久，终于忍不住问："你心情不好是因为陆璐？"

肖遇被说中心事，也有了倾诉的欲望，转头看向竺林森，皱着眉头问："你说她是不是脑子抽了？"

竺林森抿唇笑出声："你昨晚该不会就是这样跟她说的吧？"

"昨晚我问的是，你是不是有病？"

竺林森忍俊不禁，难怪陆璐跟肖遇打完电话后，气得直接就上床睡觉了。

"我敢百分之百担保，人家根本就不喜欢她，亏她一个人在这里一头热。"肖遇气呼呼道。

竺林森侧头，看着面前的男生，他们从小一起长大，不是兄妹，胜似兄妹。其实他长了一副好相貌，从小到大也有不少女生追求他，可他似乎从来没有谈恋爱的打算。

她一直以为，那是他没有遇到喜欢的女孩子。

可这一刻，她突然明白，原来那不是因为他没遇到喜欢的女孩子，而是他喜欢的女孩，一直在他身边。

那个女孩是陆璐。

"你喜欢陆璐。"竺林森突然开口。

这话是陈述句，不是疑问句。

肖遇的面色明显一僵，下意识地开口反驳："开什么玩笑，我怎么可能喜欢她？"

竺林森笑了笑："肖遇，你骗不了我。"

也怪她迟钝，竟然现在才看出来。肖遇本身的性格其实偏温和，但每次跟陆璐在一起，就跟点了炮仗似的，没有一次不是吵吵闹闹的，十足的欢喜冤家。

"我没骗你。"音量明显降了些。

竺林森似笑非笑地看了他一眼。

肖遇狠狠地叹了口气："好吧，我承认我喜欢她，但这件事森森你一定要为我保密，不然我得被她笑死。"

竺林森笑出声："你放心，我可没有帮别人表白的嗜好。"

两人爬到半山腰的时候，肖遇的手机突然响了起来。他拿出手机一看，发现是陆璐的来电。

竺林森也看到了，两人顿时停住脚步。

"呜呜……"电话那头传来陆璐的哭声，"你和森森是不是在一起？"

"是啊，你哭什么？"

"被你们两个乌鸦嘴说中了，乔以南根本就不喜欢我！我失恋了！"陆璐再次号啕大哭，"你们在哪儿，回来陪我喝酒！"

肖遇沉默了会儿，嘴角微微翘了翘："你等着。"

他挂完电话，看向竺林森，道："看来我们要打道回府了。"

"是你要打道回府。"竺林森笑了笑，"好久没运动了，好不容易爬到半山腰，我可不想轻易放弃。"

肖遇一愣，随即反应过来，他有些哭笑不得："你是想给我创造机会，让我乘虚而入吗？"

"要是成了，记得请我吃饭。"竺林森眨了眨眼。

"你真不回去？"

"不回。"竺林森说完，已经兀自转身，朝山顶而去。

“那你小心点，有事随时给我打电话。”肖遇见了，只能叮嘱一声。

“知道了，放心吧。”竺林森朝他摆了摆手。

敬蓝山的爬山路线是韩市最受欢迎的，所以沿路都有灯，即使是晚上，也有不少年轻人慕名夜爬，安全性上基本没什么问题。

不过，竺林森没想到的是，她这个曾经夜爬过好几次的人，这次竟然阴沟里翻船，把脚给崴了，更没想到，当她一瘸一拐地走上山顶时，她会看到两个意想不到的身影。

唔，她的小浑蛋男朋友和他的邻家姐姐。

Chapter 26

她好像被绿了？

敬蓝山的山顶，有一个大看台，在上面可以俯瞰整个韩市的全貌，风景独好，尤其是夜景。

不过，最好的观景位置却被商家霸占了。

那是一个很有格调的咖啡屋，客人可以坐在最好的区域边喝咖啡边观景，当然，在山顶这种地方消费，价格自然也是不菲。

而此刻，那边只坐着两个客人，纪非言和季月彤。

两人的桌上放着一个生日蛋糕，蜡烛的火焰微微摇曳，而季月彤正闭着眼，一脸欢喜地许愿。

有那么一瞬，竺林森觉得自己的头顶绿油油一片。

前一天还在缠着她说要每天跟她约会的人，一转眼，就在这么浪漫的地方陪着其他女生过生日。

竺林森怎么想都觉得心里憋得慌。

尽管她平时很少看偶像剧，但这并不妨碍她脑补出一出狗血剧情。

此时的竺林森站在看台的另一边，正好是一个阴影的角落，纪非言应该无论如何都不会发现她在这里。

可是，问题来了，她到底应该假装没看到直接走人，还是上去跟他们打个招呼？

就在竺林森犹豫的时候，她看到那两人站了起来，然后下一秒，季月彤就扑进了纪非言的怀里，将他抱了个满怀。

竺林森的眼睛倏地被刺痛了一下，她迅速地转过身，朝下山的路走了下去。

就在这时，面前响起一道熟悉的声音："班长，你怎么也在？"

竺林森一抬头，就看到班上的几个男同学正成群结队从山下爬上来，刚刚说话的正是李之辰。

"班长是一个人来夜爬？"李之辰显然没想到会在山顶碰到竺林森，上前一步问她。

"是啊。"看到同班同学，竺林森暂时把纪非言的事抛到了脑后，露出一个笑容。

"哎呀，早知道我们就把班长叫上了，之辰还说班长肯定不会跟我们来夜爬呢！"史晓锋也是爬山的一员，一听这话，立刻拍了拍大腿。

他看向竺林森，道："班长，那你跟我们一起玩吧！我们先吃顿烧烤，再一起下山！"

"烧烤？山上哪有吃烧烤的地方？"竺林森有些纳闷。她所知道的除了咖啡屋之外，只有一间茶室和便利店，压根没看到烧烤店啊。

那几个男同学听了，都露出得意的笑容，一个个指了指自己背着的大书包，笑道："DIY 烧烤，道具和食材我们都带了，还有啤酒哦！"

"班长，难得这么巧，一起吧。"李之辰看向竺林森。

"是啊，班长！我们这学期还没一起聚餐过呢！"史晓锋也说道。

"没错没错，班长不许推辞！"

其他同学也都纷纷发出了热情邀请。

大概这便是所谓的"盛情难却"吧，总之，竺林森没能表示异议，就被一群男同学簇拥着往回走了。

这么一大群人说说笑笑地出现在看台上，无疑是惹人注意的。竺林森生怕被纪非言发现自己也在，她偷偷朝咖啡屋看了一眼，发现已然没了纪非言和季月彤的身影。

可他不会发现她了，她的心却又感受到了失落，满脑子都在想他和季月彤去做什么了。

越想越觉得自己的头顶越来越绿。

"班长，你的脚怎么了？"李之辰的声音突然响起，带了丝紧张。

"不小心崴了下，没什么事。"竺林森一听，立刻收起满脑子的胡思乱想。

"我看你都一瘸一拐了，还叫没什么事。"李之辰皱了皱眉，他从书包里拿出两张防潮垫，迅速地铺好，然后道，"班长，你坐下，我给你看下。"

"不用不用，真没什么事。"李之辰的关心让竺林森有些不好意思，连忙拒绝。

可惜这回李之辰却没听她的，反而有些强硬地按着她的肩膀，让她坐到了防潮垫上。

"下山至少还要走一个小时，你总不能就这么下山吧？我这里有云南白药喷剂，给你喷一下，等会儿会好一些。"

竺林森听了，也没再坚持，毕竟她的脚踝确实挺痛的，能用药喷一下，最好不过。

她脱掉鞋子，将袜子半褪下来，红肿的脚踝立刻就映入了李之辰的眼。

他眼中掠过一丝心疼，立刻从书包里拿出一支小小的喷剂，对着竺林森红肿的脚踝喷了喷。

纪非言从咖啡屋里面结账出来的时候，看到的就是这样一幅画面：娇柔貌美的女生坐在防潮垫上，俊朗的男生半跪在地上给她的脚踝喷着喷雾，两人正低着头说话。

因他们选的地方正是灯光比较明亮的地方，所以纪非言一眼就看到了那两人。

他的眼睛微微眯了眯，滑过一丝暗藏的危险。不过，待他的目光落到竺林森的脚踝上，一颗心又微微提了提。

"班长，你自己揉一揉吧，这样好吸收。"李之辰收起喷剂。

"好，谢谢。"竺林森将掌心覆到红肿的脚踝上，慢慢地揉了起来。

突然，她感觉到一道注视的目光。

她蓦地抬头，就看到纪非言的身影竟然重新出现咖啡屋门口，而此刻，他正眨也不眨地看着她。

竺林森的心微微一紧，可她很快就移开了目光，仿佛没看到他一般。

纪非言的眸光沉了沉。

"班长，你想吃什么？我们这边有鸡中翅、鸡尖、金针菇、土豆、玉米……"就在这时，有男生突然喊了一声。

竺林森看了过去，发现男生们已经把烧烤的道具都摆了起来，铁架子里的炭已经开始发红，显然可以开始烧烤了。

"那给我烤一个玉米吧，谢谢。"竺林森的嘴角浮起一抹笑容。

"好嘞，客官稍等！"那个男生笑嘻嘻地应了一声，然后迅速地剥了一个玉米放到了烧烤架上。

竺林森低头，继续揉着脚踝，可她仍能感受到那道让人难以忽视的目光。

"师姐，这么巧，你也来夜爬？"就在竺林森告诉自己忽略那道目光的时候，那人的嗓音已经近在眼前。

竺林森倏地抬头，就看到纪非言已然走到她面前，他的嘴角带着抹温和的笑，就像他平日最惯常的模样，只是一双黑眸中似有火焰跳动。

竺林森没想到他竟然会直接上前跟她打招呼，她抿了抿唇，淡淡地应了一声："嗯。"

"哎，纪学弟，你也在啊？"就在这时，史晓锋的声音突然响了起来。

纪非言转头看向史晓锋，笑道："是啊，心血来潮来爬山，没想到碰到史学长你们班班级活动。"

纪非言和史晓锋是打篮球认识的，这学期学院组织篮球赛，纪非言和史晓锋都参加了，两人球技都不错，所以惺惺相惜，成了朋友。

"也不算班级活动啦，就我们几个自己想来山上烧烤。"史晓锋正好烤了一盘鸡中翅，端着走上来，给纪非言递了一双筷子，"你来得正好！一起吃吧，我们东西带太多了，吃不下！"

"谢谢史学长，那我就不客气了。"纪非言微微一笑，伸手拿过筷子，夹了一个鸡中翅，然后蹲下身递给竺林森，含笑道，"师姐，你先吃。"

竺林森的神色有一瞬间的僵硬，淡淡拒绝道："不用，你自己吃吧。"

"班长，你的玉米好了。"就在这时，李之辰拿着一根香喷喷的玉米走了过来，递到竺林森面前。

竺林森眼睛一亮，连忙伸手接过，笑道："谢谢。"

纪非言倒也不生气，只是顺势在竺林森旁边坐下。

李之辰是见过纪非言的，也听说过纪非言和竺林森的师姐弟关系，不过此刻他看到纪非言自然地坐在竺林森旁边，心中还是掠过一丝异样。

　　不过，一想到纪非言比竺林森小两岁，他就释然了，以他对竺林森的了解，她是不可能接受姐弟恋的。

　　"之辰，你想吃什么，我来给你烤？"在烧烤架前的史晓锋喊了一声。

　　"你歇会儿吧，我自己来。"释然了的李之辰听了，很放心地走了过去。

　　几个男生都围在烧烤架那边，防潮垫上只剩竺林森和纪非言两个人坐着。

　　纪非言的目光落到她红肿的脚踝上，问道："疼吗？"

　　他的声音很轻，却清晰地落到了竺林森的耳中。

　　竺林森鼻子微微一酸，他的语气越是关切，她越是觉得委屈。刚刚还在跟季月彤约会，也不知他哪里来的厚脸皮，这么坦荡地坐在她旁边，还问她疼不疼。

　　这么一想，竺林森撇了撇脸，越发冷淡地说了声："不疼。"

　　纪非言对竺林森的态度有些摸不着头脑，就算她要隐瞒两人的情侣关系，也不至于对他这么冷淡。

　　"师姐在生我的气？"纪非言蹙了蹙眉。

　　"没有。"竺林森嘴硬。

　　两人之间的气氛顿时陷入了沉默，饶是纪非言想破了脑袋，也想不到竺林森曾看到他和季月彤在一起的画面。

　　过了会儿，竺林森吃完了玉米，她直接站起身，朝烧烤架走去，因为脚踝还疼着，所以仍然有些一瘸一拐。

　　李之辰看她上前，连忙道："班长，你回去坐着吧，想吃什么跟我们说就行。"

　　竺林森就是不想跟纪非言待在一起，她看了眼烧烤架，道："我也想烤一下。"

"那班长你来吧，让之辰教你怎么烤。"史晓锋一见，用手肘撞了下李之辰，朝他使个眼色。

李之辰喜欢竺林森这件事，在整个数学系，大概只有竺林森本人不知道了，这么好的相处机会，身为中国好室友的史晓锋，自然要助攻一把了！

史晓锋拿过两听啤酒，走到纪非言旁边坐下，顺手递了他一听，笑道："我们班长和团支书可真是郎才女貌，天作之合。"

纪非言接过啤酒，仰头喝了一口，勾唇笑道："师姐不喜欢李学长这种类型的。"

史晓锋一愣："你怎么知道？"

不等纪非言回答，史晓锋又自问自答："也对，你们早就认识，应该比我们更清楚班长的喜好，那之辰怎么办？你知道班长喜欢哪种类型的吗？"

"就算我知道，也不会告诉史学长你啊。"纪非言笑了笑。

"为什么？"史晓锋有些摸不着头脑。

"你该不会以为，只有李学长一个人喜欢师姐吧？"纪非言又喝了口啤酒，转头看向史晓锋，似笑非笑。

"你……"史晓锋瞪大了眼，不敢置信地看着纪非言，然后又看了眼不远处的竺林森和李之辰，压低了声音问，"你……你也喜欢我们班长？"

纪非言只是勾了勾唇，没有说话。

史晓锋急了，一把抓住纪非言的手，道："纪学弟，你可不能跟之辰抢人，之辰喜欢班长都喜欢了快两年了，我们可都盼着他俩能在一起呢！更何况，班长比你还大两岁，你俩不合适。"

"哪儿不合适了？"纪非言挑眉问道，"史学长，我还告诉你，这人，我抢定了！"

"哎，你这人……"史晓锋急啊，纪非言这小子的魅力，他也算是领教过，每次打篮球，场外都围了里三圈外三圈的女生，一个个都喊着纪非言的名字，每次篮球赛结束，他们篮球队都能收获好几箱的矿泉水——都是给纪非言的。

如果他跟李之辰竞争，那绝对是一个重量级的竞争对手！

史晓锋为李之辰发愁了。

Chapter 27

背她下山

　　一群人在山顶吃饱喝足后，终于收拾东西准备下山。

　　竺林森为了不给大家拖后腿，尽量跟上大家的进度，可尽管她咬牙坚持，走了一小段之后，就已经有些受不了，额头也渗出了细细密密的汗珠。

　　"班长，我扶你走吧。"

　　"我背你。"

　　在李之辰出声的同时，他听到纪非言也说了一句。他微微一愣，抬眼看向纪非言，见纪非言已经站到了竺林森的面前，做出要背她的姿势。

　　"不用了，我走慢点就可以。"竺林森下意识地拒绝。

　　哪知话音刚落，纪非言就突然回头，伸手抓住她的手腕，直接往前一拽，他故意用了力气，所以竺林森立刻就被他拉着往前扑了过去，径直扑到了他的背上，不等她反应过来，他就将她背了起来。

"纪非言，你放我下去！"竺林森吓了一跳，语气也有些急，毕竟是下山的路，她真怕纪非言一不小心背着她栽下去。更何况，还有她的这么多同学看着，她窘得脸都红了。

"师姐，你要再乱动，我们两个就真要直接滚下山了。"纪非言的双手牢牢地扣住她的腿，语气轻快地道。

说这话的同时，他故意往前跟跄了一下，吓得竺林森立刻紧紧地搂住他的脖子，紧张地道："你……你小心点……"

见竺林森终于老实了，纪非言轻笑一声："放心吧，师姐，我怎么忍心把你摔了？"

竺林森的脸都要充血了，她悄悄在他的胸口掐了一把，暗示他不要乱说话。

纪非言看着竺林森躲了他一晚上，一直和其他男生有说有笑，气得肝都疼了，此刻终于得到了和她亲密接触的机会，就算再被她掐两把，他也不觉得疼。

李之辰站在两人背后，把纪非言刚刚的举动看得一清二楚，他的脸色有些差，纪非言这举动，绝不是把竺林森当成普通的"师姐"，下一刻，他就明白过来，纪非言也喜欢竺林森。

这个认知突然让他有了莫名的危机感。

史晓锋面色纠结地站在李之辰旁边，心想，完了完了，纪非言这小子太主动了，李之辰这明显处于弱势啊！

竺林森趴在纪非言的背上，她几乎可以感受到纪非言的心跳声，一下一下，规律有力。

她心里还在生他的气，不想也不敢跟他表现得太过亲昵，两人一路都没有说话，一直到她发现他的额头冒出了汗，才开口道："你放我下来休息一会儿吧。"

"师姐是在关心我？"纪非言笑了一声。

竺林森沉默片刻，道："当我没说。"

纪非言勾了勾唇，心情不受影响："前面有个凉亭，我们去那里休息吧。"

果然，一群人继续走了十分钟左右，就看到了半山腰的凉亭。

纪非言小心地将竺林森放了下来，自己喝了点水，又开了一瓶递给竺林森。

"纪学弟，你一个人背班长太辛苦了，等会儿我们大家轮流背吧。"李之辰看了眼竺林森和纪非言，沉默许久，还是开口道。

纪非言在心底呵呵了两声，想背他女朋友，想得倒美。

心里这么想，他脸上却露出一个人畜无害的笑容，道："师姐轻得很，我一点都不累。"

"哪能不累呢，你可别逞强！我觉得之辰的提议挺好。"史晓锋见李之辰蹙了蹙眉，连忙帮腔，顺便还问了声竺林森，"班长，你觉得呢？"

"我觉得我现在好多了，可以自己走……"竺林森脸色有些红，默默地道。

除了纪非言，她从未跟其他男生有过什么亲密接触，让班里的男同学轮流背她，她觉得有些不能接受。

"史学长，你跟我打了这么久的篮球，觉得我的体力像是逞强吗？"纪非言似笑非笑地看向史晓锋。

史晓锋顿时哑口无言，纪非言这小子的体能还真不弱！可他这不是为了给李之辰制造机会嘛！

纪非言休息够了，再次在竺林森面前弯下腰，道："师姐，上来。"

竺林森刚一犹豫，就见纪非言再次回头，他眼角微挑，黑色的眸子似有危险的光闪过，分明就是威胁的意味。

竺林森知道，就跟刚刚一样，就算她拒绝，他也不会就这样算了。

她沉默片刻，不再矫情，默默地趴了上去。

李之辰的心"咯噔"一下，他一直在注意竺林森的表情。她对纪非言，分明没有对其他男生那样的抵触，眼神都软了很多，一点都不像她自己营造出来的高冷人设。

李之辰的危机感更强了，他的心里第一次坚定了自己要表白的心思。这么久了，他总是担心表白了之后，会失去跟竺林森当普通朋友的机会，可现在，当他眼睁睁看着她被纪非言背着时，他发现，他根本就不想跟她做普通朋友，他喜欢她，想成为她的男朋友，那样，他便可以光明正大地关心她，而不至于眼睁睁看着她脚踝受伤，却连个开口背她的理由都没有。

临近山脚的时候，竺林森明显地感觉到纪非言出了一身汗。她侧了侧头，看着他汗湿的额头，心中到底有些不忍，趁着没人注意的时候，伸手用衣袖擦了擦他额头上即将滴落到眼睫毛上的汗。

"师姐总算知道心疼我了。"他感受到了，侧头过来，用只有两人听到的声音说道，嘴角似乎还带了笑。

竺林森轻轻哼了一声，没有搭腔，她可没忘记某人在山顶跟别的女生约会！

终于到了山脚，纪非言拦了辆出租车，本想和竺林森一起坐后排，哪知竺林森迅速地坐进了副驾驶座。

纪非言看了她一眼，心想，可真是个忘恩负义的师姐，他累得快趴下了，她连个关心的眼神也不赏赐给他。

一群人一起回了学校，又一起送竺林森回了寝室楼，纪非言目送着竺林森毫不留恋的上楼背影，蹙着眉头回了寝室。

一回到寝室，阮少春就有些心虚地迎了上来："非言，你怎么这么晚才回来？"

纪非言瞥了他一眼，问道："月彤姐回去了？"

"对啊，哭了一路呢……"阮少春一边说，一边心虚地瞄了纪非言一眼。

纪非言没吭声，有些疲惫地坐到了椅子上。

阮少春凑了上去，一脸诚恳地道歉："非言，你别生我气了，我下次再也不帮月彤姐骗他了。"

"算了，也不是坏事。"纪非言突然道。要不是阮少春骗他去夜爬，他也不会遇到竺林森，一想到受了伤的竺林森差点被其他男生一路背下山，他看阮少春顿时就顺眼了些。

阮少春一喜："你原谅我了？"

"嗯。"纪非言淡淡地应了一声。

阮少春一听，一颗心立刻放了下去，又变成了精神饱满的小胖子。他拉过椅子在纪非言身旁坐下："你说你跟以南可真够像的，今天以南也被人表白了，就是竺学姐的那个好朋友陆学姐，高中跟我们也是一个学校的，你知道吧？"

纪非言抬了抬眼："然后？"

"当然是失败了呀！哎，以南比你还狠心，听说陆学姐都哭得不像样了。"阮少春叹气道。

"比起你八卦的样子，我还是更喜欢你安静做题的样子。"纪非言看了他一眼。

"你跟以南可以凑一对了。"阮少春哼唧唧道。

纪非言摆脱了阮少春的叨叨，走到阳台给竺林森打电话，可惜，连续打了五个，都没人接听，心中莫名地有些烦躁。

但想到她也许是在安慰陆璐，他就只能忍下那股子烦躁。

此时，竺林森确实是在安慰陆璐。跟肖遇一起喝了两瓶啤酒，好不容易镇定了些的陆璐，一回到寝室又喝了两瓶啤酒，然后就一发不可收拾，彻底成了一个醉鬼。

竺林森刚一踏进门，陆璐就冲上来抱着她号啕大哭。

"森森，你说他为什么不喜欢我啊？"喝醉了的陆璐完全卸下了强装的坚强，哭得稀里哗啦的。

竺林森没办法回答这个问题，感情的事，谁都没办法预料。

"我以为他喜欢我的，我真的以为他喜欢我……我问他了，你知道他说什么了吗？他说我凭什么以为他会喜欢我？他说他连我是谁都不知道……"陆璐抱着竺林森不撒手，哭得上气不接下气。

乔以南这话虽然不中听，但又确实没错。竺林森轻轻地叹了口气，拍了拍陆璐的肩膀，道："别哭，你会遇到更好的。"

"可我只想要他。"陆璐蹲到了地上，继续呜呜直哭。

竺林森既心疼又头疼，肖遇到底是怎么安慰陆璐的？为什么她的情绪还是这么激动？

醉酒的女人显然不好搞定，陆璐先是哭，哭完又开始吐，竺林森忙前忙后，一直忙到凌晨三点，才终于把她弄到了床上，让她躺下睡觉。

等竺林森终于有时间看手机了，才发现纪非言给她打过十几个电话，然后还有一条微信。

她看了眼微信，上面写着：师姐，为什么不理我？

竺林森撇了撇嘴，她为什么不理他，他心里还没点数吗？

第二天，竺林森一觉睡到了中午，才终于被手机铃声吵醒。她也没看是谁，只迷迷糊糊地接起电话，嘟囔了一声："喂？"

"师姐。"电话那头传来纪非言略带低沉的嗓音，似乎还有些小幽怨，"还没睡醒？"

竺林森一听是纪非言，脑子还没反应过来，身体已经先做出了行动——她把电话给挂了。

纪非言低头看了眼已经切断通话的手机，眼睛眯了眯。

Chapter 28

我哪儿不要脸了？

连着两天，竺林森都没搭理纪非言，正巧陆璐处于失恋的脆弱期，所以一天到晚黏着她，纪非言即便有心来堵她，也没能找到和她独处的机会。

纪非言第一次尝到被冷战的滋味，面上虽然不动声色，心里却是第一次生出一种烦躁的感觉，恨不能立刻冲到某人的寝室，狠狠地把她亲一顿。

"非言。"阮少春见纪非言坐在椅子上，眯着眼不知道在想什么，他看了眼学校官网的信息栏，走到了纪非言面前。

"干吗？"纪非言的肚子里正积了火，语气不善。

阮少春被他吓了一跳，挠了挠头道："你怎么了？谁惹你了？"

"没事，怎么了？"纪非言收起肚子里往外窜的火苗，淡淡道。

"今年的全国大学生数学建模竞赛要开始了，我想参加，你建模一向厉害，能不能和我组队？"见纪非言恢复正常，阮少春连忙开始说正事。

全国大学生数学建模竞赛是全国大学生四大赛事之一，近几年的参加人数已经突破十万人，是世界上规模最大的数学建模竞赛，对数学系的学生来说，分量不可谓不大，若是能拿到国家一等奖，相当于给自己的保研之路增加了一个筹码。

而且数学建模本身也是一件很有意义的事，可以将数学和生活更好地结合在一起，还能充分锻炼人的逻辑思维和思考方式。

"数学建模竞赛？"纪非言想了会儿，问道，"一支队伍不是要三个人？另外一个你准备找谁？"

"建模这块我们都能做，论文我也可以，现在就缺一个擅长计算机编程的，所以我想找个计算机学院的。"阮少春很是认真地回答。

纪非言听了，眸光突地一闪，只见他嘴角浮起一个笑容："何必舍近求远？我们数学系，不就有一位擅长编程的？"

"谁？"阮少春的眼睛亮了亮。

"你一直崇拜的竺学姐啊。"纪非言勾了勾唇，"她的编程水平，可不比计算机学院的人差。"

"竺学姐？"纪非言一愣，"可她去年就参加过了，还拿了全国一等奖，今年估计不会参加了吧……而且她是大神，不知道会不会跟我们组队……"

"她是大神，又已经有过一次经验，正好可以指导我们啊。"纪非言笑了笑，"而且谁让你直接找她了？"

"我不直接找她，我怎么让她跟我们组队？"阮少春一脸不解。

"你准备找哪个老师来指导我们？"纪非言没有回答，换了个问题。

"李老师吧。李老师虽然严厉了点，但他还是很专业也很负责的。"阮少春想了想。

"行，那你别担心了，师姐的事，我来搞定。"纪非言翘了翘唇，心情似乎好了些。

"真的？"阮少春一听这话，高兴得差点跳起来，能和竺学姐组队参赛,那简直不要太棒!

　　当天下午,竺林森上完灭绝李教的微分几何课,正准备回寝室,灭绝李已经朝她招了招手,道:"竺林森,你来我办公室一趟。"

　　竺林森一脸茫然地跟了过去:"李老师,您找我有什么事吗?"

　　"今年的数学建模竞赛,没报名?"灭绝李看了她一眼。

　　竺林森摇了摇头。

　　"那怎么行。你去年拿了个国家一等奖,今年我们还指望你再拿一个呢!"灭绝李难得露出一丝笑意。

　　竺林森不想参加建模竞赛,主要是觉得这个侵占了她研究蛋宝的时间。听到灭绝李这话,她也不好直接拒绝,只能道:"可这会儿大家组队都组得差不多了,我找不到合适的队友。"

　　"这你不用担心,正好我有两个实力都不错的学生,他们组还缺一个人,而且你有经验,还可以指导指导他们。"

　　竺林森怎么也没想到灭绝李是在这里等着她,她呆滞了一瞬,正想再找个借口拒绝,就听灭绝李继续说道:"这事就这么定了,到时候我当你们的指导老师,我相信你不会让我失望的。"

　　"……"她还能说什么?

　　就在这时,灭绝李的办公室被人敲响,房门被推开,阮少春那胖乎乎的脑袋率先探了进来,一看到竺林森也在,眼睛顿时亮了亮。

　　竺林森看到阮少春的时候,心里莫名涌出一种不好的预感,下一秒,她就看到纪非言紧随其后走了进来,不好的预感更强烈了。

　　灭绝李笑了笑:"竺林森,这两位就是你的队友。他们都是你大一的学弟,你作为前辈,要好好给他们传授经验。"

　　灭绝李话音刚落,阮少春就一脸兴奋地看向竺林森,道:"竺学姐,你同意跟我们组队啦?太好了!"

"我……"竺林森简直想哭，她这是百口莫辩啊！

早知道一开始她就应该干脆利落果断地拒绝！

纪非言似笑非笑地看了眼面色不太好看的竺林森一眼，对灭绝李说道："李老师您放心，我们会和师姐好好合作的。"

竺林森咬了咬唇，看向灭绝李，道："李老师，要是没其他事，我就先回去了。"

"好，你先回去吧。"灭绝李的态度相当和蔼。

竺林森转身离开了办公室，一出门口，她就加快了速度，可她再快，也没有后面追上来的人快。

"师姐，我们聊聊。"纪非言很快就追了上来，但碍于走廊上还有其他人，所以他只能压低声音，也没做出什么逾矩的动作。

"我不想聊。"竺林森抿了抿唇，加快了脚步。

"如果你不想聊，我不介意在这里亲你。"

竺林森蓦地停住了脚步，转头怒瞪了纪非言一眼。面前的人嘴角挂着一个略痞的笑，明明是在威胁人，却一副坦然的模样，一如当初他在楼梯间拽着她的手逼问她有没有男朋友的样子，不达目的，誓不罢休。

"非言，你怎么走那么快？等等我！"就在这时，身后传来了阮少春气喘吁吁的声音。

"少春，你先走，我和师姐有话要说。"纪非言看了阮少春一眼。

阮少春听了，看了看竺林森，又看了看纪非言，虽然他不知道他们俩能说什么，但到底还是没打扰他们，先走了。

纪非言看向竺林森，笑了笑："师姐，走吧。"

"去哪儿？"竺林森戒备地看了纪非安一眼。

"当然是去适合聊天的地方，难道师姐是想在这里跟我聊？"纪非言挑了挑眉。

竺林森只好跟着纪非言下了楼。

竺林森的课是下午的最后一节，上完之后便是傍晚，所以教学楼的学生都陆陆续续散掉了，纪非言走到一楼，一楼有一间院学生会的会议室，平时基本没人，因这边离篮球场近，索性被他们系的男生拿来当作更衣室了，里面除了桌椅，只有几个篮球和一些运动服。

纪非言推开门，看了眼空无一人的会议室，道："就这儿吧。"

竺林森左右看了眼，磨磨蹭蹭地走了上去。

刚一进去，纪非言就将门"砰"的一声关上，然后将她抵在了门板上，居高临下地望着她："师姐，我到底哪里得罪你了？"

竺林森突然觉得有些生气，明明是他做了对不起她的事，他怎么还能这么坦坦荡荡地问她，到底哪里得罪了她？

一副他什么都没做的模样！

见竺林森不吭声，纪非言倒也不生气，只是垂了垂眸，伸手捏住竺林森的下巴，似笑非笑地道："师姐要是不说，我可就亲你了。"

"纪非言你要不要脸？"竺林森一听，胸口的怒气又噌噌噌地往上冒，她抬头怒瞪着他，像是一只炸了毛的小野猫。

纪非言被气笑了，他低头就在竺林森的唇上狠狠嘬了一口，然后眯着眼问道："我亲我自己的女朋友，哪儿不要脸了？"

"分手！我不做你女朋友了！"竺林森抬手狠狠地擦了擦唇，一双漂亮的眼睛有些发红，似蒙了层水雾。

这两天她一直在等他主动给她一个解释，毕竟眼见不一定为实，她的内心还是偏向相信他，他却丝毫没有提这件事的意思。

于是，心里的不舒服就这么扩大了，到了这一刻，心中的委屈更是一下子爆发了出来。

纪非言没想到竺林森竟然直接提了"分手"，心中有一口气倏地提了上来，可一看到她双眼通红、眼泪马上就要掉下来的模样，那口气又以迅雷不及掩耳之势散了……

他伸手环住竺林森的腰，牢牢抱着她不松开，然后低头在她耳边道："师姐，我错了。"

姿态摆得十足得低。

"你错哪儿了？"竺林森没想到他认错认得这么干脆，心中的怒气稍微散了散，红着眼问道。

纪非言还真没想过这个问题，但既然师姐问了，这错是必须要找出来的，于是他想了想，道："我刚刚不该凶你。"

"还有呢？"竺林森继续问。

"不应该在你生气的时候还故意亲你。"

"还有呢？"见纪非言怎么都没说到点子上，竺林森的嗓音开始变得闷闷的。

纪非言沉默了会儿，继续道："身为男朋友，却猜不出女朋友的心意，不知道她为什么生气。"

竺林森一听这话，觉得心里又开始憋闷了。她终于忍不住了，仰头瞪着纪非言，有些生气地叫了一声："纪非言，你别告诉我你那天去敬蓝山是为了我！"

纪非言眉头微微一挑，这两天一直没能解开的疑问，在此刻得到了答案。

他低头，看着她绷着的小脸，问道："你在山顶看到我和月彤姐了？"

"是啊，我看到你给她过生日，还看到她抱你了。"竺林森抬了抬下巴，一副"你还有什么可说"的样子。

"所以……只看到她抱我，没看到我把她推开？"纪非言的眼中突然冒出笑意，连嘴角也翘了起来。

"啊？"竺林森愣了愣。

"我把她推开了，少春可以给我做证。"纪非言正色道。

"那又怎么样。"竺林森垂了垂头，不去看他，语气淡淡，"你不还是陪她过生日了？"

"我没有想陪她过生日，我不知道她在山上，是少春邀我夜爬，结果等我到山顶，才知道她在山顶等我。"纪非言握住她的手，解释道，"她自己买了蛋糕，开口请我和少春一起喝咖啡，我不好拒绝。"

"所以她真的喜欢你。"竺林森抿了抿唇，从中听出了一个重要讯息。

"是。"纪非言点头承认，"但我不喜欢她，也拒绝了她。"

竺林森终于肯抬眼正视纪非言："你说你和阮学弟一起陪她过生日，可我并没有看到阮学弟。"

"他不知道我有女朋友，帮着月彤姐给我们制造机会，你看到我们的时候，他正好找借口去厕所了。"纪非言耐心地解释，"后来我推开她，跟她说了些重话，她就和少春先下山了，以后应该都不会再对我抱有希望了。"

"我没有跟你说这事，是不想让你觉得不舒服，我不知道你看到了。"见竺林森不说话，纪非言继续道，"这是我的错，我向你道歉。"

对于纪非言的解释，竺林森的内心其实是相信的，要不然也没法解释为什么后来他会一个人留在山顶。

所以说，这两天由她单方面发起的冷战根本就是个乌龙？

她抿了抿唇，觉得有些丢脸。

"如果你不信，我可以现在给少春打电话，正好我还没时间跟他串供。"纪非言以为竺林森还是不肯信他，伸手就拿出手机准备打阮少春的电话。

竺林森连忙按住他的手机，脸色微红道："别打了，我又没说不信。"

纪非言听了，终于松了口气。他看着竺林森一脸尴尬的模样，伸手将她圈进怀中，嘴角挑起一抹笑，低声道："师姐，你这次不分青红皂白就冤枉我，挂我的电话、不回我的短信、处处躲着我，这也就算了，你还想跟我分手……"

　　说着，他顿了顿，漆黑的眸子里漾出一丝危险的光，然后继续问道："你说这笔账该怎么算？"

　　心虚的竺林森头都快垂到胸前了，耳根也微微发红，过了好一会儿，她才轻声回道："你是陪人家过生日了啊……也不算是冤枉。"

　　纪非言突然捧起竺林森的脸蛋，低头在她的唇上惩罚性地咬了一口，道："我一不是主动的，二不是自愿的，还说不是冤枉我？你跟那么多男同学一起爬山，我可没乱吃醋。"

　　"我才不是跟他们一起爬山的，我只是在山顶遇到他们而已。"竺林森反驳。

　　"你别告诉我，你心血来潮一个人去爬山？"

　　"当然不是，我是陪肖遇……"话说到一半，戛然而止，竺林森懊恼得差点想打自己的嘴巴。

　　果然，纪非言眯了眯眼，似笑非笑地看了她一眼，道："啊，原来师姐是在陪肖学长夜爬……"

　　竺林森捂了捂脸，觉得自己也解释不清楚了。

纪非言突然伸手扣住竺林森的腰，将她一把抱起，直接让她坐到了
会议桌上。

竺林森吓了一跳，还来不及说些什么，面前的人已经倾身过来，紧
跟着的，是他充满侵略性的吻，粗鲁却直白，直吻得她透不过气来。

过了好一会儿，竺林森的脸已经充了血，纪非言终于放开她，他的
眸光紧紧地盯着她，道："师姐，我不喜欢听到'分手'这两个字，这次
我原谅你，如果再有下一次，我就不确定自己会做出什么了。"

竺林森也有些后悔那么冲动地提了分手，不过听到纪非言这略带
威胁的话，不由得抬了抬下巴："我要是再提，你能怎样？"

纪非言见她一副不怕死的模样，露出一个痞痞的笑，凑到竺林森耳
边，道："我就把你给办了。"

竺林森的脑子"轰"的一声，脸上的温度骤然飙升，她恼羞成怒地
推了纪非言一把："纪非言你、你……"

她羞恼得说不出话。

"我怎么样？"他的嘴角噙着笑，一副吊儿郎当的不正经模样。

"你流氓！"竺林森气得想要踹他一脚，而事实上，她也确实这么
干了。

不过，纪非言轻轻松松地抓住了她的脚，挡住了她的攻势，只见他
嘴角的痞笑敛了敛，突然道："师姐，我们公开吧。"

竺林森身子一僵，连脚也忘了收回来。

不可否认，这个提议让她心动了，最初想要隐瞒恋情，一是担心姐
弟恋引人非议，二是害怕这段恋情不能长久，可隐瞒的结果却是不能正
常地约会恋爱，每次约会都胆战心惊，生怕被人发现，时间长了，她也
有些受不了了。

尤其是经历过敬蓝山那事之后，她更加觉得纪非言这人桃花太多，
防不胜防，她突然觉得有些没安全感。

见竺林森不说话，纪非言以为她还是不愿意公开，正琢磨着怎么让她松口，却听她犹豫着开口问道："那要怎么公开？会不会太突然了？"

　　纪非言一听，立刻喜上眉梢，道："不会，我会想办法。"

　　竺林森能听出他语气里的雀跃，她不想否认，一想到公开恋情，她心底也会有难言的喜悦如起泡一般源源不绝地冒出来。

　　面前的人突然俯下身，再度吻上她的唇，明明是微凉的唇瓣，却如烈火一般灼热，也许是因为她的松口，这一刻的吻前所未有地滚烫缠绵，烫得她的心口一阵一阵地发麻。

　　纪非言一手揽着竺林森的腰，一手扣住她的后脑勺，两人正吻得难舍难分之时，会议室的门突然被打开，一道略带熟悉的男声语速极快地说道："快快快，赶紧换衣服，再晚点场地就……"

　　史晓锋的话还未说完，就戛然而止了。一群人刚涌进房间，就看到如此激情四射的一幕，一个个都呈石化状。

　　纪非言和竺林森是侧对着门口的，也就是说，那群人将他们俩刚刚的举动看得一清二楚，而且脸也看到了，虽然是侧脸，而且光线昏暗，但架不住距离够近，只要是认识他们的人，一定认得出来。

　　竺林森想死的心都有了，她面红耳赤地将脸埋在纪非言的怀里，动也不敢动。她想过公开恋情，可没想过以这种方式公开啊！纪非言这家伙为什么不把门给锁了！

　　纪非言自然知道竺林森此刻的尴尬和窘迫，他第一时间伸手挡住竺林森的侧脸。

　　可即便如此，那群人也已经看清了竺林森的脸。

　　史晓锋惊得眼珠子都要瞪出来了，磕磕巴巴地道："纪……学弟？班……班长？你……你们……"

　　竺林森的脸红得能滴出血来，她的双手不由得更紧地抓住了纪非言腰上的衣服，大气也不敢出。这种时候让她探出头去跟史晓锋打招呼，是不可能的。

在场的众人都是数学系的男生，虽然年级段不同，但几乎没有不认识竺林森的，所以才会更加震惊。

谁能想到，竺林森和纪非言竟然会是一对呢？

纪非言的神色还算淡定，他看向站在门口的一群篮球队队友，道："能不能给我们一分钟？"

史晓锋率先反应过来，和那群人一起怀着复杂的心情退出了房间。

班长竟然已经名花有主了！之辰可怎么办哪？

史晓锋觉得自己整个人都不好了。

而此时的竺林森，更有这种感觉，这一定是她这辈子经历过的最尴尬的一件事，如果时光可以倒流该有多好！

她仰头，又羞又窘地看着纪非言，咬唇道："我被你害死了……"

纪非言低笑一声："也好，省得我想办法了。"

"他们都在外面，你让我怎么出去？"竺林森从桌子上跳下来，一脸为难。

"这是一楼。"纪非言突然笑了一声。

"嗯？"竺林森有些不解地抬头看他。

纪非言笑着指了指一旁的窗户，道："师姐不想从门走，我们可以从窗户走。"

"那还等什么？我们快走！"纪非言的这个提议简直让竺林森看到了希望的曙光，她迅速地拽着纪非言朝窗户边走了过去。

纪非言先扶着竺林森爬到窗台上，然后道："站着别动，等我先出去。"

说完，他就一个纵身，扶着窗台跃出了窗外，轻轻松松地站在了外面的绿化带上。

"我抱你下来。"纪非言站稳身子，朝竺林森伸出双臂。

鉴于脚踝还没好透，竺林森也不敢直接跳下去，当下乖乖地让纪非言将她抱下去，可她没想到的是，纪非言刚把她抱到地上，手还来不及缩回去，两人就发觉有一批视线集中在他俩身上。

没错，不是一道，是一批。

竺林森近乎僵硬地看着站在面前的那一群人，那是一群美术学院的学生，一个个都扛着画板，看起来是刚从外面写生回来。

那群人原本说说笑笑的，此刻却鸦雀无声地看着他们，一个个的表情都有些小震惊。

毕竟竺林森和纪非言在韩大的知名度不是盖的，这样备受瞩目的两个人，居然在大庭广众之下抱在一起，怎么看都像是有奸情的样子。

竺林森简直想哭，不过是提了下公开恋情，要不要这么快被公开？

纪非言也没想到两人这么倒霉，会被两拨人撞个正着。

"森森！"就在竺林森想要埋头走人的时候，陆璐的声音突然响了起来。

竺林森的身子彻底僵硬了，连脖子也僵硬了，愣是不敢回头看一眼。可陆璐哪里是能这么作罢的人，迅速地蹿到了她的面前，不敢置信地盯着她和纪非言。

"你……你跟纪学弟……你们俩……"陆璐震惊得连话都说不利索了。

"陆学姐，就是你看到的这样。"纪非言紧握着竺林森的手，不让她有机会挣开，率先开口。

事已至此，竺林森也只能硬着头皮开了口："那个，璐璐，跟你重新介绍下，这是我男朋友，纪非言。"

一句话说完，她的脸不受控制地红了个透。

　　纪非言听了，嘴角忍不住翘了翘，眉眼有显而易见的喜悦涌现出来。原来听他的师姐亲口承认他的身份，是一件如此让他开心的事。

　　早知如此，该早点哄着她把他给公开了。

　　陆璐听完竺林森的话，就彻底傻眼了，她的脑海里蓦地想起去年纪非言说的"女朋友"，敢情那女朋友就是竺林森？

　　竟然瞒了她那么久！

　　陆璐的眼神顿时变得复杂了。

　　竺林森知道陆璐肯定有一大堆疑问要问她，可现在显然不是个好时候，于是她连忙道："我现在还有事，先走一步，晚上我再跟你说。"说完，她就拉着纪非言迅速地往前走。

　　"那真的是竺林森和纪非言？"两人才没走出两步，就听到有女生震惊地问出了声。

　　"天哪，我没看错吧？"有人跟着道，语气满是不敢置信。

　　"他们俩凑成一对了？"

　　"我们这届的校花竟然被大一的学弟追走了……有没有天理？"

　　"……"

　　身后众人的议论声一道道传进竺林森的耳朵里，只听得她满脸窘迫，恨不能把脸给捂住。

　　这下好了，没过多久他们的关系就会尽人皆知……竺林森觉得自己还没做好心理准备。

　　"师姐，我们去吃晚饭吧。"纪非言丝毫没有竺林森的紧张羞涩，而是一副春风得意的模样。

　　"改……改天再一起吃吧。"竺林森觉得自己需要缓一缓。

　　纪非言见她脸色发白、一副紧张不已的模样，忍不住笑了笑。

　　他松开她的手，然后长臂从她的身后穿过，直接搂住了她的脖子，他将她勾进怀里，肆无忌惮地在她额头上亲了一口，低声笑道："师姐，谈恋爱而已，没什么见不得人的。"

竺林森被他这突如其来的举动吓得心脏都要停了，有一种脱光了在众人面前裸奔的错觉，她的脸越发红了。她抿了抿唇，轻声道："我……我就是有些不习惯。"

"那就从今天开始习惯，嗯？"纪非言笑了笑，不容拒绝地带着她去了校门口的小餐馆。

竺林森认命地走了进去。

自从两人确定交往，几乎没在学校周边单独吃过饭，餐馆里都是韩大的学生，两人一走进去，就攫取了不少注意力。

竺林森目不斜视，强迫自己忽略来自周围的视线，度过了如坐针毡的一个小时。

吃完饭后，纪非言送竺林森回到寝室楼下。

竺林森如获大赦，丢下一句"我上去了"，就飞快地跑上了楼梯。

"师姐。"纪非言突然开口叫住她。

竺林森脚步一顿，僵着脸回头看他，见他眉眼笑意盈盈，道："明天见。"

"……"竺林森的余光一眼就瞄到了旁边女生下意识看向她的眼神，她瞪了纪非言一眼，这家伙绝对是故意的！

纪非言接收到她那一眼怒视，嘴角的笑意却丝毫没有受到影响，反而越发扩大了。

从今天开始，所有人都会知道，他的师姐，是属于他一个人的！

一想到此，他的内心便生出一种油然而生的喜悦，这喜悦如此汹涌澎湃，仿若她初初接受他的心意。

Chapter 30

今天她生日

几乎在竺林森一打开寝室门的时候，陆璐就扑了上来，迫不及待地问："你们什么时候在一起的？"

竺林森看了眼陆璐气势汹汹的模样，不由得微滞，过了一会儿才说了个时间。

"果然是那天！"陆璐说完，一拍大腿，开始兴师问罪，"好啊，森森，你竟然瞒我这么久！我还是不是你的好朋友？"

竺林森自知理亏，老老实实地道了歉，最后道："你可千万别在我爸妈面前说漏嘴，要不然我就完了。"

陆璐哼了一声："那我可不能保证，毕竟我最近心情不好，不仅失恋了，还被好朋友隐瞒了恋情，我同学都觉得我们是假朋友，我竟然连你谈恋爱了都不知道！想起来都觉得丢人！"

竺林森更愧疚了，她扯了扯陆璐的胳膊，难得露出讨好的姿态："好璐璐，我错了，我真的错了……你要怎么样才肯原谅我？我再送你一套莫小小的全套典藏本好不好？"

"不好，这个我已经有了。"陆璐�’了嘟嘴。

"那你想要什么？"

"我现在就缺一个男朋友。"

"……"

"你告诉我，你是怎么俘获纪非言的？我也要学，没准乔以南也会喜欢上我呢！"陆璐拉着竺林森在椅子上坐下，一副虚心求教的模样。

"我也不知道。"竺林森为难了，过了会儿，她心神一凛，"你还没对乔以南死心？"

陆璐被戳中心事，有些不自然地撇过了头："你当我是神吗？说死心就能死心？"

"璐璐。"竺林森叹了口气，有些无奈地唤了一声。

"好啦好啦，你别担心我了，我有分寸。"陆璐连忙摆手，生怕竺林森再劝她。

竺林森见状，也没再多说，只默默期盼肖遇能够给力点，快点让陆璐移情别恋，再也别想着乔以南了！

"晓锋，你这周末有时间没？"另一边的男生寝室里，打完篮球的史晓锋揣着件让他头疼的心事回了寝室，刚进寝室，就听到了李之辰的声音。

"怎么了？"史晓锋目光复杂地看了眼李之辰，心想，班长的事到底要不要跟他说呢？

"下周不是班长的生日嘛，我想给她挑个生日礼物，你陪我去呗。"李之辰的嗓音里有一种隐秘的愉悦。

史晓锋的心里"咯噔"一声："我们之前不是说好大家凑钱给她买个大礼吗？"

"那个也买，这个是我自己想送的。"李之辰的脸上意外地浮现一丝不好意思，不过他到底是个坦率的人，很快又道，"我打算跟班长表白了。"

史晓锋见李之辰一副高兴的样子，实在不忍心打破他的希望，但他也知道，就算他不说，李之辰也会从其他人那里知道。

史晓锋想到这儿，狠了狠心，道："之辰，你别表白了。"

"为什么？"

"班长她，有男朋友了。"史晓锋有些不忍地道。

"你说什么？"李之辰的脸色蓦地变得苍白，刚刚的愉悦顷刻间消散得一干二净。

"她男朋友是纪学弟。"史晓锋索性破罐子破摔，把知道的东西抖了个干净，"是真的，很多人都看到他们在一起了。"

听到这话，李之辰的心沉到了谷底。如果史晓锋说出别人的名字，他可能还不相信，可史晓锋说的人是纪非言，不知道为什么，他竟然莫名地就相信了。

他不由得想起那日爬山，纪非言坚持自己一个人把竺林森背下山，那时候他心里就有一种诡异的预感，没想到这个预感真的成真了。

"之辰，你也别太伤心了，天涯何处无芳草，除了班长，还有很多好女生在等着你。"史晓锋走上前，拍了拍李之辰的肩膀。

李之辰没说话，喜欢了将近两年的女生，好不容易鼓起勇气准备告白，却发现她已经成了别人的女朋友，这种郁闷和挫败感，没有体会过的人是不会懂的。

李之辰抬了抬眼："晚上没别的事吧？"

"没啊，怎么？"

"陪我去吃夜宵。"李之辰说着，伸手勾住史晓锋的肩膀，把他往外拉。

一个小时后，史晓锋才知道，吃夜宵是假，借酒消愁是真。到最后，他看着醉成一摊烂泥的李之辰，深深地明白了一个道理，再优秀的男生也跨不过失恋这道坎。

这天晚上，竺林森和纪非言的恋情成了韩大论坛上的头条新闻，一夜之间击碎了一群少男少女的心。

连着几日，竺林森走在路上都会接收到比以往更加热切的目光，一道道探究的视线落在她身上，紧跟着的就是一堆窃窃私语。也多亏了她在外人面前一直建的是高冷人设，所以尽管心里再窘迫，面上也是一如既往地淡定。

过了几日，数学建模大赛的报名截止，全校报名参加的有几百支队伍。按照惯例，学校会先组织一次校内竞赛遴选，只有通过遴选的，才能去参加全国竞赛。

校内竞赛的难度不比全国竞赛，但结果出炉之后，几百支队伍里，最终通过的只有六十五支队伍。

作为六十五支队伍里的其中一员，阮少春无疑是兴奋的，他看向一旁的纪非言，道："非言，我们中午一起吃饭庆祝下吧！"

此时的纪非言正从椅子上站起来，然后从抽屉里拿出一只精致的小盒子，塞进口袋里，挑唇道："你自己吃吧，我晚上有约。"

"你……这是要去跟竺学姐约会？"虽然阮少春已经知道纪非言和他崇拜的竺学姐成了一对，但说实话，他到现在还不是特别能接受，怎么想怎么怪。

"今天她生日。"纪非言留下一句话，就施施然出门了。

阮少春看了看空荡荡的寝室，室友三人，乔以南沉迷于天体物理，天天泡在实验室，而他自己沉迷于数学，天天对着数学书，只有纪非言沉迷于恋爱，恨不能时时刻刻跟女朋友腻在一起……

单身狗跟非单身狗的区别果然还是很大的，想当年纪非言是单身狗的时候，对学习还是很热衷的，现在嘛……不提也罢。

此时已是五月底，天气也渐渐热了起来，竺林森一下楼，就看到了等在楼下的纪非言。

时间是最好的神丹妙药，让她不知不觉便习惯了他的存在，也不会再像刚公布恋情时那样觉得浑身不自在，反而有一种别样的甜蜜。

她走过去，眨眼问道："晚上去哪儿吃？"

纪非言自然地牵过她的手，笑道："去了就知道了。"

一路上，竺林森一直在猜纪非言会带她去吃什么好吃的，但她怎么也没想到，他会直接带着她去了菜市场。

"你要亲自下厨？"竺林森看着面前热热闹闹的农贸市场，惊呆了。

"还有什么晚餐，比我亲手做的更有诚意吗？"纪非言挑眉一笑，带着她往前走。

"可……可是去哪里做饭？寝室里不能做饭吧？"竺林森一脸纳闷。

纪非言笑而不语，只是认真地买菜，不过一会儿的时间，他就买好了新鲜的鱼虾肉菜，带着她走出了菜市场。

竺林森跟着纪非言走了十几分钟，最后被他带进了一栋公寓楼里。

"我们去哪儿？"竺林森忍不住再次问道。

"去烧饭。"纪非言说着，已经带着竺林森下了电梯，打开了电梯外唯一的一扇房门。

竺林森迟疑地跟着走了进去，发现里面是一个一百平方米左右的套房，不过只有一个房间，整体打通，像是酒店式公寓，看起来很宽敞，也很简洁。

"这是谁的房子？"竺林森好奇地问道。

"我的。"纪非言拎着菜进了厨房,闻言应道。

"你在韩市还有房子?"竺林森震惊了,跑到纪非言面前,不敢置信地问道。

"我租的。"纪非言莞尔,改了口。

竺林森还没来得及露出一个恍然大悟的表情,就听他继续道:"我把这整栋楼都租下来了。"

"什么?"

"我租了十年。"

"……"

见竺林森一副目瞪口呆的样子,纪非言觉得好笑:"师姐的数学不是很好?不妨算一算,以我现在租下来的价格,随着租房市场的扩大和每年租金的提升,我可以赚到多少利润?"

"你在投资租房市场?"竺林森这才明白纪非言的动机,但知道他的动机之后,她心中的震撼却反而加深了,一个大一的学生,在同龄人都在象牙塔里过着不谙世事的学生生活时,他却已经提前看到了赚钱的商机,不仅如此,他还直接行动了。

"你哪儿来的资金?"过了会儿,竺林森有些好奇地问。

要把一栋楼租下来,也许还要进行统一的装修,那绝对不是一笔小钱。

"我爸每年都给我们寄钱,我外婆放着不用,我就扔进股市了,正好前几年行情好,赚了一些。"纪非言一边说,一边开始娴熟地洗菜切菜。

竺林森听了,内心有些复杂。也就是说,他在高中的时候就已经在玩股票了,而她的高中只知道死读书,就算是现在,她也从没想过通过投资去赚钱。

"纪非言,你太厉害了。"竺林森由衷地叹道,"你现在就是个包租公呀！"

"怎么，羡慕？"纪非言转过头，笑看了她一眼。

"对啊，你知道包租公包租婆是多少人的梦想吗？"竺林森随口应了一声。

"那你嫁给我，不就是包租婆了？"纪非言突然笑了一声。

竺林森的脸一红，用脚尖轻轻地踹了踹纪非言的脚后跟，道："纪非言，你是不是想太多了，你离法定婚龄还远着呢。"

明明还是个小屁孩，还好意思说嫁给他！竺林森在心里继续默默腹诽。

"早晚的事。"纪非言淡定地应了一声。

竺林森面色微窘，也不在厨房待了，兀自走了出去，好好地参观了一番。

客厅里没有放电视机，但是放了一个投影设备，可以直接在整面墙上放电影。

沙发是布艺的，旁边还放了一个懒人沙发，看起来文艺清新，是时下的年轻人喜欢的款式，竺林森自然也喜欢，而且这房子看起来并没有被其他人租过的痕迹，竺林森觉得，自己好像走进了纪非言的私人领地。

这个认知让她有一种隐秘的快乐。

Chapter 31

爱情公式

　　一个小时之后，纪非言端着丰盛的菜肴走了出来。竺林森早就被厨房里传出来的香味勾出了馋虫，见状连忙跟着走到了餐桌前。

　　自从过年的时候在纪家尝过纪非言的手艺，竺林森就一直念念不忘，没想到今天有了个意外之喜。

　　纪非言见竺林森吃得开心，眉眼的笑意深了几分："师姐要是喜欢，以后我可以经常做给你吃。"

　　"真的吗？"竺林森的眼睛里有亮光闪过。

　　"师姐难道忘了，我早就说过，师姐可以对我予取予求。"

　　竺林森的脸红了红，假装没听见，埋头吃菜。

　　纪非言这随时随地都能开撩的毛病到底是从哪里学来的？真是让人招架不住！

　　吃完饭后，纪非言从冰箱里拿出一个既可爱又少女的蛋糕，摆到了竺林森的面前，眉眼笑意盈盈："师姐，生日快乐。"

竺林森一阵惊喜："谢谢。"

"我先给你唱生日歌，你再许愿。"纪非言为竺林森点上蜡烛。

"不用唱了。"

"那不行，下次我生日，我还盼着师姐亲口给我唱呢。"纪非言似笑非笑地道。

竺林森蓦地想起去年他将她堵在小树林，要求她唱生日歌给他听的画面，她抚了抚额，这个事还过不去了是吧？

纪非言笑了一声，突然将生日歌唱出了口："祝你生日快乐，祝你生日快乐……"

竺林森不由自主地看向了纪非言，此时此刻，他就坐在她的对面，透过摇曳的烛光，他脸部的线条显得越发温柔，她一直知道他的声音很好听，但从未想过，他的歌声有让人心跳加速的魔力。

"怦怦怦……"

竺林森觉得胸腔里的那颗心几乎要跳出来。

一首生日歌唱罢，竺林森还沉浸在纪非言的歌声里，一时不能回神，直到她听到纪非言笑了一声，道："师姐，许愿吧。"

她才回过神来，面红耳赤地闭眼许愿。

这一个晚上过得格外慢，又似过得格外快，两人一起吃了蛋糕，然后窝在沙发上看了部喜剧电影，等电影结束的时候，竺林森才意识到时间已经不早了，再过半小时寝室就要关门了。

竺林森嗖地从沙发上站了起来，道："这么晚了！我们快回校吧！"

说着，她已经迅速地拿过包包要朝门口走去，哪知刚迈出一步就被纪非言拽了回去，直接跌进了他的怀里。

"别闹了，再晚就来不及了。"竺林森挣扎着想起来，却被纪非言牢牢抱在怀里。

手腕上微微一凉，竺林森低头一看，才发现手腕上被套了一根极漂亮的银色手链，竺林森的心神被那手链摄取了一瞬，微微一怔。

就在这时，她感受到纪非言温热的唇贴在她的耳际，轻声道："那就别回了。"

他的嗓音带着丝暧昧的低沉，竺林森只觉得心脏一阵酥麻，脸也陡然烫了起来。

"你……你别开玩笑。"竺林森的心跳乱了一拍，瞪了他一眼。

"师姐，今天你生日，我把自己送给你好不好？"纪非言在竺林森的耳朵上咬了一口，低低笑了一声。

竺林森觉得自己的心脏要爆炸了，手也哆嗦了下，这……这人怎么可以说出这么厚颜无耻的话？

竺林森直起身，努力做出严肃的模样："不好！"

她推了推他，继续道："放手，我要回去了！"

"师姐，你知不知道你这样不留情面地拒绝我，我会受伤的？"纪非言不仅没放手，反而将她抱得更紧了，他放软声音，语气里流露出一丝可怜的情绪，"我好不容易鼓足勇气，你真的忍心这样打我的脸？"

竺林森万万没想到纪非言竟然有脸卖萌，她佯作面无表情地道："忍心。"

"我不信。"纪非言被噎了一下，他抬头，用一种纯良无辜的眼神看着竺林森，"你是爱我的。"

竺林森差点被纪非言逗笑，但她还是很有意志力地推开他，威胁道："纪非言，我今晚要是回不去，你这个学期都别想见我了。"

"……"

于是，十分钟后，安静的街道上出现这样一幕：帅气的男生骑车载着漂亮的女生，以最快的速度踩着踏板，身后的女生不停地催促："再快点，还有五分钟！"

终于，男生在最后一分钟将自行车停在了女生的寝室楼下。

女生迅速地从车座上跳了下来，直接奔进了寝室楼，连回头看他一眼的时间都没有。

纪非言："……"

过了会儿，他低头看了看手机，已经过了十一点，男寝室此刻也关门了。

他叹了口气，认命地骑车回到了公寓。

不久之后，已经躺上床的竺林森收到了一张照片，是纪非言的公寓，看起来空空荡荡的。过了会儿，纪非言发了句配文：师姐，我后悔了。

竺林森蓦地就明白他后悔什么，这家伙一定是后悔送她回来了！

她将发烫的脸埋进被窝里，回了一句：晚安。

另一边的纪非言被这两个字噎了一下。半晌，他笑了笑，明明懂他的意思，总是要装作不懂，没关系，总有一天，她装不了，也逃不掉。

暑假很快来临，不过对参加数学建模竞赛的人来说，还不到回家的时候，因为学校组织了为期两周的特别培训，以让学生更好地应对九月份的建模比赛。

竺林森不是第一次和纪非言一起上课，但那是游泳课，他们还从未在同一个教室上过课，这感受于她而言倒是有别样的新鲜。

不过，很快她便不这么觉得了，因为纪非言这家伙绝不是一个让她喜欢的同学，上课没有上课的样子，嘴里常年咬着一根棒棒糖，吊儿郎当的，还特别喜欢骚扰她，经常找她讲悄悄话也就算了，他还总是会动手动脚，有时候捏她的手，有时候搂她的腰，一刻都不消停，让她一节课如坐针毡，完全没有勇气去看周围同学可能有的反应，大概可能绝对会觉得辣眼睛吧！

竺林森做惯了好学生，课堂上唯一一次做错事还是上次在灭绝李的课上睡了一觉，现在被纪非言这么一闹，心态就有些崩了。

第一天的课一上完，竺林森就对纪非言黑了脸，第二天一早，等纪非言到教室的时候，发现竺林森挑了个最中间的座位，前后左右都坐满了人。

纪非言："……"

站在一旁的阮少春看到这一幕，特意看了眼纪非言黑成锅底的脸色，很不厚道地笑出了声。

纪非言瞥了阮少春一眼，阮少春立刻憋住笑，指了指距离竺林森有三排距离的空位道："非言，那儿有位置，我们坐那儿去吧。"

竺林森并没有回头看纪非言坐在哪里，她有些心虚，但同时又有一种恶作剧得逞的小开心。

课上到一半，后排的女生突然拍了拍她的肩膀，递给她一张字条。

她一脸纳闷地接了过来，打开一看，心跳突然漏了一拍，那上面没写署名，也没有文字，只有一个简单的数学公式。

看上去普普通通的公式，若是用函数曲线图画出来，就是完全不一样的味道。

竺林森的笔不自觉地在那公式下面画出了函数曲线图，一个心形曲线跃然纸上。

竺林森看着那纸上的公式和爱心，嘴角忍不住浮起一抹笑意，这是数学系的学生众所周知的爱情表达公式，大一刚入学时，便有老师在黑板上写下这个公式，然后画了相应的函数曲线，告诉男生们，如果追的是同专业的女生，不妨献上这个公式，她能看懂你的浪漫。

当时竺林森只是一笑而过，并没有太大的感觉，可此时此刻，她的心却因为这简单的公式，如小鹿乱撞。

她第一次觉得，学数学也有好处，至少，她能读懂他的浪漫。

不过，一想到他在上课期间给她传这种字条，她的脸还是忍不住发烫，好像回到了高中的课堂上，有一种害怕被老师发现的紧张情绪。

过了好一会儿，她悄悄回头，一眼就看到了与他隔着三排距离的纪非言。此时此刻，他正用手撑着脸颊，歪着头看着她的方向，见她转过头来，他的眸中似有亮光闪过，连嘴角也起了笑意。

竺林森很快转过了头，嘴角却忍不住扬起一抹笑。

九月的第二个周四晚上八点，数学建模竞赛正式开始，竞赛时间将持续到周日晚上八点，共三天，参赛队伍需要在这三天时间里完成作品并上传。

三天的时间，要完成竞赛作品，并不是件容易的事，往年都会有不少队伍在教室里通宵完成比赛，连竺林森也不例外。

当天晚上八点，所有参赛人员都已在学校安排的竞赛教室就位，每个教室只有五支队伍，学校给每位参赛者都配备了电脑。

竞赛时间一开始，大家就第一时间下载了竞赛试题，试题分 AB 两题，每支队伍只需要选择其中一题即可。

"我们选哪题？"阮少春看了眼纪非言和竺林森，问道。

"B。"两人异口同声地回答。

A 题题目是"高温作业专业服装设计"，B 题题目是"智能 RGV 的动态调度策略"，而对竺林森和纪非言而言，显然是 B 题更能吸引他们的兴趣。

阮少春挠了挠头："那就 B 吧。"

让人忙得脚不沾地的竞赛就这么开始了，三人都是数学系的尖子生，可谓是强强联合，但即便是强如他们，也没法轻轻松松完成竞赛，而且他们都是对比赛极为负责的人，认真程度更是旁人所不能及。

连着两个晚上，三人都弄到晚上十二点才回寝室睡觉。到了周六晚上，三人的思路、模型、数据才算是有了完整的雏形，但还需要验证完善，鉴于只剩一天就要提交作品了，这一晚的时间便显得格外珍贵，到了十二点也没人提回去睡觉的事。

其他四支队伍也在加班加点，但大家不见消沉，反而有一种热火朝天的架势。

"师姐，你回去睡觉吧，我和少春在这里就行。"纪非言见竺林森偷偷打了声哈欠，握了握她的手。

竺林森摇了摇头，继续看电脑里的代码，道："那怎么行？"

纪非言知道竺林森有自己的坚持，也没有勉强她。过了会儿，他起身走了出去，等他回来的时候，已经是半小时后，手里不仅多了几袋热腾腾的夜宵，还多了一条小毛毯。

阮少春一见夜宵，眼睛都亮了，看到毛毯时更是高兴，伸手就要去拿："非言，你太贴心了，知道我冷，还回寝室给我拿毛毯啦！"

阮少春的手还没有碰到毛毯，就被纪非言淡定地躲开了，他放下夜宵，凉凉地道："不是给你的。"

说完，他转身看向竺林森，将毛毯披到了她的身上。

"……"阮少春看着纪非言温柔的动作，觉得自己受到了一万吨的伤害。

Chapter 32

不要学数学

　　九月的夜晚，没开空调的教室还有些许凉意，竺林森只穿了一条连衣裙，早就觉得有些冷了，此刻毛毯一披到身上，瞬间便觉得温暖起来。

　　"师姐，吃碗小馄饨？"纪非言在竺林森身旁坐下。

　　"等会儿，我先把这个写完。"竺林森的手片刻不停地敲着代码。

　　过了会儿，一只勺子递到了她的嘴边，伴随着纪非言的声音："张嘴。"

　　竺林森一张嘴，一只小馄饨就被喂了进来。

　　两人腻歪久了，竺林森已经没有最初的不自在，以至于现在接受他的投喂都觉得理所当然，只是一想到阮少春还在一旁，还是开口道："别喂了，等我敲完这段我自己吃。"

　　"我喂我的，你敲你的。"纪非言淡定地回了一句，然后继续面不改色地给竺林森喂馄饨。

　　阮少春目光复杂地看了这两个秀恩爱的人一眼，默默地往旁边挪了挪，低头专心地吃自己的那份夜宵。

在同一个教室，就算动静再小，也难免被其他人听到，所以其他四支队伍的成员听到动静往这边看过来的时候，就被强塞了一嘴"狗粮"。

有女生偷偷拿出手机拍了张照，迅速地发到了论坛上，帖子标题是：参加数学建模竞赛还被喂一嘴狗粮，学霸的爱情闪瞎我的狗眼！

这个点还是有很多没睡的夜猫子，那条帖子竟然很快就有了上百条回复，其中呼声最高的一条是：求后续直播！

而此时此刻，竺林森已经敲完代码、吃完馄饨，开始昏昏欲睡，纪非言见状，将竺林森揽到自己的怀里，让她靠在自己的肩膀上，道："师姐，你睡会儿吧。"

竺林森确实有些撑不住了，就靠在纪非言的肩膀上睡了过去。

于是，论坛上很快就多了张照片，还有张对比图，那就是楼主自己所在的队伍的图片，同样是两男一女的队伍，那俩男生已经在呼呼大睡，留女生一人写论文。

于是，评论变成了清一色的：心疼楼主。

当事人竺林森浑然不觉自己再次成了论坛的热点，一直睡到两点，才被纪非言叫醒。

"师姐，差不多了，我们回寝室吧。"纪非言揉了揉竺林森的脸。

竺林森睡眼惺忪地抬起头，还有些迷糊。

纪非言帮她拿起书包，牵着她的手站起身往外走。

其他四支队伍还没有人离开，有人在睡觉，有人在电脑前继续奋战。

竺林森一走出教室，就被凉风吹得清醒了些，纪非言骑着自行车载她朝寝室楼而去。

　　因为竞赛的特殊性，所以学校特意给参加竞赛的学生开了后门，允许他们超过十一点回寝室。

　　竺林森环着纪非言的腰，回想去年参加竞赛的场景，那时何曾想过，一年之后的自己，会与眼前的人成为恋人，她甚至没想过自己会陷入爱情。

　　可世事往往就是如此奇妙，她以为不可能的人，成了她最亲密的人。

　　竺林森想起这段时日他对她的悉心照顾与呵护，便觉得心头涌上无限甜蜜。

　　"纪非言。"竺林森突然唤了一声。

　　"嗯？"

　　竺林森翘了翘唇，没有说话，但她听到自己心里在说：我喜欢你。

　　从初见他时破天荒漏了一拍的心跳，到后来每次见到他的紧张不自在，她就应该明白，她喜欢他。

　　这个人，从在她生命里出现的那一刻起，于她而言就是不一样的。

　　车子很快就骑到了竺林森的寝室楼下，竺林森跳下车，对纪非言道："回去早点睡。"

　　"嗯。"纪非言摸了摸她的头发，嘴角有一丝笑意。

　　第二天又是忙碌的一天，早上八点，三人就再次聚在了教室，有几支队伍甚至直接在教室里通宵了，竺林森、纪非言他们到了之后，他们才陆续醒过来。

　　"竺学姐，你们去年也通宵了吗？"阮少春边吃早饭边问。

　　"对呀，当时遇到一个难题，怕时间不够，只能通宵解决了。"竺林森点头。

　　"竺学姐你上次是跟谁组队的？"阮少春听了，再次问道。

"班上的同学。"

纪非言听了，不由得抬了抬眼，问道："李之辰？"

"你怎么知道？"竺林森有些诧异。

纪非言在心里冷笑两声，那位李学长心底在打什么主意，他能不知道？

连续三天朝夕相处的机会，他能放过？

不过这种话纪非言当然不会说出口，反正自家师姐对李之辰毫无感觉，说出来，反倒为李之辰添了份特殊，于是他笑了一声，道："猜的。"

竺林森也没在意，打开电脑开始看这两天写的代码。

检查无误后，她又看了看纪非言做的模型。不得不说，纪非言的建模水平是真的高，这种水平，不是一次比赛可以练出来的。她有些诧异地问："你以前经常做建模？"

"要做投资，怎么能不做建模？"纪非言笑了笑，把每一个看中的项目以建模的形式表达出来，可以将抽象的东西具象化，不仅能一目了然地看出优缺点，还能估算出相应的收益，是很好的辅助工具。

"所以，其实你不只是投资了租房市场？"竺林森眨了眨眼，小声问道。

"当然。"纪非言也冲她眨了眨眼。

"你别告诉我，你是个隐形富豪。"竺林森忍不住笑。

"我现在还算不上，但我保证，你以后会成为富豪太太。"纪非言凑在竺林森耳边，轻声道。

阮少春看了眼又在腻歪的两人一眼，叹了口气，埋头写论文。

到了晚上八点，竞赛正式结束，三人将作品提交之后，去了校门口的烧烤摊，此时的烧烤摊还不是人气最旺的时候，不过也有一半座位都满了。

"非言，要不要喝啤酒？"竺林森刚坐下，就听到阮少春小声问道，声音里有些不好意思，眼睛里却发着光。

"太阳打西边出来了？"纪非言挑了挑眉。

阮少春跟竺林森一样，都是乖宝宝型的，平时也从未喝过啤酒，没想到今天竟然会主动要求。

阮少春害羞地挠了挠头，笑道："我就是觉得我们完成了一件大事，可以放松下。"

"好啊，那来一瓶。"纪非言笑了一声，转头问竺林森，"师姐，你要喝什么饮料，我去给你买。"

"我也喝啤酒。"竺林森心想这俩小屁孩都能喝啤酒，没道理她不敢喝。

纪非言听了，眉毛微微往上扬了扬："你确定？"

竺林森不假思索地点头。

纪非言这下真笑了，他转头看向阮少春，道："少春，那就一人一瓶。"

竺林森一听这话，内心突地一虚，心想，一瓶而已，她应该不会醉吧？

事实上，竺林森完全高估了自己的酒量，她只喝了一杯，就醉得分不清东南西北了。

阮少春看着连烧烤都没来得及多吃几口就趴在桌上不动的竺林森，有些尴尬地看了眼纪非言："非言，竺学姐的酒量这么差，你怎么不阻止她？"

纪非言显然也有些始料不及，此刻她的脸正对着他的方向，双颊红红的，双眼迷蒙地看着他，一副将睡不睡的模样。

过了会儿，他翘了翘唇，应道："有我在，醉了就醉了。"

"那你先送竺学姐回寝室吧。"阮少春连忙道，顿了顿，又问，"要不要叫陆学姐来帮忙？"

"不用。"纪非言说着，站起身将竺林森扶了起来，"师姐，能走吗？"

竺林森胡乱地点了点头，可脚才跨出一步，就差点跪倒在地。

纪非言失笑，直接将竺林森打横抱起。他看了眼阮少春以及阮少春面前的一桌子烧烤，道："我不回来了，你要是吃不完就打包回去给以南。"

"以南估计不会吃我的剩菜，那我等会儿打包回去给你吃吧。"阮少春想了想，认真地道。

"我说不回来的意思是，我今晚不回寝室了。"纪非言说完，就朝外走去。

阮少春先是愣了愣，随即明白了什么，突地起身朝纪非言追了出去，他一把抓住纪非言的胳膊，有些急迫地低声道："非言，等等，你什么意思啊？你不送竺学姐回寝室了？这样不太好吧，你可别乘人之危啊！"

"我在你眼里就是这种人？"纪非言有些无语。

阮少春犹豫了一瞬，却没否认，而且还一脸紧张地看了眼竺林森。

纪非言被气笑了："吃你的烧烤去。"说完，就抱着竺林森大步而去。

阮少春看着纪非言拦了一辆出租车，抱着竺林森坐了进去，他叹了口气，默默地回了烧烤摊。

出租车上，纪非言看着竺林森安静地靠在自己的怀里，心想，喝醉的她可真够乖的。

这一想法刚划过脑海，就见竺林森倏地坐直了身体，然后喊了一声：“不要学数学！”

声音之大，把出租车师傅吓了一跳，良久幽幽地说了句：“这年头大学生的压力还这么大啊？”

纪非言没想到竺林森会来这么一下，先是一愣，随即忍不住笑出声。

竺林森听到了他的笑声，转头看向他，一双漂亮的眼睛里此刻竟带着十足的委屈，水汪汪的，像是被人欺负了的模样。

只听她又重复了一次：“不要学数学。”

这次的声音低了很多，也委屈了许多。

纪非言觉得自己的心都要化了，他摸了摸竺林森的头，声音温柔：“好，不学。”

竺林森听了，眼中似有亮光闪过。她抓住纪非言的手，有些激动地问道：“真的吗，爸爸？”

“……”纪非言的脸色瞬间僵硬了。

只听前座传来“扑哧”一声，出租车师傅没忍住笑出了声。

纪非言目光复杂地看着竺林森，此时此刻的她还在睁着一双亮晶晶的眼睛一脸期待地看着他，似是在等待他的回答。

良久，纪非言面无表情地吐出两个字：“真的。”

竺林森简直要感动哭了，喝醉的她真以为自己听到了竺浩然的保证，可她还没来得及高兴太久，出租车就停了下来，然后她就被眼前的人带出了出租车。

她的脑子又开始混沌，迷迷糊糊地被那人抱着走，再度安静了下来。

纪非言一路抱着竺林森进了公寓，见她闭着双眼似睡了过去，小心地将她放到了床上。

哪知他刚放下她，她突然坐了起来，一双眼睛直勾勾地看着纪非言。

纪非言被她看得眼神一暗，心跳似乎也快了一瞬，然后就听到她问："真的不用学数学了吗？"

纪非言抽了抽嘴角，觉得有些好笑。他伸手摸了摸竺林森的头，轻声问道："师姐，你到底是有多不想学数学？"

他从前就知道她并不喜欢数学，却也没想到她内心对数学的抗拒竟然会有这么严重，喝醉酒念念不忘的竟然是不要学数学。

"有这么多。"竺林森张开双臂，比了个手势。

这样的竺林森实在是太过可爱，纪非言没能忍住，在她唇上亲了一口，笑道："既然这么不想，那就别学了。"

"不行。"竺林森突然捂脸哭了起来，"他们会对我失望。"

竺林森口中的"他们"，纪非言不需细想也能猜到，那是她的父母。

竺家二老望女成凤，一心希望女儿能够继承他们的衣钵，在数学这门学科上有所建树，却忽视了她内心的真正意愿。

而竺林森自小在父母的期望下长大，也早已学会了埋葬自己的想法，只努力做一个优秀又乖巧的好女儿。

可是也许连她自己都不知道，她的内心，有多么想要抗拒。

那被她深埋心底的意愿，从来不曾消散，反而成了一颗种子，在她不知道的时候，悄悄地生长。

纪非言将竺林森拥进怀里，安慰道："不会的，没有人会对你失望。"

纪非言的声音很轻柔，仿佛有一种让人安静下来的魔力，竺林森也不再哭了，靠在他的怀里安静地睡了过去。

Chapter 33
最有勇气的事

竺林森一睁开眼，就发觉了不对劲。

眼前的天花板离她很远，身下的被褥比寝室的木板床松软许多，而更不对劲的是，腰上似是横了一条胳膊。

这个认知让竺林森瞬间就白了脸，然后在下一刻，她就连滚带爬地从床上跳了下去。

动静之大，把睡得正香的纪非言给吵醒了。他睁了睁眼，声音有些沙哑："师姐，你做什么？"

竺林森还没敢去看床上的人是谁，一听纪非言的声音，蓦地转过身，就见他一副睡眼惺忪的模样，略带茫然地看着她。

"纪非言！"竺林森颤着手指着他，"我怎么会在这里？"

一副羞恼的模样。

纪非言总算是清醒了，他微微撑起上身，认真地回答："师姐喝醉了，我不想送师姐回寝室，只能把师姐带这儿来了。"

竺林森没想到纪非言这么"坦诚"，她红了脸，气道："你、你乘人之危！"

时隔一晚，纪非言再次听到这个词，他慢条斯理地坐起身，似笑非笑地看了竺林森一眼，道："我要是乘人之危，师姐以为，你还能保持衣着完整？"

竺林森一愣，下意识地低头看了眼自己的衣裳，仍是她昨天穿的雪纺衬衫和牛仔裙，除了有些皱，连扣子都没有少扣一粒。

但她仍是瞪了纪非言一眼："那你应该睡沙发。"

纪非言再次被气笑了，他挪到离竺林森更近的床边，一把将她拽了过来，然后翻身压在床上，眼眸里氤氲了一丝危险的味道："师姐，你是不是忘了点什么？"

"什……什么？"他的气息近在眼前，竺林森紧张地结巴了一下。

"这是我的床，你是我的女朋友，不如你告诉我，我有什么理由要睡沙发？"纪非言凑近她，鼻尖几乎贴上她的鼻尖，他说话的时候，灼热的气息喷薄在她的脸上，让她脸上的温度再度飙高。

他承认他不送她回寝室，有自己的私心，乘人之危这事也不是没想过，不过一想到她醒来估计能拿把刀砍了他，他还是放弃了这个念头。

只是，好不容易得了独处一室的机会，让他睡沙发？

呵呵，想也不想要。

竺林森："……"

纪非言看着她红扑扑的脸颊，眼神软了些，唤了一声："师姐。"

轻柔的嗓音里似含了无限情意。

"做什么？"竺林森侧了侧脸，掩饰乱掉的心跳。

纪非言却不再说话，只是捧起竺林森的脸，正欲吻下去，竺林森的手机铃声突兀又强势地响了起来，打破了一室暧昧。

竺林森迅速地扑到床头，接起了电话，电话那头响起李之辰的声音:"班长,你今天身体不舒服?"

"没有啊。"竺林森觉得李之辰的问题有些莫名其妙,纳闷地应了一声。

电话那头沉默了片刻,问了一声:"那你怎么没来上课?"

"上……上课?"竺林森蒙了一瞬,差点从床上跳起来,连说话也结巴了,"我……我睡过头了……怎……怎么办?"

竺林森要哭了,今天是灭绝李的课啊!

"别急,李老师上节课没来,你现在赶紧过来,说不定还能比李老师早到。"李之辰连忙道。

"那我马上过来!"竺林森一听,顿时有了希望。

她迅速地挂断了电话,正准备站起来,纪非言从身后搂住她的腰:"师姐,你现在过去也只赶得上半节课了,索性别去了。"

"不行!快放开!"竺林森毫不留情地拍掉纪非言的手,然后迅速地冲进了浴室。

纪非言:"……"

竺林森赶到教室的时候,已经开始了第二节课,不过不幸中的万幸是,灭绝李还没来。她刚在后排找了个位置坐下,就看见灭绝李匆匆进了教室,跟大家道了歉,解释了下迟到的理由,然后开始正式上课。

竺林森偷偷地松了口气,正好李之辰回头看她,她拿出手机给他发了一条:谢谢。

那通电话,不仅让她赶上了灭绝李的课,更重要的是,阻止了某些不可描述的事的发生。

竺林森按了按自己有些发烫的脸。

怎么办,她对纪非言的抵抗力好像越来越弱了……

十一月的时候，全国大学生数学建模竞赛结果出炉，竺林森小组不出意料拿到了全国一等奖。

阮少春是最高兴的一个，因为这不仅证明了他们队伍的实力，更重要的是，学校还会给他们发一笔不菲的奖金。

竞赛结果出炉的第二天，竺林森被班主任叫去了办公室。

大学的班主任每个学期几乎只出现一两次，竺林森虽然是班长，与他的交流也少得可怜，所以一直到走进办公室，竺林森还是一脸茫然，不知道班主任突然找她什么事。

"竺林森，本科读完之后，你对自己有什么规划吗？"竺林森一进去，班主任就开门见山地问。

竺林森愣了愣，如实答道："我应该会考虑读研。"

"你是个好苗子，成绩大家有目共睹，你这样的学生，如果直接去工作未免有些可惜，还是应该留校继续深造。"班主任顿了顿，继续道，"你拿了两次建模国家一等奖，又有过往的成绩在，你可以直接申请校内保研，我相信百分之百能通过。"

保研的事竺林森其实有想过，她也相信，只要她继续攻读数学这门学科，确实能百分之百保研成功。

可不知为何，尽管竺浩然和陈小雅已经不止一次跟她说过继续攻读数学的事，她的内心仍在犹豫纠结。

此刻听到班主任的话，她心里最先浮起的感觉竟然是抗拒，但她向来是乖顺的，于是她点了点头，道："老师我知道了，我会慎重考虑下，如果我继续读数学，我会直接申请保研。"

"怎么，难道你还想读其他专业？"班主任听出了她话里的意思，笑问。

竺林森有一种被他人看穿内心的窘迫，好在面前的人只是老师，不是竺家二老，所以她也坦诚道："我辅修了机械工程和计算机专业，也都很有兴趣，所以想要好好考虑下。"

"那你好好考虑吧。不过作为数学系的老师，我当然是希望你能在我们数学这门学科上继续深造。"

竺林森走出办公室的时候，还有些魂不守舍。大三的上学期即将过去，意味着她必须要面对读研的事了，如果按照以往的惯例，她应该按照爸妈的意愿，直接继续攻读数学，她现在却犹豫了。

她皱了皱眉，她已经很努力去培养自己对数学的兴趣，可不喜欢就是不喜欢，她永远没办法热爱它。

当天晚上，和纪非言吃饭的时候，实在是下不了决定的竺林森第一次向他吐露了自己的心声。

不过纪非言却丝毫没有露出诧异的表情，反而像是早就看穿了她。

"师姐，违背你爸妈的意愿，按照你自己的心意去选择，对你来说，真的有这么难吗？"

竺林森很是羞耻地点了点头，回道："比登天还难。"

竺家二老给竺林森造成的阴影可以说是相当深了，除了生活上的管控，两人对数学的热爱，更像一张织得细细密密的网，将竺林森笼罩在其中，让她完全没有办法挣脱。

很小的时候，竺家二老给她讲睡前故事，从来不讲白雪公主之类的童话故事，而是讲各个数学家的故事。

于是，她跟同龄的孩子几乎没有共同话题，她不知道白雪公主是怎么吃下毒苹果的，倒是知道是谁提出了勾股定理……

后来长大了些，睡前故事是没有了，却多了一项睡前背诵，背的是数学公式……每次竺浩然都会亲自听着，指出她背错的地方，然后让她默写十遍再去睡觉……

甚至连吃饭的时候，竺浩然都会冷不丁抽查她一个数学题，而且指定只能心算，要是答错了，饭后就要写检讨，顺便再做十道同类型题目……

那个时候的竺林森，也许敢在其他学科上犯错，但在数学这门学科上，是万万不敢犯错的。

一直到了大学，竺林森才算从竺浩然的各种高压政策下解脱出来，但是，她已经对竺浩然形成了天然的畏惧，能顺从，就绝不抵抗。

"你知不知道你这样的心态，有一个专业术语，叫'讨好型人格'？"纪非言看着竺林森，态度难得地认真。

"讨好型人格？"竺林森一怔。

"没错，讨好型人格有几个特征，一是害怕说出自己内心的想法，二是会压抑自我的需求而去迎合别人，三是不懂得拒绝、总是降低自己的原则和底线去讨好别人。"纪非言说着，继续道，"师姐面对你爸妈时，这几个特征是不是全中？"

竺林森抿了抿唇，纪非言的这几句话就像是一把刀，戳穿了她一直不敢面对的真相。

她的心里感到一阵难过，她在她爸妈面前，可不就是这样吗？

纪非言察觉到了她的情绪，他看向她，继续问道："师姐，你想一下，有没有一件事，是你知道你爸妈会反对，但你仍然选择遵循了自己的心意的？"

"跟你在一起。"竺林森脱口而出。

纪非言先是一愣，随即嘴角抿出一个笑，浅浅的梨窝简直能把竺林森的心给萌化，只听他用一种莫名嘚瑟的口吻道："啊……原来跟我在一起，是师姐做过的最有勇气的事。"

竺林森瞪了他一眼，脸颊却泛起了红晕，但不可否认的是，纪非言说得并没有错。

跟他在一起，是她这辈子做过的最有勇气的事。

纪非言乐了一会儿,脸色恢复正经,继续之前的话题:"师姐,我一直觉得人这一生,若是不能做自己喜欢的事,相当于白来了这世上一遭。你过去二十年都是为了迎合父母而活,因为他们对你的期望,你选择了数学系,四年的时间,你都在强迫自己学习并不热爱的专业,如果你在读研这件事上,再次选择迎合他们,那就意味着你接下来的三年,你要再次被困在他们给你打造的牢笼里。"

不等竺林森开口,纪非言继续道:"而如果你这次妥协了,我相信,你接下来的人生,也基本都会在妥协中度过。"

纪非言的一番话深深地触动了竺林森的内心,她已经投进了一个四年,若是再投入一个三年,那她付出的时间成本就太大了,大到也许她不会再有其他选择,只能在这条路上走到底。

"师姐,我相信竺老师是一个开明的家长,你如果跟他坦诚,他固然会觉得失望,但他一定明白,这是你自己的人生,你有权选择你想要的生活。"纪非言握了握竺林森的手,继续道。

他希望他的女孩,这一生都不必迎合任何人,每一个选择都能遵循自己的心意。

纪非言手上的温度传到竺林森的手上,像是一种支撑她的力量。

竺林森突然笑了笑,眼中有不一样的光芒绽出:"等寒假回家,我就去跟我爸妈摊牌。"

·

Chapter 34

我只有你了

说是寒假摊牌，可寒假都快过去了，竺林森还没行动。

在寒假的最后一天，竺林森终于下了决心。

这天晚上，竺林森给自己做了一百次的心理建设，又做了十组深呼吸，终于打开门，走到客厅。她壮着胆子直接用遥控器关了竺浩然最爱看的新闻节目，然后在竺浩然严肃的眼神中咳了两声道："爸、妈，我有事情想跟你们说。"

竺林森很少这么严肃地要求和他们谈话，所以竺浩然和陈小雅都觉得有些诧异，竺浩然率先开口："什么事？"

竺林森握了握拳，她几乎能感受到掌心的冷汗，她抬眼直视竺家二老，开口道："下学期我要申请保研。"

"这是好事。"陈小雅听了，不由得笑道。

"可我不打算报数学系，我想报计算机专业。"

话音刚落，竺林森便明显地感觉到客厅的气氛突然凝滞了，竺家二老嘴角的笑意也收了回去，一脸严肃地看着她。

"你想放弃数学？"竺浩然的神情有些凝重。

"爸妈，对不起，我真的无法热爱数学，这几年我辅修了机械工程和计算机专业，这更让我觉得自己的兴趣不在数学上，还请你们理解。"竺林森一鼓作气把心里的话说了出来，她自己都没发现，她的声音有些抖。

"你的兴趣不在数学上？"竺浩然被气到了，"我看你是忘了你小时候说过的话吧，我还记得你的梦想是当一名数学家。"

竺林森咬了咬唇，道："我只是不想让爸妈失望，所以撒了谎。"

竺浩然的脸色更差了，音量也提高了些："你再说一遍！"

竺林森吓得小心脏颤了颤，可事已至此，也只能硬着头皮道："我以前撒了谎，我从来就没喜欢过数学，我不想学数学，一点都不想。"

"竺林森！"竺浩然倏地从沙发上站了起来。

竺林森吓了一跳，面色苍白地往后退了一步，一副害怕的模样。

竺浩然见竺林森这一举动，更加气不打一处来："躲什么，我还能打你不成？"

"森森，你已经决定好了？"陈小雅倒是没有竺浩然这么激动，只平静地问了一句。

竺林森偷偷瞄了竺浩然一眼，坚定地点了点头。

"我和你爸虽然一直希望你能学数学，但前提是你真的喜欢，你现在长大了，有自己的想法了，我和你爸不会过多干涉，但你要知道，你的每一个选择都关乎你的未来，你既然选了，就要对自己的选择负责。"陈小雅继续道。

"我知道。"竺林森听到陈小雅这番话，心中微微有些感动，"谢谢妈妈理解。"

顿了顿，她继续道："我先回房了……"

一回房，竺林森就在床上打起了滚，这感觉兴奋又刺激，像是打了一场胜仗，差点就要尖叫出声。

　　过了会儿，她跑到门后，将耳朵贴到门上，听着客厅里的动静。

　　"好了，别一副心如死灰的样子。"陈小雅的声音传了过来。

　　竺浩然重重地叹了口气："以森森的资质，如果投身数学，是一定会在这个领域有所建树的。"

　　"我知道。"陈小雅也叹了口气，"可你女儿不喜欢，你能怎么办？"

　　"明天我再跟她好好谈谈，劝劝她，没准她就一时冲动。"竺浩然道。

　　"你女儿的性格你还不了解？她今天能跟我们开这个口，心里肯定早就想过无数次了，这一定是她深思熟虑的决定，你劝也没用。"陈小雅倒是比竺浩然看得透。

　　竺林森在门后不住地点头，心想，爸爸你就听妈妈的吧，可千万别找我谈话了！

　　可下一刻，她就听竺浩然道："不行，我再去跟她谈谈。"

　　没过一会儿，竺浩然就敲响了竺林森的门。

　　"森森，我们谈谈。"

　　竺林森真想装作没听到，但她还是硬着头皮开了门。

　　竺浩然走进竺林森的房间，父女俩相对而坐，一个坐在椅子上，一个坐在床上。竺浩然率先开口："森森，爸爸从前跟你讲了很多数学家的故事，他们都是这个时代最优秀的人才，爸爸曾经也想当个数学家，可惜爸爸没有那样的天赋，只能退而求其次，当个人民教师。我成不了数学家没关系，但是我要是能培养出一个数学家，也能与有荣焉。爸爸最高兴的是，我的女儿是学数学的好苗子，你对数学的理解力，远超我的预期，如果你愿意在这条路走下去，他日极有可能成为数学界举足轻重的人物。"

竺林森被竺浩然夸得有些心虚，她垂着头，不自在地撩了撩头发：
"爸，你太看得起我了……"

"你是我的女儿，我还不了解你的实力吗？"竺浩然板了板脸，脸
色很是严肃，"森森，你好好想想，难道你真的要放弃数学吗？你现在
可能觉得没兴趣，可当你深入这个领域，你会发现数学的魅力的。"

"爸爸。"竺林森面色纠结地抬起头，很是艰难地吐出一句话，"我
一看到数学题就想吐。"

竺浩然的脸色很复杂，他张了张口，想说些什么，又闭上了嘴，过
了好一会儿，他才叹气道："你真的那么不喜欢数学？真的不想再走这
条路了？"

竺林森猛点头，过了会儿，她怯怯地看了满脸失望的竺浩然一眼，
愧疚道："爸爸，对不起，我辜负你的期望了。"

竺浩然继续用复杂的神情看着竺林森，他在自家女儿身上，看到了
害怕、愧疚，以及从未有过的坦然和坚定。

原本还想要再劝她的念头突然就消散了，他叹了口气，伸手摸了摸
竺林森的头："既然你决定了，那就走你选择的路吧。"

竺浩然鲜对竺林森做这样亲昵的举动，这一瞬间的温情让竺林森
的心里流过了一股暖流，也让她心中的愧疚感更强烈了些。

她抬头，看向竺浩然，正欲说些什么，却听他道："早点睡吧。"

他说完就走了出去。

竺林森坐在床上呆怔了一会儿，后知后觉地发现竺浩然已经同意
了她的选择，心里一阵兴奋。她放心地躺回床上，第一时间给纪非言发
了微信：我跟我爸妈摊牌啦！没被打死！

纪非言的微信是在第二天早上才回过来的，不过却是：师姐，我过
两天再回校，你先跟陆学姐他们回去吧，让肖学长帮你拎下行李，注意

安全。

这两天纪非言跟她的联系比平时少了很多，竺林森心想让他多陪陪外婆，也就没有黏着他。

看到这条微信的时候，竺林森也没有多想，只回了一个"好"。

这天上午，竺林森和陆璐、肖遇一起上了回韩市的高铁。

陆璐一见纪非言没来，就调侃道："哟，你家'小狼狗'今天竟然放你鸽子？不符合他的作风啊！"

自从知道竺林森和纪非言在一起后，陆璐在竺林森面前已经不再称呼"纪学弟"了，都是"你家小狼狗"，一开始竺林森还分外不好意思，每每被陆璐调侃得面红耳赤，如今竺林森已经能淡定面对她的调侃了。

"他说过两天再回校。"

"我记得你们数学系课程很满，明天应该就要上课了吧？你没问他为什么吗？"陆璐挠了挠下巴，随口问道。

"没……"竺林森突然觉得自己这女朋友当得太不称职了，陆璐一语惊醒梦中人，竺林森连忙道，"我问问。"

竺林森拿出手机，发了条微信，可过了十分钟，纪非言还没回复她。

竺林森不由得浮起一抹忧心，她想了想，又给阮少春发了条微信，因为按照计划，阮少春今天也是跟他们一起回校的，可他也没出现。

阮少春也没回复。

竺林森打开手机通讯录，本想给纪非言打个电话，可转念一想，还是拨出了阮少春的号码。

手机铃声响了两遍，阮少春才接了起来，一开口就是强自镇定的语气："竺学姐，找我什么事？"

竺林森察觉到了，蹙眉问道："你和纪非言今天怎么不跟我们一起回校？"

"这……这个……我们临时有点事……"阮少春是个不擅长说谎的好孩子，一下子就结巴了。

"什么事？"竺林森直接问道。

"这个……"阮少春吞吞吐吐，语焉不详。

"少春，纪非言是不是出什么事了，你不要瞒我。"竺林森这下真有点急了。

阮少春在电话那头犹豫很久，才道："不是我不想说，是非言不让我告诉你。"

"到底什么事？"竺林森的语气变得强硬和急迫起来。

阮少春沉默了一会儿，叹了口气，道："非言的外婆去世了，昨天下葬的，非言还没缓过来，所以想过几天再回学校。"

"什么？"竺林森倏地站了起来，面色发白。

"竺学姐，非言不想让你担心，你就当不知道吧。我会陪着他的，你别太担心。"阮少春说完，就挂了电话。

"怎么了？"陆璐见竺林森面色不对，担心地问。

就在这时，高铁的广播传来即将到达下一站的通知，竺林森拿过自己的书包，道："纪非言外婆去世了，我不回校了。肖遇，你帮我把行李箱带回校。"

"森森。"陆璐唤了一声。

竺林森已经往车门处走去，她回头道："要是我爸妈问起，别说漏嘴了。"

车子一停，竺林森就飞快地下了车，她迅速地跑到售票室买了一张回江市的车票。

可惜的是，最近的车是两个小时以后的。竺林森心乱如麻地等在候车室里，无数次想要跟纪非言联系，但最后都忍住了，她几乎能想象他现在的心情，光是想想，她都忍不住想要哭出声。

在他的世界里，只有外婆这一个亲人，从小与外婆相依为命的他，如何能接受外婆的离开？

竺林森觉得自己的心第一次产生这样强烈的痛楚，为她真心喜欢的少年，从此再没有亲人的人生。

下午两点，竺林森终于站在了纪非言的家门口。

"竺学姐，你……你不是回校了？"阮少春正坐在院子里唉声叹气，一抬头，就看到了竺林森的身影，他还以为自己眼花了。

"他呢？"竺林森问道。

阮少春立刻站起来，指了指一楼的房间，无奈道："在他外婆房间待了快两天了，连口水都没喝过，也不让我们去找他。竺学姐，你既然来了，就去劝劝他吧，也许你的话他会听。"

竺林森又是一阵心痛，她点了点头，朝里面走去。

好在门没锁，竺林森转动门把，推门进去。

里面的窗帘都拉上了，视线昏暗，扑面而来的是呛鼻的烟味，竺林森蹙了蹙眉，在房间里扫了一圈，才看到坐在墙角低着头吸烟的人，他的边上已经堆了一地的烟头。

这么冷的天，他只穿了件单薄的线衫，像一尊孤寂的雕塑。

她的心揪了揪，走上前去，缓缓地在纪非言面前蹲下。他像是对外界失去了感知的能力，明明有听到她的脚步声，却始终不曾抬头看她一眼。

"纪非言。"竺林森张了张嘴，轻轻地唤了一声，嗓音有些发干。

纪非言的身子微微一僵，半响，他才抬起头，通红的眼睛直愣愣地看着她，过了会儿才开口道："师姐？"

嗓音沙哑，似是有些不确定。

他的头发有些凌乱，下巴上已经长出了一些胡楂，一双眼睛充了血，也不知几夜没有睡过，竺林森的眼泪唰地就落了下来。

纪非言这才似发觉她真的来到了他的面前，他的手颤了颤，下意识地将指尖的烟在地上摁灭。他扯了扯唇，想扯出一个笑容，可终究没能做到，只伸手拭了拭她脸颊上的泪水，低低问道："哭什么？"

竺林森突然扑进他的怀里，紧紧地抱着他，哽咽地问道："这么大的事为什么不告诉我？"

纪非言没有说话，双臂却忍不住环住她的身子，将她抱得更紧。

"对不起，我这个女朋友当得太不称职了。"竺林森哽咽道。

"师姐……"纪非言的嗓音也开始发颤，"我没有外婆了。"

短短的一句话，却满怀悲痛和苍凉，竺林森的泪水流得更凶了，她哭着回道："你还有我。"

"我只有你了。"纪非言的手臂收得更紧，几乎想将她嵌进自己的血肉里，他说这话的时候，通红的双眼里有冰凉的液体滚落。

这一句悲到极致的"我只有你了"，让竺林森的心狠狠地抽痛了一下。

"纪非言，不要难过，我会一直陪着你。"

Chapter 35

她就是想陪着他

安静的房间里只有彼此的声音，竺林森的话像是一剂止痛药，让纪非言痛到麻木的心终于缓和了些。

他抱着她，试图从她身上汲取一点点人世的温暖。

只听他低哑的嗓音再次响起："我以为她能再陪我几年的，我以为她可以看到我毕业，甚至看到我结婚、生子……"

竺林森没有说话，只是安静地听着他的倾诉。

"她说这辈子都没看过海，除夕夜的时候我跟她说今年暑假带她去看海，她高兴得跟个孩子一样，可是再也没有机会了，她没能等我兑现承诺……"纪非言说着，悲痛的脸上再次滚下泪水，"她走的那天晚上，拉着我说了很多的话，我还笑她怎么那么啰唆，我说让她早点睡，还有什么话可以明天再说……如果早知道再也没有明天了，我一定会由着她，让她把想说的话都说完。"

纪非言的声音越发哽咽，竺林森觉得自己的心都要碎了。他在她面前一向都是强大的, 仿佛什么也不怕, 什么也难不倒他, 以至于她时常都要忘了, 这是个比她还要小两岁的少年, 过完年也不过十九岁。

这十九年的短暂人生里, 他经历了母亲的去世, 父亲的远走, 身边亲近的人只有相依为命的外婆, 而如今, 他最珍视的外婆, 也永远离开他了……她简直不敢想象他的痛, 不敢去想象, 这么多年, 年幼的他是如何消化那些痛苦, 成长成这样一个可以让外婆依靠、也让她无比信任的少年?

"师姐, 我真的好想外婆……真的好想……"这是这么多年来, 纪非言第一次向人袒露自己的脆弱, 他脱了盔甲, 将自己的心一层层揭开, 让她看到里面的血肉。

竺林森无声地落泪, 她深吸了口气, 忍住哭泣, 道:"看过《寻梦环游记》吗? 外婆只是去了另一个世界, 只要你一直把她记在心里, 她就永远活着。"

顿了顿, 竺林森继续道:"我们都会去那个世界, 外婆想看的海, 你可以在那里陪她看, 她没有说完的话, 你以后还有机会听她说……纪非言, 不要难过, 外婆也不希望看到你这样。"

纪非言久久都没有说话, 直到很久之后, 他才稍稍放开她, 盯着她哭得通红的眼睛, 道:"师姐, 谢谢你为我回来。"

"你不应该瞒着我。"竺林森抿唇道。

"我不想让你看到我现在的样子。"

"我从来没见过你抽烟。"竺林森轻声道。这间房里的烟味, 直到现在还很浓烈, 可想而知他抽了多少烟。

"以前我每次抽烟, 外婆都会拿拐杖打我, 我就想, 我在她房间里抽烟, 她是不是会气得活过来打我?"

"你怎么这么傻?"竺林森想笑, 却笑不出来, 她伸手轻轻地擦了擦他脸上的泪痕, "以后不许抽烟了, 外婆不能打你了, 但我可以。"

纪非言抓住竺林森的手，在她的手上吻了吻，神态近乎虔诚，只听他缓缓道："嗯，以后师姐说什么，我就听什么。"

突然，竺林森想起口袋里有一根陆璐给她的棒棒糖，一想到纪非言正好喜欢，她连忙掏出来，解开包装纸，递到纪非言面前："给你吃。"

纪非言见了，突然笑了一声，眼中却再次泛起水雾。他接过那根棒棒糖，道："从前我很混，抽烟喝酒打架，混账事做了一堆，后来外婆被我气得大病了一场，我才洗心革面。不过有一回，我还是没能忍住，偷偷抽了一根烟，结果被外婆发现，当时她就给我递了一根棒棒糖，对我说，烟必须戒掉，实在想抽，就吃一根棒棒糖。"

竺林森本以为纪非言是本来就喜欢吃棒棒糖，没想到背后却有这么个故事。

纪非言将棒棒糖塞进嘴里，含糊道："后来吃习惯了，也就想不起抽烟这回事了。"

"想不起最好，以后也不用想起，我可以给你买很多很多的棒棒糖。"

纪非言的眼中有温柔的光闪过，他再次将竺林森拥进怀里，道了声："好。"

就在这时，竺林森的肚子"咕噜"了一声。

"中饭没吃？"纪非言一怔，问道。

"你能陪我一起吃吗？"竺林森问道。她知道，这几天，他一定没怎么吃东西。

纪非言定定地看了她一会儿，点头道："好。"

说着，他拉着她站起身。

两人一打开门，一直候在院子里的阮少春就立刻奔了过来："非言，你可算出来了，你一直不吃东西怎么行？饭菜我都在厨房给你热着，你好歹吃一点。"

"嗯。"纪非言应了一声，牵着竺林森的手朝厨房走去。

倒是阮少春愣在了原地，他还以为纪非言会跟之前一样拒绝，连接下来要说什么都想好了，没想到纪非言竟直接去了厨房。

早知道竺学姐这么有办法，他早就把竺学姐叫来了！

不过，只要纪非言愿意吃饭，阮少春心里的石头就落了地。

"少春。"就在阮少春准备跟着去厨房的时候，身后传来季月彤的声音，"非言还是不肯吃东西吗？"

阮少春一转身，就看到季月彤手里端着一盅汤，脸上的担忧之情显而易见。

阮少春的心情有些复杂，季月彤对纪非言的感情，他是知道的，可惜非言已经有了竺学姐，唉！

"月彤姐，你不用担心了，非言已经在厨房吃饭了。"

"真的吗，那正好可以把这盅鸽子汤给他喝。"季月彤神色一喜，就要往厨房走去。

"月彤姐，非言在和竺学姐一起吃饭，应该是竺学姐说动了他。"阮少春虽然不忍心，但还是提醒道。

季月彤的脚步一顿，脸色也僵硬了一瞬。也不知过了多久，她转身，将手中的汤递给了阮少春，嘴角浮起一抹勉强的笑意："那你帮我拿给他吧，我就不去打扰了。"

阮少春点了点头，端着汤进了厨房。

季月彤往前走了几步，透过厨房的窗户，看到了纪非言和竺林森相对而坐、低头吃饭的模样，他偶尔抬头，眼中的神采已经不再灰败，看着竺林森的眼神似水般温柔。

季月彤垂了垂眼，无声地离开了院子。

她死皮赖脸地纠缠了他这么久，一想到他喜欢的人是竺林森，她就怎么也无法甘心，即便在敬蓝山上，他用从未有过的严厉口吻再次拒绝了她，她也不曾真正死心，她只是决定等，等一个更合适的机会，等一个他有可能喜欢上她的机会。

可是现在，她死心了。

因为她没能让他走出悲伤，而竺林森做到了。

这个认知让她感到绝望。原来这么久以来，她一直都自欺欺人地活着，她总是觉得，她和纪非言从小一起长大，理所当然会在他心中有更重的分量，她总是觉得，他对竺林森的感情不过是一时冲动，不会长久。

可事实是，在他最悲伤的时候，能安慰他、救赎他的人，不是她，是竺林森。

他爱竺林森，他只爱竺林森。

她于他而言，不过是一个邻家姐姐。

姐姐呵……

季月彤失魂落魄地回了家。

家中父母正在看电视，季月彤在门口站了会儿，道："我想出国读书。"

纪非言和竺林森的爱情让她明白，只有自己足够优秀，才会有优秀的人来爱她。这么多年，追求她的人，大多都是与她一般混沌度日、不求上进的人。

只有纪非言是那个例外，哪怕在他最混账、整日逃课打架的时候，他也是不一样的，只要他愿意，他随时都能逆转翻盘。

他的人生，始终掌控在他自己的手里。

而一旦他选择放弃混沌度日，他就会立刻从触手可及变成遥不可及。

"师姐，我已经没事了。明天一早，你就和少春一起回校吧。"这天晚上，纪非言和竺林森一起坐在三楼的露台，看着远方的夜景，纪非言突然开口道。

"你呢？"竺林森一愣。

"我想去一趟海边。"纪非言说道，"我虽然不能带外婆去看海了，但我可以代替她去看一眼，顺便散散心。"

竺林森很想说"我陪你去"，但她知道，纪非言不会同意，他已经收起他的悲伤，不打算再在她面前示弱。

"好吧，你打算什么时候去？"

"明天，跟你们一起去车站。"

竺林森侧头看向纪非言，她知道他也许想一个人舔舔伤口，等他从海边回来，他又会变回以前那个纪非言，笑一笑就能迷倒一大片女生，谁也不会洞悉他内心的伤痛。

可是，她就是想陪着他。

他不让她去，她就偷偷去。

第二天，竺林森和纪非言、阮少春一起去了火车站，纪非言的车次比竺林森早一小时，所以他先上了火车。

留下来的竺林森和阮少春对视了一眼，阮少春问道："竺学姐，你真的要坐下一趟车过去呀？"

"当然，你帮我弄清楚他住哪个酒店没？"

"我办事，你放心。"阮少春说着，就给竺林森发了个酒店名称。

"你可千万别给我说漏嘴哦！"竺林森很是满意，再次叮嘱道。

阮少春拍胸脯保证："放心吧！"

一个小时后，竺林森和阮少春分别上了奔向不同城市的火车。

纪非言要去的海边城市离江市距离不算近，坐高铁将近要七个小时，竺林森到站的时候，已经是晚上七点，等她一番折腾到了酒店，已经是晚上九点钟了。

竺林森走到前台，不等前台服务员开口，就笑着将身份证递给了对方，道："你好，我男朋友刚刚办了入住，我们 个房间，我忘记房间号了，你直接查下他的名字吧，他叫纪非言。"

竺林森说这话的时候，表面镇定，内心却紧张得不行，生怕被拒绝，而且如果纪非言没住这家酒店，那她的脸就真的丢到太平洋去了。

也许是竺林森的外表看起来纯良无害，而且她主动给了身份证，所以前台并没有质疑她，而是真的帮她查了一下，然后道："你好，你们是 8022 房，这是房卡。"

竺林森的内心松了口气，她接过房卡，道了谢，直奔 8022 房而去。

几分钟后，竺林森站在了 8022 房间外，她捏了捏手中的房卡，有些紧张，但到底还是没有直接刷卡进去，而是按了门铃。

过了好一会儿，房门才被打开，只见纪非言一边擦头发，一边问道："什么……"

"事"字未说出口，纪非言就愣在了原地，有些不敢置信："师姐？"

竺林森没想到纪非言刚刚洗完澡，他穿了件浴袍，一边擦头发一边开门的样子，让她的脸微微发红。她看着他震惊的模样，露出一个略带尴尬的笑，小声问道："惊不惊喜？意不意外？"

纪非言怔了好一会儿才反应过来，将擦头发的毛巾往边上的柜子上一放，就伸手将竺林森拉了进去。

他什么话也没说，直接捧着她的脸就吻了下来。

他的脸上还带着沐浴后的水汽，头发上的水珠滴到了竺林森的身上，她却浑然不觉，只是回抱住他，积极地回应他的热情。

学霸
爱情习题

Chapter 36

她愿将一切，献予他

过了好一会儿，纪非言才放开她，声音有些低哑："师姐，你为什么这么不乖？"

"我想陪着你。"

"你该回去的。"纪非言的嗓音里带了抹费力的克制，他捧着她的脸，在她唇边轻尝浅啄，不舍放手。

竺林森没有说话，而是更紧地抱住了他，嘟囔道："我不回去，我就想陪着你。"

"傻师姐，你现在就算想回去，我也不会让你回去了。"纪非言歪了歪头，在竺林森的耳垂上咬了一口，仿佛又回到了学校里那个惯会撩她的少年。

竺林森的脸开始发烫，她垂了垂头，假装没听见："你先让我把书包放下。"

纪非言这才发觉自己的疏忽，他放开她，帮她将书包放好，灼热的视线再次落在她身上。

"你先把头发吹了，免得感冒了。"竺林森提醒道。

"那……你先去洗澡？"

竺林森的心跳漏了一拍，她胡乱地点了点头，从书包里拿出换洗衣物，走进了浴室。

在浴室里磨磨蹭蹭了许久，竺林森才走了出来，她穿着一条长袖的棉质睡裙，手中握着微湿的长发。

"纪非言，把吹风机给我。"

纪非言拉着她坐在椅子上，道："我帮你吹。"

竺林森乖乖坐下，任由纪非言捞过她的长发，帮她细心地吹干。

过了许久，吹风机的声音终于停了下来，竺林森正要站起来去照下镜子，纪非言突然搂过她的腰，一把将她抱了起来，然后……压到了床上。

竺林森的心顿时跳到了嗓子眼，紧张又无措地看着纪非言。

纪非言看着她粉嫩的脸颊，眸子里似有火星跳跃。这一刻，他忘了一切，眼里只有她，清纯的、甜美的、娇软的她，他的女孩。

纪非言身上的温度穿透了她薄薄的睡裙，竺林森觉得自己全身都烫了起来，有一种手足无措的感觉，可意外的是，这一次，她不想推开他。

"师姐……"纪非言在她的脸上落下一个个轻轻的吻，声音宛若低喃，他每唤一声，她便觉得自己的身体酥麻了一寸。

"纪非言。"她开了口，声音有些微的轻颤。

"别怕。"纪非言似是看穿了她的心，在她耳边轻声道。

"嗯，我不怕。"竺林森突然翘了翘唇，伸手搂住纪非言的脖子，主动将唇印了上去。

从踏上来这里的火车开始，她就已经抛开了一切顾虑，她喜欢他，喜欢到愿将一切，献予他。

纪非言眸中的星星之火，瞬间燎原，可奇怪的是，那燎原的星火在触及她单纯又坦荡的眼神时，却悄悄地化作了一股绵绵不绝的暖流，流淌进他的心里，他的四肢百骸。

他突然笑了笑，翻身躺到她的身旁，只紧紧地拥住她，轻声道："怎么办，师姐，突然不忍心了。"

顿了顿，又听他继续道："我的师姐，还是太小了。"

他的怀抱像是一个暖炉，让她的全身都暖融融的，但他说出来的话却让她忍不住想笑：到底是谁小啊？

但她没有说话，这样珍视她的他，让她的一颗心也越发滚烫。

就在这时，纪非言的手机响了起来，竺林森明显地感觉到他看到来电显示的时候，身子有一瞬间的僵硬。

过了许久，纪非言才接了起来。

可他全程也只说了三句话：

"是吗？"

"我不会去的。"

"就这样吧。"

纪非言说完就挂断了电话。

竺林森有些好奇："是谁？"

纪非言沉默了好一会儿，才回答："我爸。"

竺林森一时不知道该说些什么，却听他继续道："他说他回来了，想接我去美国，我告诉他，我不会去的。"

纪非言眸色深深，不知道在想些什么，从前他从不会想把这些事告诉别人，可当他抱着怀里的女孩时，他知道，她不是旁人。

于是，他再次开了口："我七岁的时候，我爸酒驾，出了车祸，他只受了点轻伤，我妈却再也没醒过来。外婆说，我妈不止一次地劝过他酒后不要开车，可他不听，他总觉得自己还清醒，要不是他盲目地相信自己，我妈就不会死。"

这是纪非言第一次主动提起往事，竺林森一直想亲口听他说，可她没有想到，那段往事会这样令人心碎。

"你恨他吗？"竺林森轻声问道。

"恨，我恨他害死我妈。"纪非言停顿了会儿，继续道，"可我更恨他因为无法面对自己犯下的错，就抛下我远走他乡。"

"这么多年，他都没有回来看过我们，他唯一会做的，就是往我和外婆的银行卡里打钱，好像钱能弥补他的缺失一样。"纪非言的声音更加低了，可也许是外婆的死已经让他伤到极致，他提起这些，并没有太过悲伤。

可竺林森仍能感受到他心中对父亲的失望。

在他需要父亲陪伴的年纪，父亲没有陪在他身边，等父亲回来时，他已经长成了一个不再需要父亲陪伴的少年。

竺林森有些心疼，可她知道，她的心再疼也不及他万分之一，那终究是发生在他身上的事，任何人都无法真正地感同身受。

她所能做的，就是抱紧他，让他感受到她的陪伴。

纪非言也确实感受到了她无言的安慰，他低头亲了亲她的额头，他愿意说出口，便意味着，那些过往，于他而言，已经可以放下了。

他笑了笑，道："师姐，明天带你逛沙滩。"

第二天，纪非言果然信守承诺，带着竺林森，把这个滨海城市最美的沙滩一一走遍，然后又带着她吃了海鲜大餐，一直到了晚上九点，两人才尽兴地回了酒店。

纪非言定的房间是海景房，站在阳台上，可以看到波澜壮阔的大海，海浪的涛涛声似乎响在脚底。

两人洗漱完后，纪非言坐在阳台的吊椅上，竺林森窝在他的怀里，两人一边说话，一边看着面前的大海。

就在这时，陆璐发了条微信过来：森森，你看这个像不像蛋宝？

那是一张海报的照片，竺林森只看了一眼，便立刻坐直了身子。

那张海报上附了一个小型机器人的照片，比蛋宝大一个型号，但是外表跟蛋宝有 90% 相似，海报上的标题是：学习型智能机器人团团 1.0 发布会。

下面还有一句小字：韩大姚伟教授历时一年打造，专为广大青少年设计。

"怎么了？"纪非言见竺林森面色微变，问了一句。

竺林森将那张海报放到纪非言面前，纪非言看了一眼，脸色也有些变了。

"怎么回事？"纪非言问道。

"上学期我有一门计算机课是姚教授教的，当时蛋宝遇到一个问题，我就去请教他，然后他让我把源代码给他看一下，他好知道问题在哪里……"竺林森越说，脸色越苍白。她有保护自己源代码的意识，这么久以来，她的源代码也只给纪非言一个人看过，因为她足够相信他，可当姚教授开口的时候，她虽然犹豫过，最终还是没有拒绝，因为姚教授在计算机学院是一个德高望重的老师，不仅课上得好，品行也是深受学生信任，她怎么会想到，这么一个德高望重的教授，竟然会觊觎她的东西？

"师姐，收拾下东西，我们回学校。"纪非言拉着竺林森从吊椅上下来。

"现在？"

"不然我们怎么赶得上发布会？"纪非言一边说，一边拿起手机查了下飞机航班和高铁，飞机已经没有航班了，但是高铁还剩最后一班，他抬头看向竺林森，"师姐，身份证号码给我，我买两张高铁票。"

高铁的时间是晚上十一点，时间有些紧，好在大晚上的路上车少，出租车很快就把他们送到了高铁站。

"纪非言，我们是要去发布会闹场吗？"竺林森跟着纪非言上了高铁，忍不住问道。

"你说呢？"

"可是会有人相信我们吗？"竺林森很怀疑，毕竟姚伟在整个韩大都是极有威望的，他们对抗姚伟，感觉像以卵击石。

"所以你今晚还有一个重要任务。"

"什么？"

"收集证据。"

两人说着，已经找到了自己的位置。纪非言订的是两个卧铺，高铁的卧铺比普通火车豪华很多，两人是相邻的两个下铺。

"电脑带了吗？"纪非言问道。

竺林森点了点头。

"那你现在就把你的每一个迭代版本，迭代的功能、对应的时间都罗列出来。"纪非言说着，又问，"有多少人知道你在做蛋宝？"

"陆璐和肖遇，还有你。"

"明天让他俩到现场，给你做证。"

竺林森点了点头，只要她一句话，他们俩肯定会来给她做证的，只是两个人都是她的好友，在外人看来，可能会觉得他们的证词有失偏颇。

不过，事到如今，竺林森也没了别的办法，只能先按照纪非言的意思，尽量把证据罗列出来。

"蛋宝现在，还有哪些缺陷？"见竺林森在认真整理证据，纪非言突然想到什么。

"如果作为第一代雏形，它的基础功能算齐全了，可以进行简单的对话，也可以解决大部分数学题，会陪人下棋，还会唱歌，不过，有一个问题我一直没解决，每次让它转圈，它总是会多转一圈，也不知道为什么。"竺林森说这话的时候，表情颇为愁苦，本以为这是个很容易解决的问题，可她到现在为止，也只是将圈数缩小了一圈而已。

"姚伟只花了几个月的时间，就匆忙弄了这么个替代品，肯定没时间把所有的功能缺陷都查出来，这个小问题，他应该不会注意。"纪非言听了，眼中有一道光一闪而过。

"你的意思是……如果两个机器人出现一模一样的缺陷，可以作为有利于我的证据之一？"

"不，我的意思是，我们要修复这个缺陷，如果只是一模一样的缺陷，姚伟完全可以反咬一口，说窃取别人作品的那个是你。"纪非言眯了眯眼。

"可是，就算我们修复了，他也可以说是我们窃取了他的作品之后再修复的。"竺林森有些犹豫。

"拿出一个有缺陷的产品来发布，本身就说明了他的问题。"纪非言沉思了会儿，"你把所有的缺陷都罗列出来，今晚我们看看，能修复多少，就修复多少。"

纪非言也拿出了自己的电脑："把你的代码发给我。"

"其他缺陷可以修复一些，不过转圈那个，我觉得今晚有点难。"

"没事，我先看看。"

到了后半夜的时候，竺林森忍不住困意，倒在床上睡着了。等她惊醒的时候，已经是早上六点，她立刻坐了起来，发现纪非言还在拿着电脑敲代码。

"你一夜没睡？"竺林森有些心疼。

纪非言将电脑递给她，道："师姐，你看看，我用这个方法，能不能解决蛋宝转圈的问题？"

竺林森立刻清醒了，拿过电脑认真地看了起来。过了会儿，她蓦地抬头，将电脑放在一边，然后兴奋地扑到纪非言身上："纪非言，你怎么这么厉害？"

鉴于其他人还在睡觉，她的声音压得很低，但纪非言仍能感受到她的雀跃，一晚上的疲惫似乎也因她的这一抱而得到缓解，他伸手环住她的腰，侧头在她的脸上亲了亲，笑道："大概是因为我有一个更厉害的女朋友吧。"

"我哪里更厉害了？"竺林森有些不好意思，"你解决了我解决不了的问题，难道不是比我厉害？"

"当然不是，我可设计不出这么一个可爱又智能的机器人。"

竺林森被夸得脸都红了，然后听纪非言道："去洗漱吧，再过一会儿，韩市就到了。"

"嗯。"竺林森松开他，拿上洗漱用品去了卫生间。

Chapter 37

她 的 战 役

　　两人下车的时候，已经是七点钟，姚伟的发布会是九点钟，两人赶回学校，竺林森回到寝室，让蛋宝重新运行了一次，然后小心地装到了书包里，和陆璐一起下了楼。

　　肖遇和纪非言一直等在楼下，四人一起去了发布会现场——计算机学院的多媒体教室。

　　一到教室门外，竺林森意外地看到了一群熟悉的面孔，全班同学一个不落地等在外面，竺林森一愣，下意识地转头看向纪非言，只见他笑了笑："我们可是来砸场的，当然要人多势众。"

　　竺林森一阵感动，她看着面前可爱的同学，声音有些颤抖："你……你们……就这么相信我？"

　　"你是我们的班长，姚教授的品行我们不清楚，但我们清楚你的品行就够了。"李之辰笑道。

　　"是啊，班长，别怕，我们挺你。"史晓锋握了握拳。

其他同学也做出了握拳的手势。

"进去吧，等会儿姚伟要来了。"纪非言说道。

一群人浩浩荡荡地走了进去，里面已经有学生助理在接待学生和媒体记者，看到这么多人一起来，以为都是来捧场的，满脸笑容地将群人引到座位上坐下。

多媒体教室很大，可以容纳几百号人，前面几排是记者、学校领导、社会各界知名人士的专座，此时此刻，已经有部分人落座。

其他座位则基本都是韩大的学生，姚伟在韩大的名气响亮，有不少支持者。

偌大的多媒体教室，已经有一大半的座位被学生坐满了。

竺林森坐下没多久，又有陆陆续续的学生走了进来，前面几排也慢慢坐满了。没过一会儿，姚伟也进来了，他似是很满意教室的盛况，笑容满面地走到前面，和第一排的人一一握手。

姚伟走到了主讲台上，往台下扫视了一圈，待看到竺林森时，他眼神微微一变，不过脸上却仍然洋溢着笑容，想必是有足够的信心，觉得竺林森只能哑巴吃黄连。

竺林森忍不住握了握拳。

纪非言察觉到了竺林森的情绪波动，温暖的手心覆到竺林森的手背上，侧头在她耳边道："师姐，别怕。"

竺林森摇了摇头："我没怕，我只是纳闷，为什么有些人可以这么厚颜无耻？"

竺林森这话问得天真，纪非言忍不住笑了，他在她耳边轻声道："傻师姐，这种人怎么会知道'厚颜无耻'这四个字怎么写？但是没关系，我们会让他知道'身败名裂'这四个字的写法。"

纪非言这话说得自信，竺林森的心里却有些打鼓，他们这样的小人物，如何能够让功成名就的教授身败名裂？

发布会很快开始，首先是主持人先对机器人做了简单的介绍，然后又隆重介绍了"发明者"姚教授，然后就是姚教授的个人秀。

巨大的投影屏幕上显示着一张张PPT，姚伟一页页地介绍着这款机器人的功能、特性……

姚伟一边介绍，一边现场演示机器人，机器人可爱又智能，让现场的人都兴奋了一把，恨不能立刻拥有一个。

最后，他说："团团1.0还不是最完善的版本，却是我一年的心血，之所以现在推出，是我认为它已经能满足大部分用户的需求，也希望用户可以给我积极的反馈，让我可以根据用户的真实建议，将它做得更完美。最后，我想感谢下我的学生，尤其是竺林森同学，在我打造团团的时候，给我提供了很大的帮助，团团的成功面世，离不开你们的心血。"

竺林森的脸涨得通红，姚伟这一句话，轻轻松松就将她这个原创者，变成了给他打下手的学生，完全撇清了她的关系。

"无耻！"一旁的陆璐恨恨地骂了一声。

"接下来是现场提问时间，如果大家对我们的机器人团团还有什么疑问，可以好好把握这个机会哦！"主持人站到台上，笑容满面地道。

竺林森第一个举起了手。

也许是她长相比较出挑，更也许是其他人还没想好自己要问什么问题，很快就有志愿者把话筒递到了竺林森手上。

姚伟面色微微一变，看向竺林森的眼神变得有些微妙，竺林森能从他微妙的眼神中读出一丝警告和不惧。她的内心有些紧张，脸上却没有露怯，只见她将话筒递到嘴边，清澈的嗓音在多媒体教室里慢慢响起："姚教授您好，我相信您一定会认得，我是您刚刚感谢过的学生竺林森，我一点都不意外姚教授会感谢我，毕竟您没有经过我的同意，就将我的作品占为己有，并且堂而皇之地开起了发布会。"

竺林森话音刚落，现场顿时一片寂静，一道道惊诧的目光投到了竺林森的身上，姚伟的脸色彻底黑了下来。

"竺同学，团团当然有你的一份功劳，我从未想过将所有的功劳都揽到自己身上，你这话说得，未免让老师伤心。"姚伟很快就调整好表情，故作叹息。

姚伟这话一说，看向竺林森的不少目光，都变得有些复杂。竺林森的知名度在韩大并不小，但与她不熟的人还是下意识地相信平日里德高望重的姚教授。

竺林森并没有受那些目光影响，而是继续冷静地道："各位领导，各位老师，各位同学，大家上午好，我是数学系大三02班学生竺林森。我在入学的第一学期，开始了智能机器人的独立创作，历时两年多，终于在上学期完成了第一代雏形，彼时我遇到了一个问题，特意向姚教授请教，姚教授借此向我索要了源代码。我以为姚教授是为了更好地帮助我，但是没想到，几个月后的今天，姚教授却在这里开起了智能机器人发布会，这让我深感震惊，因为这款机器人，除了型号比我的机器人大，外形、功能、特性都跟我的机器人有99%的相似度，我不禁想要请问姚教授，侵占学生的作品，是否是一个教授该有的行为？"

"竺同学简直是一派胡言，各位不要相信她。上学期竺同学上了我的课，我见她天资聪颖，特意让她加入团团的项目，没想到她却打起了团团的主意，想要把团团占为己有！"姚伟气得脸色铁青。

主持人见形势不对，连忙示意志愿者将话筒拿走，可志愿者刚上前一步，坐在竺林森外围的几个男生突然站了起来，把志愿者拦住了。

那是竺林森的同班同学。

竺林森更加握紧了话筒，音量也提高了："我的机器人叫蛋宝，我的室友亲眼见证了它的迭代过程，它的每一个版本，我都记录了功能和缺陷，我的手机里还有我每一次购买硬件设备的消费记录，姚教授说团团历时一年，那我应该是在最近一年才参与了项目，那么请问大家，为什么我的购买记录，早就出现了？"

竺林森一边说，一边从书包里拿出了蛋宝："大家请看，这是我的蛋宝，它花了我两年多的心血，我绝不允许任何人，以任何名义，将它窃取！"

竺林森的这段话铿锵有力，让姚伟的面色剧变，只听他忍无可忍地道："保安，将这个一派胡言的女生请出去。"

纪非言见了，施施然站起身，将竺林森手中的话筒拿了过来："大家看到了吗？姚教授恼羞成怒了！他心虚了！如果机器人团团真的是姚教授自己的作品，那么他不应该这么害怕，他应该拿出证据，和竺林森当场对质，好好打竺林森的脸。"

"你……"姚伟被纪非言这番话气得面色发红。

"是啊，姚教授，如果你问心无愧，为什么要赶竺林森走？"李之辰站起来，接过纪非言手上的话筒。

"姚教授，请跟竺林森当场对质，不要输了一个教授的风范！"史晓锋紧随其后。

一个又一个的学生站起来，要求姚教授和竺林森对质，一时间，连保安也不知道该不该把人请出去。

竺林森看着那些人，除了她的同班同学，还有陆璐、肖遇和纪非言的同学……她的眼眶微微发热，差点就要落下泪来。

"我不需要跟一个品行不好的闹事学生对质。"姚伟脸色发青地道。

"姚教授，您这话，我可就不能认同了。竺林森是我校最优秀的学生之一，当时以全校第一的成绩考进韩大，进了数学系，这么久以来，一直都是学校的模范生，品行之优，大家有目共睹。"就在这时，一道令竺林森震惊的嗓音响了起来,竺林森循着声音回头,发现灭绝李竟然来了这里,还为她出头!

竺林森简直不敢相信。

这个时候,就连坐在前排的校领导都没有吭声,小小的学生对抗资深教授,简直是以卵击石,学校必定会站在姚伟那边,所以她也不敢奢望这次真的能维权成功,可她没想到,灭绝李竟然站在了她这边。

竺林森的眼泪一下就涌了出来。

灭绝李给了她一个安抚的眼神,往前走去,一边走一边道:"姚教授,竺林森同学的品行我可以担保,不知姚教授是否可以跟她进行对质?如果竺林森当真污蔑了姚教授,我们院里一定会做出相应的处分。"

灭绝李的职级比姚伟更高,在学校也有一定的话语权,所以他开了口,姚伟就算再想把竺林森赶出去,也只能把话咽进肚子里。当下只能道:"我倒要看看竺同学如何把黑的说成白的。"

言下之意,是答应对质了。

"师姐,要我陪你上去吗?"纪非言问道。

竺林森擦掉眼泪,摇头道:"不用。"

竺林森说着,从座位里走出来,抱着蛋宝,在众人的瞩目中挺直腰背,一步一步坚定地走向了主讲台。

Chapter 38

她 赢 了

竺林森将蛋宝放在讲台上，然后插上 U 盘，昨天虽然匆忙，她也做了一个简单的 PPT。

她打开 PPT，开始介绍蛋宝的诞生经历。

她的介绍非常具体，包括每一个版本的迭代时间、修改内容、目前的功能和缺陷，甚至还包括了蛋宝全身上下的硬件材质，另外，她附上了购买蛋宝硬件的消费记录。

接着，竺林森让蛋宝逐一演示了她所说的功能。

场下已经有不少人被她富有逻辑和说服力的证据给影响了。姚伟见状，忍不住哼了一声："你参与了团团的设计，当然知道每一个版本的内容，至于时间，以你的技术，篡改下时间又有什么难度？"

"我是竺林森的室友陆璐，我可以做证，竺林森从大一就开始创作蛋宝，绝对不是近一年才跟着姚教授创作。"陆璐的声音突然在场上响了起来。

"我也可以做证。"肖遇也跟着站了起来。

"你们都是竺林森的朋友,朋友之间互相帮助,我很理解,这并不能证明什么。"姚伟不愧是老狐狸,一下就把两个证人给 pass 了。

"姚教授,我把蛋宝的源代码给你的时候,蛋宝还有一些缺陷,比如说当我发出转一圈的指令时,它会转两圈,但是在我最新的版本里已经修复了这个缺陷,如果团团是你自己的作品,我想应该不会有跟蛋宝一样的缺陷。"竺林森虽然被姚伟的不要脸气得肝疼,但还是保持了冷静。

"你的蛋宝本身便是团团的替代品,两个缺陷一样,能证明什么?"姚伟见招拆招。

"那你知道团团这个缺陷的问题在哪里吗?这么简单的 bug,以姚教授的能力,应该早就修复了。"

姚伟面色不变:"每一个产品都是通过不断迭代才能变得更加完善,我承认这个 bug 我并没有注意,你能注意到,不过是因为我曾让你帮我检查代码,而你没告诉我,这就是你的问题了。"

竺林森没想到姚伟这么能倒打一耙,气得脸色通红,可偏偏姚伟说的那些,足以影响在场众人的判断。

证据列出来了,可被姚伟四两拨千斤地反驳了,证人的证词,也被他冠以"无效"之名,竺林森突然觉得有些绝望。

她怎么可能斗得过这样一个人?

就在这时,她看到纪非言拿着话筒站了起来,只听他问道:"姚教授,我有一个问题想要请教,请问在团团这个项目中,竺林森主要负责的是哪一块?"

姚伟听了,慢慢开口道:"她主要是帮我检查 bug,以及测试。哦,对,团团的唱歌这部分功能,也是她开发的。"

"也就是说，除了唱歌的部分，其他都是姚教授自己开发的？"

"当然。"

"以姚教授的谨慎，应该是不会让她在你的主代码上开发吧？她开发完后，应该是由教授你自己合成代码？"

"对。"

"那么，姚教授会检查她的代码，等确定无误才合起来吗？"

"这是肯定的。"姚教授已经有些不耐烦了。

纪非言的嘴角突然泛起一抹意味不明的微笑："各位领导，各位老师，各位同学，在我入学韩大之前，已经在竺同学的家中见到过她的机器人蛋宝，那时候蛋宝还是个雏形，上学期，竺同学曾经让我一起帮忙查看bug，我趁机在她的代码上加了一句隐藏指令，这句指令很隐秘，只有特殊的动作才能激发。这句代码并没有隐藏在唱歌的功能模块上，而是在智能对话模块，如果按照姚教授所说，除了唱歌的部分，其他都是姚教授自己开发的，那么，机器人团团上，应该不会出现我隐藏的指令。"

纪非言说着，目光落到竺林森身上，道："师姐，能不能在蛋宝的开机键上连按五次？"

竺林森有些蒙，她还真没发现纪非言给她加过隐藏指令，不过她还是按照纪非言的话，在蛋宝的开机键上，连按了五下。

整个教室异常安静，每个人的注意力都在那小小的蛋宝身上。

就在这时，蛋宝萌萌的机械音在教室里响了起来："竺林森，我爱你。"

竺林森怎么也没想到纪非言加的指令竟然是这样一句话，她的心微微一震，下意识地抬头看向纪非言，只见他眉眼中含着笑意，开口道："姚教授，你敢不敢在团团的开机按钮上，连按五次？"

姚伟的脸颊抽搐了下，他死死地瞪着纪非言，并没有动。

竺林森看着近在眼前的团团，突然上前一步，以迅雷不及掩耳之势连按了五次开机键。

在众人屏息的时候，团团的声音清晰地在教室里响了起来："竺林森，我爱你。"

全场哗然。

"这算什么？这只能说明，竺林森用她的代码替换了我的，而我因为信任她，没有发现。"姚伟仍然妄想倒打一耙。

此时此刻，原先还信任姚伟支持姚伟的人，已经明显开始动摇了。

纪非言冷笑一声，声音里的讥诮传入每一个人的耳里："如果真如姚教授所言，竺林森只为你开发过唱歌的模块，那么，你合代码的时候，她的代码绝对替换不了你的主代码。姚教授既然咬死不承认你是个剽窃者，那我倒要问，竺林森的电脑里有每个版本的代码，姚教授的电脑上有吗？她敢把自己购买蛋宝元件的记录放出来，姚教授敢吗？"

姚伟被堵得哑口无言。

就在这时，一个胖乎乎的身影从门外气喘吁吁地跑了进来，正是阮少春无疑，只见他高举着自己的手机，高声道："我这儿有证据证明这个机器人是竺学姐的作品！"

阮少春说着，继续一鼓作气跑到了讲台上，然后拿出一个转换接头，直接将手机连到了多媒体教室的电脑上。

没过一会儿，阮少春手机里的内容就在身后的投影屏幕上显示出来了。

阮少春满头大汗，激动得手都抖了，他打开其中一个视频，众人的目光都不由自主地锁定在了那个视频上。

那是一个用手机拍摄的小视频，地点是在一个教室里，还未开始上课，姚伟站在讲台上，竺林森拿着一个U盘上去找他："姚教授，蛋宝的代码都在里面，麻烦您帮我看看我说的那个问题。"

视频里的姚伟笑得很亲切，点了点头："放心，我过几日便给你答复。"

"谢谢姚教授。"竺林森满脸都是信任，丝毫不曾想过，面前的人会把她的成果据为己有。

然后竺林森便走下了讲台，视频的镜头跟着她拍了一会儿就结束了。

全场鸦雀无声。

如果竺林森的第一句话里面没有提"蛋宝"两字，也许这事还是个罗生门，因为姚伟完全可以说那是竺林森帮他写的代码，再次颠倒是非黑白，但这一回，铁板钉钉的证据就摆在眼前，姚伟就是想否认，也没人会相信他了。

这么一来，竺林森班里的同学顿时群情激愤了，一群人霍地一起站了起来，异口同声道："机器人的创作者是竺林森，不是姚教授，请校领导为竺林森同学做主！"

学校领导也没想到事情会发展到这一地步，尤其是现场还有很多媒体记者，摄像机都不止一台，此事必然会被闹大。

其中一个校领导当机立断地站了起来："各位同学，少安毋躁，此事学校一定会彻查清楚，给竺林森同学一个交代。"

马上有其他领导跟着站起来安抚局面。

姚伟全程绷着脸没再说话，竺林森看着面前一个个为她出头的同学，眼泪再次不自觉地涌了出来。

她朝在场的众人深深地鞠了个躬，哽咽道："谢谢大家相信我。"然后她转身看向阮少春，向他也鞠了个躬，"少春，谢谢你，要不是你，我……"

阮少春连忙道："竺学姐，你别这么客气，这可不是我一个人办成的，还多亏了肖学长呢，要不是他跟计算机学院的人熟悉，带着我一个个去问，我们还真找不到这视频。啊，对，以南也有帮忙哦！"

阮少春说着，肖遇、陆璐还有纪非言他们都走了过来。

"肖遇，谢了。"竺林森红着眼看向肖遇。

"你谢纪学弟吧，要不是他，我也想不到还有这招。"肖遇丝毫也没想着把功劳揽到自己身上，指了指纪非言。

竺林森看向纪非言，嘴角扯出一抹笑："你怎么知道会有人拍视频的？"

"我也不确定，只是想碰碰运气，不过看来我并没有高估师姐在韩大的魅力。"纪非言笑了笑。

身为韩大的校花，又是学霸，暗地里仰慕竺林森的男生简直不要太多，每次她出现，总会有人趁她不注意偷拍个照片或者视频。

所以纪非言才会想，她在上姚伟的课时，会不会也有人拍了视频？不过，他确实没想到，不仅有人拍了，而且拍的东西对他们来说这么关键，简直就像是上天送给他们的礼物。

"竺林森，你放心，这件事，学校会高度关注，系里和学院也会盯着这件事，一定会给你一个交代。"就在这时，灭绝李走了过来，对竺林森说道。

"李老师，今天真的谢谢您了。"竺林森一脸感动地看着灭绝李。本来数学系里最严厉的老师就是灭绝李，大家都怕他怕得要死，私下里不知有多少人骂过他，她真的没想到在她最无助的时候，灭绝李会伸出援手。

"你是我们数学系的学生，当然不能让旁人欺负了去。"灭绝李笑着说了一声。

就在这时，还留在原地的记者就一个个冲了上来，话筒直接伸到了竺林森面前，想要从竺林森这边获得更细节的内容。

灭绝李挡在竺林森面前，道："各位，此事学校会给出一个公正的调查结果，届时一定第一时间通知大家，请各位相信，韩大绝不会委屈任何一个学生。"

Chapter 39

我最爱的女孩

　　姚伟的剽窃事件，很快就发酵成了一个大新闻，不仅在校内的热度高，更是成了一个热点社会新闻，因为各大媒体都报道了此事，毕竟韩大是国内第一流的高等学府，教授剽窃学生的作品，于韩大而言，绝对是一个大丑闻。

　　当天竺林森现场揭穿姚伟的视频在各类自媒体上争相转载，全班同学集体支持竺林森的行为更是让一众看客酥得不行，而纪非言的那一句"竺林森，我爱你"，更是酥炸了女生们的少女心。

　　竺林森这个名字再次火了，火到竺浩然和陈小雅第一时间赶到了韩大。

　　此时此刻，竺林森站在寝室里，有些局促地看着一脸严肃的竺家二老："爸妈，你们怎么来了？"

　　把二老领上来的陆璐已经借口有事消失了，寝室里只剩下一家三口。

"森森，这么大的事，你怎么不告诉我们？"陈小雅走上前，伸手握住了竺林森的手，一脸心疼。

竺浩然看向竺林森桌上摆着的蛋宝，咳了两声："这就是你自己发明的机器人？"

竺林森点了点头："它叫蛋宝。"

竺浩然似是这时候才算是真正接受了自家女儿的兴趣真的不在数学上这个事实。他目光复杂地看了蛋宝一眼，转头看向竺林森："学校有说什么时候可以给出调查结果吗？"

"应该快了，班主任、辅导员还有其他老师都有在帮我盯着这个事。"竺林森说道。

竺浩然点了点头，脑子里想起另一件事，看向竺林森的目光又复杂了些："你跟非言是怎么回事？"

竺林森的脸倏地涨得通红，磕磕巴巴地解释："没……没怎么回事啊。"

"竺林森，那天的视频我都看了，没怎么回事，他会给你的机器人里面植入'我爱你'的代码？"竺浩然提高了音量，脸色又严肃了些。

竺林森低垂下头，她还真没想这么早在竺家二老面前曝光她和纪非言的恋情，一时没做好心理准备，下意识地继续狡辩："他开玩笑的……"

竺林森这话一出口，陈小雅突然"扑哧"一笑："森森，你爸妈不傻。"

竺林森的脸更红了，觉得有些无地自容，过了半晌才道："我们是正常交往。"

"正常？哪儿正常了？他可比你小两岁！竺林森，你身为师姐，竟然引诱你师弟，你也好意思？"竺浩然一听这话，气得脸色都变了。

"我没引诱他！"竺林森为自己辩解。

"你没引诱他，难不成是他引诱你不成？"竺浩然一脸不赞同，"非言的性子我还不清楚？"

"……"还真是他引诱的我！你还真不清楚他的性子！

竺林森的内心在咆哮，面上却是一派安静。反正竺浩然已经这么认定了，她辩解也没用。

"好了，俩孩子都在一起了，你现在说这么多有什么用？"陈小雅充当和事佬，"到吃饭的点了，把非言也叫出来一起吃饭吧。"

"我给非言打个电话。"竺浩然说着，就拿出手机把号码拨出去了，丝毫没想过这种事完全可以交给自家女儿。

竺林森一脸忐忑地看着竺浩然，听着两人约了个地点，简洁地说了两句，然后就结束了通话。

十几分钟之后，四个人坐在了校门口的小餐馆里。

竺林森正襟危坐，听着纪非言坦然地和她爸妈说话。

"竺老师、师母，很抱歉一直没把我跟师姐的事告诉你们，其实我早就喜欢师姐了，当初提前高考也是想要追上师姐的步伐，不过师姐一直拿我当师弟，是我对师姐死缠烂打，师姐才会同意跟我在一起，请你们不要责怪师姐。"纪非言一上来就诚心诚意地道歉。

不过，竺林森听到这话还是愣了愣，因为她从未想过纪非言提前参加高考是因为她。

竺浩然显然也没想到，他沉默了会儿，叹息一声："非言，你还是个孩子，是你师姐不懂事……"

"竺老师，我对师姐是真心实意的，虽然我年纪比师姐小，但我会好好照顾师姐，不会让她受任何委屈，请老师放心。"纪非言打断竺浩然的话，再次表明了自己的态度。

竺林森偷偷看了纪非言一眼，嘴角忍不住抿出一个浅浅的笑意。

竺浩然被纪非言这么一堵，一时不知道该说些什么好，只能再次叹了口气，低头夹了口菜吃。

　　"不过，森森这次，还是多亏了非言帮助呢，要不然，光靠她一个人，根本就斗不过那个姚伟。"陈小雅笑了一声，转移了话题。

　　"非言，这次多亏你了，我替森森谢谢你。"竺浩然听到这话，看向纪非言，毕竟夫妇俩来韩市主要还是为了这件事，儿女谈恋爱的事，跟这个相比，倒是小事了。

　　"竺老师，师姐是我女朋友，我帮她是应该的。"

　　这句话一下子又把竺浩然给堵住了。

　　竺林森见竺浩然脸色有些复杂，默默地埋头吃饭。

　　不过，竺浩然没有当场打断她的腿，她已经觉得自己逃过一劫了，更别说四个人还能围着同一张桌子吃饭，虽然气氛有些小沉重。

　　吃完中饭后，竺家二老就打算打道回府了。

　　临走的时候，竺浩然对竺林森道："等结果出了，你再通知我们，要是学校没还你公道，爸妈请律师给你打官司。"

　　竺浩然的这句话让竺林森的心中一暖，她第一次觉得自家老爸没那么可怕，露出一个笑容，道："知道了，你们放心吧。"

　　竺浩然想了想，目光复杂地看向纪非言，道："好好照顾你师姐。"

　　纪非言笑着点了点头："您放心。"

　　竺林森看着自家爸妈远去的身影，还有些回不过神来，她跟纪非言的事，就这么揭过了？

　　"怎么了？"纪非言伸手在竺林森面前晃了晃，"舍不得？"

　　"不是，我就是纳闷，我爸就这么放过我们了，感觉不符合他的作风。"竺林森一脸纳闷。

　　纪非言闷笑出声，他摸了摸竺林森的头发："我这么优秀的学生，当他的未来女婿，他该高兴才是。"

"……"

没过几天，学校就给出了处理结果——判定姚伟确实剽窃了竺林森的作品，以及辞退姚伟。

而对于竺林森，学校还给了补偿措施，学校将提供资金供竺林森继续研究完善机器人，并在完善之后，为竺林森将机器人投入市场。

竺林森对这个决定自然是满意的，通知下来的当天晚上，她请当天所有去为她助阵的同学吃火锅，五十几号人，一共坐了五桌，一群人喝酒聊天，好不热闹。

"森森，不知道的，还以为今天是你和纪非言的婚宴呢。"陆璐喝了不少酒，见竺林森去每一桌敬酒回来，忍不住笑着打趣。

竺林森酒量不好，所以只能以茶代酒，她看了眼陆璐，拿过陆璐的酒杯，道："你少喝点。"

"我不。"陆璐把酒杯夺了回来，给自己倒满了一杯，再次一饮而尽。

竺林森见陆璐的情绪不太对，低头问道："你怎么了？"

"森森……我死心了。"陆璐趴在桌上，突然笑了一声，"他的心里，藏着一个人，我永远也得不到他。"

如果不是亲眼看见乔以南喝醉，她不会知道，原来乔以南冷漠的外表下，也包藏着一颗柔软的心，只是，那颗心里，只容得下一个人。

那个人，跟她一样，也是姓陆，却远比她幸运。

那个女生，叫"陆依"。

听说陆依从小在他家长大，是他捧在手心的公主，可在他十八岁的时候，公主却离开了他，他一边爱着她，又一边恨着她，可无论爱恨，她都是他心底唯一的白月光。

陆璐知道，他在等陆依。

她不知道他会等多久，她只知道，她无法得到这样的乔以南，永远也不能。

也许当初他愿意让她搭车，不过是因为她自报家门时的那个"陆"字，因为这样一个姓，所以他突然发了善心。

可笑她却以为，那是她爱情的开端。

竺林森听了，先是一愣，随即轻轻地拍了拍她的背，道："你会遇到更好的人。"

"但愿吧。"陆璐苦笑一声，摇摇晃晃地站起来，"我出去透透气。"

竺林森立刻朝陆璐旁边的肖遇看了一眼。

肖遇叹了口气，站起来扶住陆璐，道："都醉成这样了，透什么气？"

"要你管？"陆璐说着，甩开肖遇的手，往外走去。

肖遇连忙跟了上去。

竺林森看着谈笑风生的同学们，心中有一种难言的温暖。她自认性格冷淡，不易相处，却没想到，会有那么多同学在她需要帮助的时候毫不犹豫地挺身而出。

这些同学给予她的温暖，是数学这一门学科给予她最大的馈赠。

一群人一直吃到了九点钟，才一个个结伴离开了火锅店，竺林森和纪非言最后离开，出来的时候，天上有雪花飘落下来。

竺林森往旁边看了一眼，发现火锅店门口的椅子上坐着两个熟悉的身影，那是肖遇和陆璐。

醉酒的陆璐偎在肖遇的怀里睡了过去，肖遇低头看着她，眸光温柔。

竺林森翘了翘唇，假装没看到，和纪非言一起往寝室的方向走去。

"纪非言。"竺林森侧头看向身旁的少年。因为外婆的去世，他明显瘦了一圈，可即便怀着这样的悲伤，他仍然不遗余力地为她的事奔波劳累。

"嗯？"

竺林森突然踮起脚，在他耳边轻声说了三个字。

纪非言的脚步蓦地停下来，他转头看向竺林森，眼中似有星光闪烁："师姐，你再说一次。"

竺林森看着他激动的模样，再次踮起脚，在他唇上亲了亲，然后弯了弯眼，道："纪非言，我爱你。"

爱你的面容，爱你的声音，爱你看着我的眼神，爱你的每一种模样……

雪下得越发大了，纷纷扬扬的，像樱花一样，纪非言的眉眼里有笑意绽开，他突然将竺林森抱了起来，在这美丽的雪花中转起圈来。

"那就一辈子在一起吧！"安静又美丽的夜晚，竺林森听到纪非言的声音在耳边响起，坚定、深情、不容拒绝。

一辈子在一起，直到死亡将我们分开。

我的师姐，我最爱的女孩。

竺林森毕业的这一年，蛋宝正式研发完毕，并在学校的支持下，召开了蛋宝的新闻发布会。

发布会上，竺林森展示了两种尺寸的蛋宝，能够满足不同用户的需求，小尺寸的形同宠物，大尺寸的可当朋友，现场反响热烈，发布会尚未结束，网上已经有很多人求购蛋宝了。

竺林森将蛋宝的性能逐一介绍后，就进入了提问环节。

先是记者提问，然后是学生提问。待剩下最后一个提问名额的时候，竺林森发现志愿者把话筒递到了纪非言手中。

竺林森眨了眨眼，心跳莫名地漏了一拍，不知道纪非言会想问什么问题。

纪非言身量高，容貌又出挑，几乎在他一站起来的时候，就引起了全场的注意。

纪非言的目光落在竺林森身上，他的嘴角浮起一抹笑，道："师姐，我有一个问题，想问你很久了。"

"什么？"竺林森下意识地问道。

"你愿意嫁给我吗？"

纪非言这话一出口，全场顿时沸腾了，鉴于这次的新闻发布会是直播的，所以网上也沸腾了，帅哥美女的爱情，似乎总是能博得大家的关注，尤其他俩还是学霸姐弟恋，更是引人注目。

竺林森的脸腾地红了，万万没想到纪非言会在这样的场合向她求婚。

就在这时，一旁的两个蛋宝突然动了，大蛋宝的手里不知道被谁塞上了一束鲜红的玫瑰花，小蛋宝的手里则捧着一枚戒指，两个蛋宝一起挪动到她的面前，萌萌的机械音一起响起："竺林森，嫁给他吧。"

"嫁给他！嫁给他！"

现场的人立刻开始跟着起哄。

竺林森被大家喊得满脸通红，她悄悄地看了眼同样坐在台下的竺家二老，此刻两人的表情分外复杂。

竺林森忍不住想笑，她的目光移到纪非言身上，他还在等她的答复。

竺林森将话筒举至嘴边，抿唇笑道："我愿意。"

　　两人的蜜月之旅是竺林森筹划的，但是纪非言怎么都没想到，她选择的地点竟然是珠穆朗玛峰。

　　当纪非言拿到前往尼泊尔的机票，以及竺林森做的厚厚一本登山攻略时，他沉默了好一会儿，然后问道："老婆，你确定我们是去度蜜月？"

　　"你不是一直教我要勇敢，要做自己喜欢的事？"竺林森笑着搂住纪非言的腰，仰头继续道，"我就是想去挑战下，我从前不敢想的事。"

　　"你知道有一个词叫'过犹不及'吗？"纪非言的脸色有些微妙。

　　"那你陪不陪我去？"

　　"陪……"

　　两人最终还是没有攀登到山顶，不，他们连半山腰都没有登上，因为竺林森的高原反应太严重了，所以登山之旅直接被纪非言叫停了。

　　过了两天，竺林森被纪非言带到了马尔代夫，竺林森看着面前美得让人心惊的大海，双眼都绽出了不一样的光芒。

　　已经换上泳裤的纪非言从背后抱着竺林森就跳进了海水里，竺林森吓了一跳，呛了好几口水，等她抬起头，就看到纪非言带笑的眼眸。他伸手拭去她脸上的水渍，笑道："这才是我想要的蜜月。"

番外 03
婚 / 后

很多年以后，纪非言已经成了投资界声名赫赫的风险投资人，坐拥无数资产。

竺林森则在韩大研究所成了一名科研人员，专注研究人工智能，忙得不可开交。

渐渐有传闻说两人聚少离多，感情生变。

正巧纪非言参加一档访谈节目，主持人旁敲侧击："您和纪太太都是大忙人，不知两位平时是怎么维系感情的呢？"

"每天回家做饭。"纪非言看了眼主持人，笑了笑。

主持人一愣，随即夸赞道："俗话说得好，抓住一个男人的心，先要抓住他的胃，纪太太不仅能上得厅堂，还能下得厨房，难怪深得纪先生的心。"

纪非言沉默片刻，纠正道："我是说，我每天回家做饭，等她回来吃。"

主持人："纪先生真是好老公……"

"嗯，我太太也这么认为。"纪非言说这句话的时候，一脸骄傲，眼角眉梢都是"虐狗"的笑意。

主持人：大家可以散了……